令和
ブルガリアヨーグルト

宮木あや子

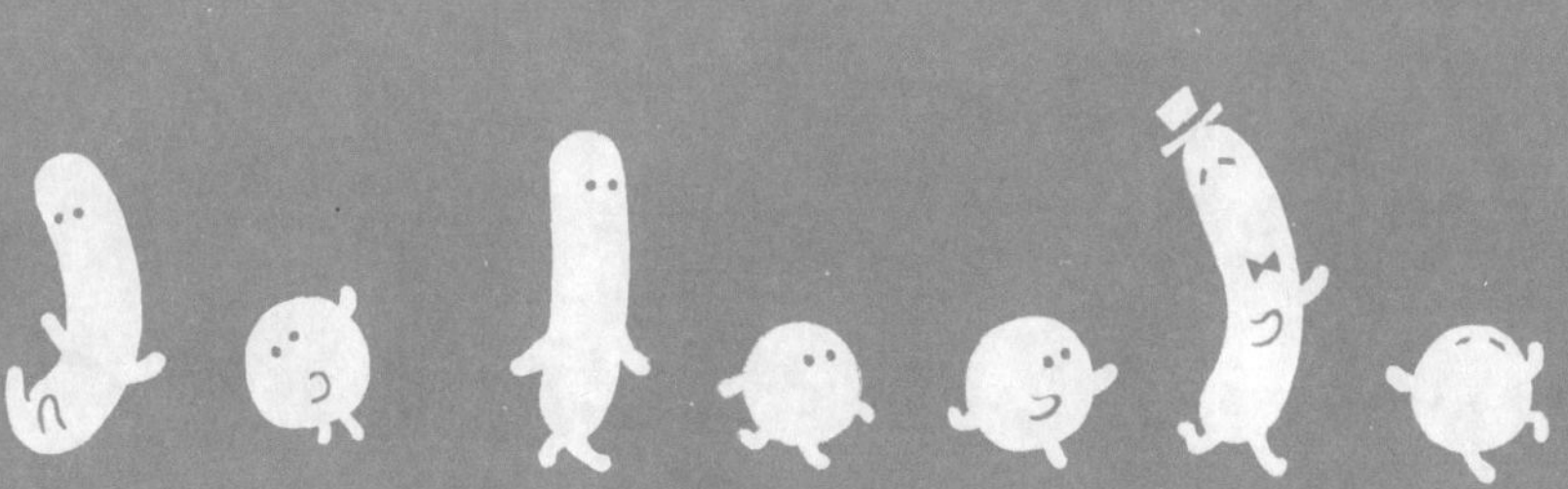

角川書店

令和ブルガリアヨーグルト

本作は、２０２３年が「明治ブルガリアヨーグルト」50周年である
株式会社 明治の取材協力のもと執筆した小説です。
登場する企業・団体・人物などはフィクションです。

もくじ

装画　まめふく
装丁　名久井直子

プロローグ

　彼女は冷たく無機質な、しかしやたらと楽しげな音楽が絶えず聞こえてくるその場所で、顔面に刻まれた疲労を隠そうともせずにあてどなく彷徨《さまよ》っていた。行き交う人々に時おり軽くぶつかりながら、もうずいぶん長いこと「何か」を探している。彼女のある種の欲求を満たす、心身に一時的な快楽をもたらしてくれる何か。けれど情報量と遮蔽物の多いその場所では、求めている「何か」がなんなのか彼女自身も判っていない。思考を弛緩《しかん》させる楽しげな音楽、そのうしろには絶えることのない微《かす》かな機械音。

「お嬢さん」

　冷えた大気に閉ざされた局地的な喧噪《けんそう》の中、吾輩《わがはい》は彼女に呼びかける。反応はない。

「お嬢さん、肌荒れがひどい、体調が悪いのではないですか」

　素通りする彼女に吾輩は思わずついてゆく。

「お嬢さん、あなたは吾輩を買ったほうが良い、今のあなたには吾輩が必要だ」

　再三の声掛けも無視して吾輩たちの前を素通りしていった彼女は、少し離れたエリアであどけない舌足らずな声をかけてくる、音質と画質からして微妙に故障している気がしないでもない小型サイネージの前で足を止めた。

「……で作ったブランケットを、わたしにかけてください……一生の、おね、お願いです

「……サムイ……ヨ……」

ちょっと黙っててくれないか卵。いやこれチキンライスで作った熊のほうの発言か。若干ホラーな感じになってるのにまったく可愛くて困る。嗚呼《ああ》、吾輩にも可愛くあざとい人間の肉声があったらなあ。

彼女はそのサイネージのうしろに並んでいた六個パックの赤卵を手に取り籠《かご》に入れたあと、シリアルの棚を一巡し、期間限定のフルーツ入りグラノーラの小袋を手に取り籠に入れると、思い立ったように吾輩たちが陳列されている棚に戻ってきた。その途端、周囲が活気づく。

「グラノーラと合わせるなら吾輩がお手軽で美味《おい》しいですよお嬢さん！」

「お主《ぬし》のむタイプじゃん、液体じゃん、その役割はおいしい牛乳さんに譲りなさいよ」

「吾輩のほうがよりフルーツ盛りだくさんで楽しめますよ！」

「いやお主フルーツっていうか梅じゃん、和じゃん、ほかの活路を見出しなさいよ」

「りんごも入ってるもん」

「あのグラノーラ、りんご15倍って書いてあるぞ、キャラ被ってるぞ」

「吾輩がいちばんお腹に良いですよ！　グラノーラと併せて食べると相乗効果が期待できますよ！」

「己《おのれ》のニーズと使命を忘れるなLG21N、お主は対ピロリ菌用の戦闘菌種でほかのものと混ぜるために開発されてない。もったいないから平時の守備は吾輩たちLB81Oに任せてくれ」

「吾輩はお腹に良いどころかお主の強さを引き出すよ！　ボトルも丸っこくて赤くてりんごみたいで可愛いでしょ！」

「R-1Xドリンクタイプ、お主もたぶんそういう用途で開発されてない、ていうかお主しれっと苺《いちご》味じゃん！　そのまま飲んでもらったほうがお互い幸せだよ！」

「吾輩も……健康に……」

「このお嬢さんはまだ尿酸値が上がるお年頃じゃなさそうに見えますよ、PA-3V」

彼女はざっと我々を眺めたあと、吾輩のパッケージに目を留めた。そして何故か一切の迷いなく、吾輩の四〇〇gパッケージを手に取り秒で籠に入れた。おや？　今日は特売とかしてたかしら？　いや、入荷数はいつも通りだった。ということは特売日ではない。何が決め手だった？

「ねえねえ、吾輩とお主を混ぜて挽肉《ひきにく》入れて焼くと美味しいの、知ってる？」

籠の中で横に並んだ卵が話しかけてくる。

「ちょっとアレンジを加えればムサカになりそうだな。美味しくないわけがないな。ところでお主んところのチキンライスの熊、あやつの声が聞こえてくると可愛くてときめいちゃうからほどほどにしてくれないか」

「あれは熊ではなく猫ちゃんです」

猫ちゃんでしたかー。

自己紹介が遅れて申し訳ない。吾輩は乳酸菌（通称）である。名前はブルガリア菌20388株。

あっ、待って！　ここでガッカリして読むのを止めないで！　あと一ページくらいで人間が喋《しゃべ》り始めるからそれまで耐えて！　え、なに？　もやしもん？　くまモンさんの痩せ細った弟君かどなたかですか？　え、なに？　はたらく細胞？　我々菌類も細胞さんに負けぬよう日々精進して参ります。なお、同郷の乳酸菌（通称）であるサーモフィルス菌1131１株も吾輩とタッグを組んで明和《めいわ》ブルガリアヨーグルトを作っており、吾輩たちを組み合わせたものが業界ではLB81O菌と呼ばれている。「（通称）」と記しているのは、吾輩たちが厳密に言えば乳酸菌ではないからである。

現在「乳酸菌」という分類学上の学名は存在せず、「グラム陽性、形態（桿菌《かんきん》または球菌）、カタラーゼ陰性、運動性がなく、内生胞子を形成しない、消費したぶどう糖に対して五〇％以上の乳酸を生産する（乳酸発酵形式ホモ型またはヘテロ型）細菌」を、なんとなーくまるごと示すワードとして「乳酸菌」が用いられている。ただしここから先、いろいろと不便なので（通称）は外す。私情で甚だ恐縮ではあるが、乳酸菌という名の菌は存在しない、しかし乳酸菌と呼ばれている菌は存在する、という悪魔の証明みたいな矛盾にしばらくお付き合いいただきたい。

狭いホテルの部屋の小さな冷蔵庫の前で吾輩のパッケージをまじまじと眺めたあと、彼女は長い溜息をついた。そしてスマホを取り出し、ＳＮＳアプリを開き文字を打ち込み始めた。

〈就活帰りのスーパーでヨーグルトのパッケージに書いてあるLB81OがBL801に見えて私疲れてるのよ……〉

ちょっと待て。そんな番号の菌は存在していないはずだ。もしかして新種か？　新種だと思って迷わず吾輩を手に取ってしまったのか？　ならば申し訳ない。ただ吾輩たち、各社乳酸菌選抜レースの大激戦を勝ち抜いてここに存在しているエリートだから、食べて後悔はさせないはずだ。いや、ていうかそれよりもここホテルだよね⁉　台所ないのになんで六個パックの卵買った⁉　もしかしてあのチキンライスの猫ちゃんの魔力にやられたか⁉

彼女がリクルートスーツから部屋着に着替え、近所の百均で買ったらしき器でグラノーラにヨーグルトと牛乳をかけたものを食べ始めた数十秒後、そのポストに返信が付いた。

〈あった　https://pixiv.net/novel/xxxxxxxx〉

岡林《おかばやし》というアカウントから送られてきたそのＵＲＬを彼女は躊躇《ちゅうちょ》なく開き、表示されたキャプションと並んだハッシュタグ群を見ると、まじか、と小さく呟《つぶや》いた。

〝永遠を生きる二人の少年（菌）の宿命的な共依存を、中世から近代にかけてのバルカン半島を舞台に描く大河ロマン〟

#サーモフィルス菌　#ブルガリア菌　#オリジナル小説　#長編　#LB81O　#ブルガリア　#ヨーグルト　♥1

吾輩「まじか」

〈待って、連載開始が三年前でブクマ1ってどんだけつまんないの〉

〈そういう問題か？　ただ単に誰もこんなタグで検索しないいんじゃない？〉

〈心折れるでしょ普通〉

〈書きたいだけで評価は求めてないって人もいるからな、人それぞれだろ〉

そんなやりとりを岡林といくつか交わしたあと、彼女は困惑した表情で、その『悪魔の創造せし国に忍ぶ矜持《きょうじ》の器と刃』という創作小説をゆっくりとスクロールし始める。


――西暦六八一年、ハン・アスパルフは、ダナプリスの下流を北端に、ポントス北西に面したドブルジャとモエシアの一帯を己の邦土とし、その南方に首都プリスカを建設した。それは古来ハエムスの諸処に根付くミクロルガニズミたちが初めて認めた、人が治める「国」であった。

かねてよりこの土地は様々な平原民族や大国の軍の侵略に晒《さら》され、その支配下に置かれていた。建国から刻《とき》を遡ればそこは長らく東ローマ帝国の一部であった。北西から攻め入るゴート族、東から猛攻するフン族、両族の凄《すさ》まじい侵攻と略奪により帝国の威光に翳《かげ》が見え始めた頃、北方から現れたスラヴ族が半島東部まで広く入植した。

　興国の前年、帝国の討伐軍が領地奪還と半島一帯の統轄を仕掛けた際、スラヴ族がそれに寇《あた》するために共闘を申し入れた相手が、ブルガール族の指導者アスパルフであった。アスパルフの父は曩日《のうじつ》、西突厥《にしとつけつ》の可汗《カガン》に服属していた門閥〝ドゥロ家〟のハン・クブラトである。彼はアスパルフの興国より半世紀ほど前に一族を率いて沙鉢羅咥利失可汗《イシュバラ・テリシュ・カガン》から離反し、ポントスの北東からカスピウム海に至るカフカスの北域に、ブルガールの独立国家オノグリアを興している。しかしこの国は彼の死後ほどなくして消滅してしまった。五人の息子たちも決裂し、各々の眷属《けんぞく》を率いて新開へと散っていった。その中で西方へ家国を求めた一人がアスパルフである。偉大なるハンを父に持つ彼にとって、肇国《ちょうこく》は必然であった。

　討伐軍との激闘の末、瓦解した敵軍の砦《とりで》にてアスパルフは勝鬨《かちどき》をあげた。ポントスの西、淵曠《えんこう》たる滄海に臨むイストロスの川裾に黎明《れいめい》を迎え、それよりのち約三百年に亘《わた》り縷続《るぞく》する第一次ブルガリア帝国と呼ばれる時代が幕を開ける――

※ pixiv＝国内外でのユーザー登録数八千万人超を誇る、（素人玄人問わず）自作の小説や漫画やシナリオなどを投稿できて仲間とのコミュニケーションもはかれる巨大インターネットメディア。ヘビーユーザー層はT・F1・M1、筆頭株主はアニメイト、未上場

それよりのち約一年（ブルガリアの興国からは約一三五〇年）が経ち、色々あって彼女、朋《ほう》太子《だいし》由寿《ゆず》は株式会社明和に入社した。疲れた顔をしてスーパーマーケットで吾輩を手に取ったあの日、彼女は明和の就職面接を受けていたのだった。

第一章　大阪支店

「めんたいこ?」

渡された名刺にちらりと目を遣《や》り、その後明らかに二度見したあと初対面の人が尋ねた。

「ほうだいし、です。博多《はかた》ではなく岩手出身です」

初対面の人に、由寿は答えた。この会話を避けるために名刺にわざわざ日本語とアルファベットで振り仮名を振ってもらったのに、限りなく一〇〇%に近い確率で繰り返される。追加で何か訊かれる前に由寿は言葉をつづけた。

「もしかして名前で受かっちゃうかもと思って明太子メーカーさんも受けてみようかなって思ったんですけど、岩手を出ていきなり福岡まで行く勇気がなくてやめました。そしたら配属がいきなり大阪でした。三月までずっと岩手で大阪にはまだ全然慣れてないんですけど、頑張りますのでよろしくお願いいたします」

おそらく入社してから十回くらい繰り返している長台詞《ながぜりふ》は、そろそろ息継ぎなしで言えるような気がする。

「……相変わらず明和さんは新人さんにえげつない配属しよるね」

初対面の人は非難がましくでもなく淡々と、比較的整理整頓されたチーフデスクの上に由寿の名刺を置いた。そしてデスクの抽斗《ひきだし》の中を探り、箱から直《じか》に自分の名刺を取り出すと由寿に差し出してきた。林泰然。字面がめっちゃかっこいい。しかし、はやしさん、と声に出す前に「それ、読み方リンやから。リンタイラン」と釘を刺された。

ここは全国展開のスーパーマーケット、リッチマート大阪二号店のバックヤードである。先輩の金城《かねしろ》が、外にまで聞こえそうな大きな声で「そのうち東京に戻るんですけど、それまではどんどん使ったってください」などと言いながら、届きたての新商品の菓子のサンプルがどっさり入った袋をリンさんに差し出す。ちょっとだけ嬉しそうに受け取ったリンさんは、デイリー部門で主に洋日配を担当しているリッチマートの社員で、斜め前から見ると二十歳にも五十歳にも見える不思議な中年男性だった。

「それから、こちらなんですけど」

リンさんの機嫌が良さそうなことを察した金城はすかさず営業用の鞄からドリンクヨーグルト関連の販促パネルと自作のパワポ資料を取り出し、目の前で広げて見せた。

「無添加の甘くないのが今イチオシでして」

「それずいぶん前にいっぺん出してあかんかったやつちゃうん？　並べた憶えあるで。速攻消えたやん？」

「満を持してリベンジですわ。わたくし的には大本命です。何卒《なにとぞ》よろしゅうお願いします！」

でかい。とにかく声がでかい。隣で頭を下げる金城に、しかしリンさんは資料に記された納売価を見て渋る。

「えー、でもこれお高ない？　甘《あま》うないのに甘いのより高いんか？　うちで売れるかなあ？　砂糖が貴重やった時代のお客さんも多いで？　ていうかそういうことは本部のバイヤーに言うてや」

「もちろんバイヤーさんにもお話しさしてもらいましたけど、追加発注の数はリンさんが決めはるやないですかあ」

金城とリンさんのつづけるやりとりを、由寿は「絵にかいたような被雇用者だなあ」と他人事《ひとごと》のように眺めていた。かつて己にもスーツに眼鏡の被雇用者萌えの時期があった。しかし実際自分がスーツに眼鏡の被雇用者になってみれば、これは萌えの対象ではないなと痛感する。とても現実だ。人が生きていくための現実的な攻防。売り場にたくさん自社の品物を並べてほしい弊社、売れるか売れないか判らない賭けはしたくない取引先スーパー、美味しいものを一円でも安く買いたい消費者。日本全国どこのスーパーマーケットにもほとんど当たり前に並んでいる明和ブルガリアヨーグルトとその関連商品も、こうして各店舗の営業担当が棚を確保しつづけるため地道に足しげく店に通い、新商品が出ることになれば、新たな棚を割いてもらうためにバイヤーと現場担当者に頭を下げる。

「めんたいこのお嬢ちゃん」

リンさんの声がして、○・五秒後くらいに「私か？」と気づいて由寿は咄嗟《とっさ》に目の焦点を合わせ笑顔を作った。

「これ飲んだ？　どうやった？」

「あ、はい。全然甘くなかったです」

「美味《おい》しかった、とかないん?」

「私は美味しいと思ったし好きですが、それはいち個人の主観なので申し上げるのは控えました。事前のアンケート結果によれば二十代の女性二千人の八六%が美味しいと答えたそうです」

社内資料の受け売りだが、隣の金城が「そうです、っておまえ」と言って軽く舌打ちをしたのが聞こえた。しかも「砂糖が貴重だった時代のお客様も多い」とヒントをくれていたのに二十代の女性のデータを答えてしまった。これは自分の失敗だ。いや、でも八十代の調査結果は資料にあったっけ?


株式会社明和は創立百十余年を誇る老舗食品メーカーである。扱う品物は菓子と乳製品を主とした食品全般。元々明和製菓と明和乳業は別の会社だったが、由寿が入社する十数年前に合併し、株式会社明和と名前を改めた。

連続する就職活動のため一週間東京に滞在した日程の中に、明和の一次面接が含まれていた。由寿はそのとき製菓ルートのキャリアを希望していた。しかし配属されたのは乳業ルートだった。しかも就職活動を始める前まで最大四泊しか岩手から出たことがなかったのに、採用通知が届いてみたら大阪の関西支社だった。大阪なんて、修学旅行で一日しかいたことないのに!

本社で二週間の基礎研修を終えて配属された先は大阪支店量販部。一般的にスーパーマーケットを担当する「営業所」と認識される部署で、取引先からもしょっちゅう「大阪営業所」と間違って呼ばれている。オフィスは関西支社と同じビルの違う階で、支店採用の社員と、関西支社から配属されて来ている社員と、東京本社から一時的な転勤で来ている社員とで構成される、関西支社が管轄する各支店の中では一番大きな「営業所」である。

——あんたは本来東京の本社採用で、こっちは『預かり』やねんな。半年か一年で東京に転属になるんやろけど、もったいないからそれまでに名刺全部使い切りや。

配属直後、業務担当の女性社員・淀峰《よどみね》（たぶんお局《つぼね》と呼ばれる人）はそう言って、名刺を含む備品一式を由寿に渡した。

——デイリーは女の子にはしんどい部門や、寒いしな。身体壊さんように気いつけてな。ほら、飴ちゃん食べ。

世に言う「大阪のミドルエイジ女性」のカーディガンのポケットから本当に飴が出てきたことに感動しつつ、実感のないまま頷《うなず》いてから既に二週間が経っていた。

淀峰の言った「寒いしな」が最初は謎だったが、すぐにその謎は解けた。スーパーの日配コーナーは寒い。冷凍食品やアイスクリームなどが陳列されているオープンケースの近くほどではないが、お菓子売り場に比べると確実に寒い。その局地的な寒冷地で、売り場担当者の身体が空くのを待つ。ときには冷蔵倉庫からの品出しや、売り場で彼／彼女の陳列の手伝いをしながら待つ。由寿自身は冷蔵庫よりもはるかに寒い地域で育ってきたためへっちゃらなのだが、関西生まれの人にとっては、この骨まで冷える寒さは辛かろう。リンさんをはじめ寒冷地で働く各売り場担当者に対してはもちろん、同じ「営業」という立場からすれば、冷凍倉庫に出入りする冷凍食品メーカーさんの営業担当の健康を祈らずにはいられない。

「リンさんがあんなに機嫌いいの珍しいわ。フェアの話とかさしてもらえるかもしれへんな」

販促グッズがぎっしり積まれた営業車に戻り、ドアを閉めたと同時に金城がほくほくしながら言った。寒い中でねばり、運が良いと今日みたいに新商品やフェアの話を聞いてもらえる。

「あれで機嫌が良いって、弊社もしかして嫌われてます？」

「どこの誰に対してもああや。早《は》よ慣れえ」

金城は車のエンジンをかけ、まだ車の数のまばらな、既に夏の日差しがまぶしくアスファルトを照らすリッチマートの駐車場を出た。

＊

ズドラヴェイ、カクシー？（こんにちは、元気？　@ブルガリア語）吾輩であるよ！

由寿が市乳《しにゅう》メインの部門に配属になってくれたものだから、吾輩ったらここ二週間毎日いろんなスーパーで吾輩に会いまくりである。関東の工場で作られたヨーグルトと関西の工場で作られたヨーグルトでは、人間が気づかない程度に味は違うものの、種菌は同じ研究所で大切に保管されている。そこから日本全国に旅立っていった、と言ってもここは日本の一部である大阪だが、それでも吾輩たちに毎日会えるの、ちょっと嬉しい。

吾輩が由寿に住み着き始めてから一年と少しが経っていた。学生から社会人へ、大人へと成長せざるを得ず、気持ちがついてゆかずもがく人間の若者の貴重な一年をつぶさに見てきた。内定が出たときは感慨深かった。しかし明和への就職が決まったとき、なぜ乳業ではなく製菓を希望したのかが今もって謎だった。最初の面接は吾輩と出会う直前に行われ、そこで製菓を希望したせいで引っ込みがつかなくなったのかもしれない。だが彼女は心底吾輩を愛しているのだ。これは断じて自惚《うぬぼ》れなどではない。

一次面接を受けるために上京したあの夜、岡林に教えられた『悪魔の創造せし国に忍ぶ矜持の器と刃』という、原稿用紙換算五百枚超えにして未だ完結していない素人小説を、彼女は寝ずに読み通した。SNSの独り言用鍵垢《かぎあか》に〈ブルガリクス……〉〈ヤバい、ブルガリクスヤバい……〉と何度もつぶやきながら（ブルガリクス＝吾輩の学名のうしろのほう）。翌日の他社の面接は睡眠不足でズタボロだったため、なんで寝なかったんだろう、この子もしかしてちょっと馬鹿なのかなと思ったのだが、倍率のすさまじき株式会社明和に受かったのだから、たぶん馬鹿ではない。ちなみにその素人小説、なりゆきで吾輩も一緒に読んでいた。執筆者はブルガリアという国を熟知していると見え、その描写のひとつひとつに吾輩は望郷の念にかられた。

　現在ブルガリアが経国《けいこく》される場所は、ヨーロッパ大陸において最初に組織的な集落が築かれた方処《ほうしょ》である。さすがに昔すぎて吾輩の記憶も朧《おぼろ》げだが、たしか紀元前十万年ごろ、旧石器時代よりかの土地には人々の生活があった。黄金の文明として名高き古代トラキアが栄えたのも現ブルガリアだ。吾輩はめっちゃ昔から存在する菌であるゆえ、その時代から様々なものを発酵させて人間の健康の役に立ってきているが、普通の日本人《ヤポンツィ》はそんなことは知らない、というかほとんどの日本人はブルガリアの場所がどこかも答えられないと思う。作者、もしかしたらブルガリア人かもしれない。もしくは菌の記憶を持ったまま人間に転生したブルガリア菌かサーモフィルス菌かもしれない。

　とにかく由寿は、文字による描写から吾輩とサーモフィルス菌の姿を想像し、何枚も何枚も絵に描いた。ほら、愛が重いだろう。その絵から察するに吾輩は彼女の中では人間の女性だと認識されており、サーモフィルス菌は同種の男性だった。一応お断りしておくと、吾輩たちに性別はない。菌だからね。

　営業報告書をまとめたあと、由寿は支店の最寄り駅から地下鉄で二十分の小さなマンションに帰宅した。彼女の意思で選んだ部屋ではなく、関西支社が借りている部屋のひとつである。

「おおおおあああ、疲れたあああああ」

　スニーカーを玄関に脱ぎ捨て、マッハでスーツとシャツと眼鏡を身体から剝《は》ぎ取り、由寿はジャージとTシャツに着替えるとベッドにダイブして呻《うめ》いた。日によって営業するスーパーの数は違うが、今日は七軒。多いほうだった。そしてリッチマートの市乳コーナーで明和製品が占める面積は今まで吾輩が見てきた同じ規模のスーパーの中ではかなり小さめで、吾輩の肩身も狭そうだった。代わりに他社、仮にA社としておくが、その商品たちがあらゆるところでドカンと幅を利かせていた。シンプルにむかつく。先輩の金城は、吾輩が観察している限り出世したいタイプの営業であるからして、どうにかしてリッチマートにおける明和の売り場の尺数を広げたいというガッツがその言動から窺《うかが》える。わかるぞ金城。吾輩も遺伝子的にそういうタイプ。そもそも吾輩たちには悪玉菌と闘うという使命がある。生き残るために菌は強くあらねばならぬのだ。そして乳酸菌たるもの、どんどん増えねばならぬのだ。陳列の尺も然《しか》りだ。

ところで吾輩と由寿が出会った日、調理場も調理器具もないのに彼女が六個入りの卵を買った謎は翌朝に解けた。彼女は朝ごはんに生卵を飲むタイプの人間であった。若い女性にしては珍しいなと思っていたら、彼女が長年一方的に思慕している「推し」という絵が同じく鶏卵を生で飲むタイプの絵だった。なんと健気でいじらしいことだろう。思慕する相手と次元を超えて胃の中だけでもお揃いにしたいと願い実行する乙女の心が尊い。

しかしながら、最近の彼女の推しの絵（菌）はもっぱら吾輩なのである。前述のとおり、約一年前に彼女が出会ったあの素人小説、その作中で活躍する架空の吾輩を彼女は思慕しており、冷蔵庫の中には卵のほかに必ずフレッシュなブルガリアヨーグルトが常備されている。推しと胃の中をお揃いにするどころの話ではなく、推しである吾輩がダイレクトに胃へとお邪魔している。

「せめて挽肉とか入れてこんがり焼いてから食べてほしいよねえ」

「ここにホットケーキミックスと砂糖とレモン汁入れて蒸せば蒸しパンっぽくもなるのになあ」

毎朝小さなボウルのなかでかき混ぜられ、なんの味付けもなくそのまま由寿の胃の中へと流されてゆく卵と吾輩は、どうしようもないと判りつつもぼやくのだった。

「ロカボとか意識してんのかなあ、この子」

「いや、昼と夜は結構しっかり糖も脂肪も摂ってるし、ときどき板チョコ板のままムシャムシャ食べてるぞ」

「えー、なのに朝ごはんはこんなシンプル極まりない吾輩たちミックスだけ？　なんで？これ美味しいの？」

「素材の味と乳酸菌が生きてることだけは確かだろうなあ」

加熱されると吾輩死んじゃうから、たしかに常温くらいで摂取するのが美容と健康には良いとされているのだが、吾輩に限らず乳酸菌と呼ばれる吾輩たちは、たとえ死んでも生きてるほうの吾輩たちのごはんになるから、どちらにせよ吾輩を摂取しつづけるかぎり、ちょっとくらい加熱してもいいんだよ？

一日を終えて帰宅すると、しかし彼女はわりとまっとうに自炊をする。岩手のお母さんが米や野菜や乾物や缶詰を定期的に段ボール二箱分送りつけてきているので、スマホで手軽なレシピを検索しながら律儀にそれらを消費しているのだ。そして翌日は元気いっぱいで出社する。金城に注意されたり舌打ちされたりしつつも、不貞腐《ふてくさ》れず素直に頷き、ときには謝罪もし、日を追うごとに取引先のバイヤーや売り場担当者たちとも会話ができるようになってきていた。吾輩はときどき電話をかけてくる岩手のお母さんのような気持ちで、彼女の生活と成長を見守っていた。

その日、いつもどおり、吾輩と卵が「そろそろ味付けとか加熱とかしてくれないかなあ」とぼやきつつも抗う術《すべ》もなく小さなボウルの中でかき混ぜられているとき、目覚ましのアラームではない音がスマホから聞こえてきた。由寿は枕元に転がっていたスマホを手に取り、表示された「金城剛《たけし》」という文字を見てちょっと眉間に皺《しわ》を寄せたあと通話ボタンをタップした。

「ああ、めんたいこ起きとったか、良かった。今からリッチマート二号店まで行ける？」

「え、早くないですか？　十時開店ですよね？　開店前に行くの禁止じゃありませんでしたっけ？」

壁掛け時計に目を遣り、由寿は眉間の皺を深めた。彼女は生卵ヨーグルトを飲んだあと、自分で歌いながら三十分くらい延々とラジオ体操のような、そうでないようなオリジナル体操をする習慣がある。そのため起床も早い。現在は七時半を少し過ぎたところである。

「テレビ点《つ》けろ、nチャンネル」

言われるまま由寿はテレビのリモコンのスイッチを押した。画面の中では車が何台かぺしゃんこになり黒煙をあげている録画映像が流れていた。

「その事故にA社の配送センターのトラックが巻き込まれたんや」

「えっ、大変じゃないですか、ドライバーさん無事ですか？」

吾輩もライバルながら心配になる。A社んところの乳酸菌たち、大丈夫かしら。吾輩たち燃えたらひとたまりもないのに。むかつくけどお主のことは嫌いじゃない。無事でいてくれ。

金城曰《いわ》く、A社のトラックは無事だが、大渋滞に巻き込まれているという。ニュース映像によれば、夜中にこの高速で固縛を怠り荷物をばらまいたトラックがいた。それを避《よ》けるためにトレーラーがハンドルを切ったが二車線を跨《また》ぐ形になり、その横腹にブレーキが間に合わなかった大型物流トラックが突っ込んでトレーラーは横転、更に数台の物流トラックが追突、止《とど》めに居眠り運転らしき普通乗用車がものすごいスピードでアタックしたそうだ。

「夜中なのにそんなに車って走ってます？」

「夜中の高速は物流のフェスやんか、研修で習わんかった？」

これだけ大規模な事故だと復旧まで数時間かかる。逆走して高速を降りることもできないため、もし仮に五時間後に配送できても、品物がダメになってしまっている可能性もある。

「A社には申し訳ないけど、うちの工場から別便出せば高速使わんでも今からでも配送できる。A社が空けた棚埋めに行くで。しかもリッチマートは今日、ポイント三倍デーや」

「判りました、すぐに行きます。金城さんはもう現地ですか？」

「俺はこれから工場寄ってからニャオンに行く。量販部のほかの社員も、行けるやつには別の店に向かってもろてる。リッチマート二号店はおまえんちが一番近い。今日はひとりで頑張ってくれ」

「……マジで!?」

マジで!?

＊

自転車を買っておいてよかった。全力で自転車を漕《こ》いで二十分くらいのところにリッチマート二号店がある。全力じゃないと四十分かかる。二十分のあいだに、由寿は改めて金城に説明された事故の詳細と「明和による穴埋め」の流れを頭の中で整理した。

通常、明和も含めて日配品を扱うメーカーのトラックは深夜に各スーパーの配送センターへと出発する。A社も零時過ぎに出たそうだ。そこで事故に巻き込まれた。本来ならばニャオンやリッチマートの生鮮センターには午前二時や遅くとも三時前には到着しているはずだったのだが、センターにはあらゆるメーカーからのトラックがひっきりなしに納品に来るため、どこのメーカーが到着していないなどのチェックはほとんど行われない。ただ単に「今日はA社の納品はナシ」として扱われる。そして生鮮センターから各店舗へ向かうトラックはA社の商品を積まず、納品数「0」と印字された伝票を持って午前五時に出発した。

A社側が商品の未着を知ったのが、このタイミングだった。ドライバーは事故に巻き込まれたことが判った時点で自社の配送センターに電話を入れており、配送センターで電話を受けたスタッフも、指示を仰ぐために本部の担当者に連絡を入れた。しかし深夜だったためその着信は朝まで担当者に気付かれなかった。メーカー側のミスで商品が届けられなかった場合、通常は別車を出して直接店舗に届けに行くのだが、今回はいつも使っているルートが使えず、下道も既に渋滞が起きていた。

金城は、懇意にしているニャオン関西支部のバイヤーから六時過ぎにかかってきた電話で「A社のトラックがセンターに未着（らしいんだけど金城君とこ今日だけ代わりになんか入れられる商品ある？）」との情報を得て、即座に自社の工場の出荷担当者に連絡を取り、出せる商品の種類と在庫数の確認をし、更に別便を立てるための冷蔵車を早々におさえさせた。そしてまだ寝ていたであろうリッチマートのバイヤーを電話で叩《たた》き起こし、半ば無理やり納品の許可を得て現在工場でなんらかの作業を行っている。幸いにして明和の乳製品加工工場が、同じ高速を使わずに済むかなり近い場所に存在していた。

すごいなあ、金城さん。

普通バイヤーの許可が下りるかどうかも判らない状態で、在庫と車はおさえない。バラシになったらたくさんの人に迷惑がかかる。それに、今日一日だけの偶発的な売り上げなんて、正直たかが知れている。本社の人間なら気にもしない数字だろうし、デイリーの商品は「長く」買ってもらってこそだと以前金城本人も言っていた。それなのに、空いた棚を一日だけでも自社製品で埋めるために朝早くからこんなにいろんなところに連絡して、人まで動かす。今日の行いが未来の棚割を広げ、長い目で見た売り上げにつながるようにという一心でやったのだろう。私、こんなことできるようになるのかなあ、と由寿は汗でずり落ちてきた眼鏡を何度も押し上げながらまた他人事のように思った。


午前八時過ぎ、トラックの出入りする搬入口では既にリッチマート配送センターの一便トラックが荷下ろしを終えており、受領印をもらったドライバーが運転席に乗り込んでいるところだった。そして近くではA社の営業とリンさんが話をしていた。由寿は従業員用の自転車置き場に自転車を置くと、汗だくになった顔と眼鏡の鼻パッドをハンカチで拭い、リンさんの指示を仰ぐために駆け寄っていった。

A社は自社の商品を納められない。しかし他社に棚を渡したくない。弊社は、というか金城はどうにかして棚を広げたい。スーパーマーケット側は、どっちでも良いから売り上げは確保したい。しかも今日はポイント三倍デーでいつもより売り上げが伸びるので在庫は充分に確保しておきたい。そういう三すくみの構図である。

A社の営業は申し訳なさそうに頭を下げていた。責任の所在は事故を起こした他人なのに、自分の責任がないところで頭を下げるのも、個人名よりも社名のお面を着けて仕事をする被雇用者の現実だよなあ、とまた遠いところで由寿は考えていた。

「あれ、おったん？」

A社の営業が立ち去った直後、初めて気づいたようにリンさんが声をかけてきた。

「金城から話を聞いてお手伝いに参りました」

「いらんわ、開店前に店に入れたら上に怒られるやろ」

「弊社が勝手にやったことですので！　あとまだ店長さんいらっしゃってないはずなので！　見つからないようにしますんで！　もし見つかっちゃったらあとから来る弊社の別便の陳列のために来ただけだと言い張りますんで！」

家を出る直前に金城から指南された通りの台詞で押し切り、由寿は渋々といった体のリンさんのうしろについてバックヤードへ入れてもらい、名札を受け取った。

開店前の店内には、配送ドライバーとその日の担当社員が、冷凍食品以外の各売り場の棚の前に該当商品の積まれたカゴテナー（巨大な台車）を引っ張り込んで無造作に置いてゆく。売り場担当者の仕事はまずその中身が売り場と合っているか目視するところから始まる。発注書と品物の数確認を終えたあとはカゴテナーの品をカートラックに移し、余剰は冷蔵倉庫へ、陳列分はゴンドラに並べ始める。別のスーパーの新装開店時のメーカー応援で大々的な品出しは既に一度やらせてもらっているが、通常営業をしている開店前の店舗は初めてで、リッチマートの棚割もまったく把握していなかったため、どこに何を並べればいいのか判らず手こずった。しかもプライスカードがＬＥＤではないデジタル数字表記の電子棚札で、商品名がものすごく見づらい。

どこのスーパーでも、開店時は一〇〇％陳列が基本である。しかし今日はＡ社の商品が、昨日の入荷の残り以外ない。だから代わりに明和の商品が並ぶ。今はまだ前出しした直後のような状態だが、工場からの別便が到着すれば奥のほうまで埋まるはずだ。

「いっつも当たり前に、買いたいものがないとあかんねん、スーパーは」

牛乳の棚もヨーグルトの棚も、普段違うパッケージの並んでいたところが、青いパッケージで埋まっていく。隣で四連パックを並べながらリンさんが呟くように言った。由寿はその言葉に少しの胸の痛みをおぼえつつ「はい」とだけ答えた。

「せやけどときどき、こういうこともあるんや、どうしようもないことが」

どうしようもないこと、ですね。無意識に由寿は繰り返していた。

「何？　なんか言うた？」

「すみません、ひとりごとです。ただ私、小学生のとき何も並んでない空っぽのスーパーを見たことがあって、それがすごく怖くて」

「観光地の廃墟《はいきょ》かなんか？」

「いえ、震災のときに」

「……岩手、言うてたな」

あんとき小学生だった子がもう社会人か。リンさんは手を動かす速度を若干緩め、言葉を促すようにこちらを見た。

「私……避難所にいたんですけど、うちのほうなかなか物資が届かなくて、ちゃんとした炊き出しもなくて、一日に食べられるご飯が家から持ち出したカンパンと、おにぎりだけとかで」

「……」

「避難して三日目くらいにどうしてもお菓子が食べたくて、親の目盗んで避難所抜け出して一番近くのスーパー行ったんですよ。でもお菓子どころか、本当に何もなくて」

一番近く、と言っても数キロ先だった。空っぽの棚が並ぶ無人の店内をうろついていたとき、大きな余震を感じ、刹那凍り付いたように身体が動かなくなった。そこかしこにヒビの入った天井から蛍光管の大きな破片が降ってきたのを見て、由寿は自身の拘束を解くように、声にならない悲鳴を絞り出し、店を走り出た。我に返れば道には人の気配もなく、不安とひもじさに潰れそうになりながら避難所まで歩いていたら、運よく自衛隊の医療巡回車が通りかかり保護してもらえた。人の姿にあんなに安堵《あんど》したことはほかにない。避難所に送り届けてもらったとき、自身も極限状態だったであろう母親が娘の不在に泣いていた。

「だから、こうやって棚に物がたくさんあるスーパーって安心します」

「減ってくれなあかんけどな。できれば閉店までには空っぽになっててほしいけどな」

「閉店間際のスーパーって、山賊に荒らされたあとみたいになってることありますもんね、精肉の売り場とかとくに」

「肉と魚はその日のうちに売り切らなあかんからなあ」

リンさんは四連パックを並べ終えたあと、ペットのほうに移動した。由寿も六本パックの陳列を終え、R-1XとLG21Nの小さなペットボトルの段ボール箱を開けてゆく。

「実は俺も小学生のころ被災してん、阪神のほうやけど」

それは、同調に困る「俺も」で、由寿はなんと答えれば良いのか判らず言葉に詰まった。しかし由寿の答えを待っていたわけでもないらしく、彼は言葉をつづけた。

「そのころうち神戸《こうべ》やってんけど、親父の職場が被災地ど真ん中やってん」

「え、お父様ご無事でしたか？」

「阪神は早朝やったから、まだ出勤しとらんかったけど、ああもうこれあかんな死ぬなーいうどえらい揺れで、そのころまだ携帯電話とかなかったから、その場で誰かに連絡もできへんで、親父そのまま職場行きよって」

「お父様何されてたんですか？」

「宅配メインでやっとるスーパーのドライバーや」

こういうこともあるんや、どうしようもないことが。この会話のきっかけとなったリンさんの言葉が蘇る。

吾輩である。ブルガリア菌各個体の寿命は地域及び環境ごとに異なるのだが、研究者が発見していないだけで吾輩たち実は増殖する際にセントラルドグマの応用による記憶のコピーも行っているため、そのあたりは疑問視しないでほしい。同じ菌同士なら情報のリンクもできる。だから紀元前の記憶も残っているし、他国の情勢なども判るのだ。本当にそこらへんは疑問視しないでほしい。後生である。

＊

さて、今でこそいろんなスーパーマーケットがネットスーパーや宅配サービスを手がけているが、阪神・淡路《あわじ》大震災が起きた西暦一九九五年一月まで遡ると、宅配を行っているスーパーはほとんどなかった。食品を家まで届けてくれるのは乳製品や寿司や蕎麦《そば》くらいであり、ウーバーイーツはおろか、宅配のピザですらまだ全国には普及していないころであった。なお同年、Windows95が発売され、ダイアルアップ接続によるインターネット閲覧が一般家庭に普及し始めた。しかし翌年に始まったテレホーダイは深夜時間帯のみ、それ以外の時間は接続したぶんだけ電話料金がかかる仕組みだったため、一般家庭で常時接続などできるはずもなく、通信インフラが整い個人がインターネットで手軽にご飯を注文できるようになるまでには更に十年ほどかかる。

そんな時代の中、リン氏の御父上の勤め先は珍しく宅配を重視している小売業で、関西一円において約五十万戸の契約があった。ここでは仮にB社としておこう。当時その宅配圏内に家があり、家庭の台所を預かっていた人々は、カタログを机に広げ、欲しいものをマークシートに記載し、商品を運んできたドライバーに注文書を手渡して翌週の個配を待っていたのである。ただし今回のように、荷物を積んでいるトラックが事故に巻き込まれてしまった場合、個人宅に商品は届かない。もっと上流に遡れば、配送センターからのトラックが来なければ店舗にも商品は届かないし、更に源流まで行くと、工場が止まれば配送センターに送れる品物が非加工食品しかなくなる。

店舗で食品を買いこむ人ならば、少しばかりの余剰はあるだろう。しかし店舗に行けず宅配に頼らざるを得ない人は、配送トラックが来なければ食料が尽きる。比喩でなくスーパーの宅配ドライバーはそういった個人の生命線なのである。

リン氏の御父上はドライバーであった。いわば人の生命の源を運ぶ人であった。

「電気もガスも止まってもうたし高速も幹線道路もバッキリいっとったから、親父のところに限らずどこも物流完全ストップで、宅配のお客様に配れるもんが何もなかったんやって」

注文品じゃなくても良い、宅配のお客様に何でも構わないから食品を届けなければならない。しかし取引のある被災地周辺の食品加工工場や配送センターはほぼ全滅してしまっていた。

「そんなときにな、おたくんとこの営業さんが電話かけてきたんやって」

「電話線、無事だったんですか?」

「無事なわけあらへん。どこもかしこも回線パンクしとって二日間くらいぜんぜんつながらへんかったわ。けどその営業さん、固定電話はあかんいうて公衆電話からずっとかけつづけてくれはったんや。本部がつながらへんから店舗に、店舗もつながらへんから物流センターにって順繰りに」

「すごい、弊社の営業すごい」

「いや、御社がとかやなくて、まさにおたくんとこの営業所やで」

「えっ、大阪支店からですか⁉ 誰ですか⁉」

「名前は知らん。けどたぶんもう異動か定年になっとるやろ」

そのとき物流センターで電話を受け、営業と協議をしたB社のバイヤーは、最終的に「なんでもいいから可能な限り届ける」で合意した。神戸市内にある社屋は半壊してしまったため、B社の本部機能は、液状化はしていたものの本土よりはまだマシな地盤を保つ湾内の人工島にある物流センターに移っていた。

当時B社はほとんど明和と取引がなかった。もちろん主力商品はいくらか扱っていたが、他社に比べると種類も数も桁単位で少なかった。それでも電話をかけつづけた営業は、平時であればまずありえない「登録品以外でも、そちらで出荷できる食品はすべて買い取る」という約束を交わしてくれたバイヤーの言葉を受け、すぐさま十トン冷蔵車を加古川《かこがわ》の兵庫工場に手配した。加古川は比較的被害が少なく、工場も通信インフラ以外はまるごと無事だったのである。そして奇跡的に加古川からB社物流センターへの経路はまだ封鎖されていなかった。

営業本人は他社も担当していたためその場から動けなかった。公共交通機関も止まっていたため「一度つながった電話は切らない」を徹底し、工場へは電話で遠隔の指示を出した。在庫管理のオンラインシステムも機能しておらず、工場の出荷担当者が目視で在庫の種類と数を確認し、手配したトラックに食品を積載していった。通常はバーコードで管理し、ベルトコンベヤで品出しをする規模の工場だが、このときの作業はすべて人力で行われた。

当時は建物の倒壊などで神戸市内約八十の道路が通行不能になり、そこらじゅうで交通規制がかかっていた。加古川とは反対方面にあたる大阪からも、神戸市内までの道が規制され一般車両は入れなかった。しかし一部の電車は道路よりも早く復旧した。B社の従業員から彼らの直面している極寒の陸の孤島のような状況を知らされていた営業は、鉄道の運行再開を知ると数人の同僚を伴って梅田《うめだ》駅へ向かった。彼らは梅田のデパートをはしごして、その場にいた頭数分のカセットコンロとガスと鍋、お湯や直火で解凍ができる冷凍食品を買えるだけ買い込んだ。陸の孤島で情報から遮断されているB社の従業員たちのため、駅の売店で販売されているすべての種類の新聞と雑誌も購入し、それらをリュックに詰め込んで阪神電車に乗り込んだ。電車は青木《おおぎ》駅までしか通じておらず、目的地まであと少しのところで降ろされた彼らは皆、子供ひとり分くらいの重量のリュックを背負い、物流センターまで二時間以上かけて歩いた。

「そんとき親父もそこにおったんやけど、その営業さんの持って来てくれたおでんが、むっちゃ温かかったんやって」

阪神・淡路大震災が起きたのは一月である。室内にいてもエアコンが効かなければ凍える寒さである。吾輩は加熱されると死ぬけど、適度な火熱は人を生かす。人の持つ熱も他者の魂を生かす。そのおでんの熱は枝葉のように広く伝わってゆき、結果大勢の人を生かしたのだろう。

「弊社の営業ヤバいですね……」

「お嬢ちゃんかて御社の営業やろ」

はい陳列終わり、と言ってリン氏は立ち上がった。いつの間にかカートラックの上に積まれたコンテナはすべて空になっていて、プレーンヨーグルトの棚には、空と海の青で染めたリボンが平和の大地に白虹を描くようなパッケージが、一分の歪みもズレもなく整然と並んでいた。

*

その日の開店直前に明和の別便が届いた。発注書には甘くないドリンクヨーグルト（無添加）が予想よりも遥かに多く印字されていた。

――あ、金城さんの大本命、こんなに入荷してくださったんですね。ありがとうございます。

――いやそれたぶん金城君が無理やり突っ込んできただけやで。

リンさんは苦笑しながら答えた。前より少し優しい人に見えた。

同じ年齢のころ、違う時代に、違う場所で大きな地震を経験した人。彼の話が頭から離れない。

阪神・淡路大震災のあと、通常どおりの営業が再開されてから、リンさんのお父さんの勤めていたそのスーパーが入荷する明和の商品の数は五倍に増えたそうだ。そして一年後、なんと前年比五十倍まで売り上げを伸ばした。マジ弊社の営業すごい。いや、リンさんの言うとおり私も弊社の営業なんだけど。

そしてリンさんのお父さんが勤めていたスーパーの英断もすごい。小売業の店舗は通常、取り扱いのなかった食品をいきなり並べることはまずない。メーカーの営業がバイヤーにプレゼンを行い、担当者がきちんと試食し会議を通し、これは自分たちのお客様に安心してお届けできる、と判断したものしか売らない。会社の信用に関わるからだ。それを、非常時だったとはいえ、お客様に何かを届けなければならないという使命の下「すべて受け入れる」と決断したバイヤー。こちらの営業とあちらのバイヤー、両者のどちらの立場を想像しても、つり橋の真ん中に立たされているような気持ちになり足が竦《すく》む。試食も会議もなし、しかも大した取引実績もない営業社員からの申し出という危険な賭けに、明和ブランドに対する社会的信用が勝ったのだ。その絶対的な社名の重みを、今日初めて理解した気がする。私に同じものを背負う資格と覚悟はあるのか、と自問しても答えは出ない。

製菓ルートを希望したのは、単純に自身が避難所でようやくありつけたお菓子が明和のチョコレートだったからだ。普段ならどこへ行っても百円くらいで買えるただの板チョコが、あんなに脳を震わせる甘露だとは思わなかった。口に入れ舌で溶かしたとき、その甘さと「いつもどおりのチョコレートの味」が、己の血となり肉となりその瞬間を生きるための糧《かて》となるのを全身で感じた。生きてて良かった、とさえ思った。それ以来、辛いことがあったときは必ず同じものを食べている。あの喜びを反芻《はんすう》すればどんなときでも、生きねば、と気持ちを奮い立たせられる。

そして製菓ルートを選んだというよりも、乳業ルートを避けたかった、というほうが正しい。

由寿の母方の祖父は宮城県で酪農を生業《なりわい》にしていた。システマチックで大規模な農場ではなく、牛の数も少なくほとんど手作業の小さな農場だった。

――じぃじんち行ぎたくね。

夏休みや正月の帰省に付き合わされるとき、由寿はいつもゴネていた。単純に牛との触れ合いと、触れ合わせようとする祖父が嫌だった。どんなに掃除をしても牛舎には牛のにおいが沁《し》みついていたし、子供の由寿にとってホルスタインのサイズは大きすぎたし、お店に並んでいるパッケージに入った牛乳は飲めるけど、搾りたての生温かい乳はどうしても飲めなかった。

――牛やんだ、おっかね。

――大丈夫だよ、噛んだり暴れたりしないし、優しい子だから大丈夫だよ。

――違うの、ヤなの。

由寿の手を摑んで牛に触らせようとした祖父の手を力尽くで振り払ったときに彼が見せた悲しそうな顔を、十年以上経った今でも憶えている。自身の祖父とはいえ、酪農家にそんな顔をさせてしまった自分が乳業に関わることは、愛情をもって牛を育む人たちに対する冒瀆《ぼうとく》だと思った。

「飲みに行くか！」

営業報告書を書き終えＰＣを閉じたら、いつの間にか戻ってきていた金城に声をかけられた。終業していても声がでかい。

「あ、今ってこういうの、パワハラとかセクハラとか言われるんやったっけ」

「金城さんからパワなハラは感じませんしセクな何かも感じませんので大丈夫です、余裕です」

「なめとんなコラ」

大阪に来て判った。大阪やその近郊で生まれ育った男の人の多くは言葉が乱暴だが、別に悪気があるわけではなくそれがコミュニケーションの手段なだけで、生来は面倒見が良い。大阪の中年女性のポケットから飴ちゃんが出てきたときと同じく、それに気づいたときは「パブリックイメージって本当なんだなあ」と感慨深かった。

「今更やけど、めんたいこって大卒やったっけ？　何学部？」

ほかの営業にも声をかけてみたがみんなまだ事務作業が終わらないらしく、結局ふたりで職場近くのがやがやした大衆居酒屋に向かい、乙女の細腕が折れそうなほど重くて大きなジョッキをぶつけたあと、金城はなんの前置きもなく訊いてきた。

「……なんちゃらハラスメントにナマハラってカテゴリはないんですかね」

「なまはげランド？　青森にそういうのないんか？　ありそうやん」

「関西の人って、本州の上のほうぜんぶ青森だと思ってるのかもしれませんけど、私の出身地は岩手ですし、なまはげは秋田県の神様ですし、しかも岩手から最も離れた男鹿《おが》半島のお方ですし、ナマハラは名前ハラスメントのことですし、めんたいこじゃなくて『ほうだいし』なんですよね私」

「本名ほうだいし、あだ名めんたいこでええやんか」

すごい、さすが営業。この長々としたクレームにもぜんぜんめげない。そしてやはり声がでかい。しかし金曜の夜の店内には金城以上の大声（大阪弁）とサイコロを振る音がそこかしこで飛び交っていた。もしかして大阪人のデフォルトなのかなこの音量。

「なら伺いますけど、重ね焼きのお好み焼き出されて『ほらこれが大阪名物のお好み焼きですよ』って言われたらどうします、似て非なるものでしょう」

「俺はジェントルメンやから『この人アホなんやな』って心の中でだけ思っとく」

「なら私も見習って金城さんに対してはそう思うことにします」

「ほんまの天才は誰にも理解されへんねん。で、何学部？」

理工学部、と答えるとほぼ一〇〇％の確率で「リケジョ」という単語を交えた答えを返される。今回も例にもれず重さ一ピコグラムくらいの「リケジョやん」が返ってきた。この言葉が流行《はや》り出してから、めんたいこと同程度の頻度で言われつづけているため、由寿はもう無でいられた。なんでわざわざ「ジョ」をつけるのか。文系の男子はブンナンとは呼ばないのに。

「せやけどそういう本社採用やったら本社で研究所コースとかちゃうんか？　なんで地方預かりなん？」

「大学院まで行けなかったんです。あと、今は本社も理系余りらしくて」

地方の「預かり」は数年前に既に廃止されているが、何故か今年の新入社員の中で由寿だけが久しぶりに預かり扱いになったそうだ。業務の淀峰（お局）は「最近の若い東京もんの扱い方が判らん」「なんか言うたらすぐパワハラ言われるんちゃうか」と大層心配していたそうだ。しかし着任してみればそれは岩手から出てきたばかりで言葉の端に東北弁が残る、おぼこい眼鏡っ子だった。初日に挨拶をしたとき、男性社員たちが一様に落胆と安堵の小さな溜息をついたのを感じた。べ、別に気にしませんけどね。

「金城さんは？」

「俺は親父がうちの販売店やってた伝手《つて》で、高卒で支店採用や」

なるほど。四年早く社会に出ている人だと、五歳の年の差でも既に社会人としてのキャリアが九年以上になるのか。だからこんなに社会人が板についてる感じなのか。

「そのうち金城さんも語り継がれる営業マンになるんでしょうね」

リンさんから聞いた話がまだ頭から消えず、由寿は横にいる先輩に若干の皮肉と期待を込めて言った。先ほどのめげなさもそうだが、一ヶ月間と少し彼を見てきた限り、おそらく由寿がいなければサボってるんだろうなと思われる発言はあるものの、基本はすっぽんタイプの真面目に仕事をしている人だった。

「いっぺん注文書のケタ間違《まちご》うて既に悪いほうでは伝説残しとる。三十個の予定が三百個届いてもうて」

「そういうお仕事ドラマのぽんこつ主人公がやりがちな鉄板ネタじゃなくて、もっとなんか、池井戸潤《いけいどじゅん》っぽい感じの」

「いや、あれ自分でやってみるとドラマやと判っとっても心臓バックバクなるで」

「肝に銘じておきます」

「銘じておかんでもそんな失敗する前に東京戻るやろ、本社採用様やろ」

「どうなんでしょうね……」

そういう配属だとは聞いている。営業の仕事が自分に向いているとも思わない。入社して二ヶ月経った今は、金城に言われたことを忠実に守ってやっているだけだ。頑張ります、とは言ったものの。

「……私、とくに何がやりたいとか考えたことなくて。大学の学部も、文系より理系が得意だっただけで。もちろん明和には入りたかったけど、なんとなく製菓に関わる仕事ができたらいいなって思ってただけで、でも今はそれさえも揺らいでます」

「それはたぶん五月病いうやつやで。本社採用やのに辞めたらもったいないで」

「辞める気はぜんぜんないです。ただ、今日リンさんから阪神大震災のときにうちの支店の人がすごかった話を聞いて、もし私だったら同じことができたのかなって思っちゃって。私に、勤め人としてそこまでの覚悟があるのかなって」

ああ、と頷いてから金城は口の中のものを飲み込み、苦渋の表情で「それはたぶん俺でも無理や」と言った。

「俺もその話、入社した直後くらいに聞いてんけど、あの店、当時は直接営業できへんかったんやて。ほかは直接取引しとるのに、うちだけ帳合《ちょうあい》さん挟んでしか商品入れてもらえんかったんやて。普通の営業やったら非常時に営業かけようとは思わんやろ」

そういうことではなくて、もっと根っこの部分で、と反論の言葉が喉元まで出かかったが、すぐに金城が言葉をつづけたので止めた。

「けど、今日はおでん先輩の話思い出してすぐに動けたから、俺も一歩近づけたかなとは思う」

「……おでん先輩？」

「陣中見舞いいうの？　その先輩、大量に冷凍のうどんとおでん背負っていって現地で振舞ってん。しばらく神戸では『うどん君』『おでん君』呼ばれとったらしいで……あ、食い物のあだ名仲間おったやん、良かったやん」

「被災地に明太子だけ差し入れたら嫌がらせとしか思われませんよ」

「たしかに、白飯よこせやー言われるやろな」

その後も、金城は今まで経験してきた営業中の良い話や悪い話をいろいろ聞かせてくれた。社会に出たばかりの由寿にお酒を強要するようなことはなく、自身が泥酔して醜態を晒すこともなく、最後は恩に着せるふうでもなく綺麗に奢《おご》ってくれた。店を出て「ご馳走様でした」と言ったあと、これはもしかして今日初めてひとりで（それなりに）頑張った由寿に対しての慰労だったのかもしれないなとようやく気づいた。


ほろ酔いで家にたどり着いたら、新聞受けに母親からの宅配便の不在通知書が挟まっていた。腕時計を確認すると、再配達は頼めないがまだ十時を少し過ぎたばかりだった。一応電話をしておこう。

「トマトジュース届いだ?」

二コール目が終わらないうちに通話はつながり、由寿が何か言うより前に母の声が聞こえた。

「今帰ってぎだがら受け取れながった。トマトジュースだったんだこれ」

「こったな遅くまで仕事させられてらの？　やっぱり大阪はきついんでねえの？　こっち

さ転勤させでもらえねえの？」

「まだ一年目だっけ、無理だがら」

「したっけ女子《おなご》にこったな時間まで働かせるなんで」

「ああ、違う違う、先輩とご飯食べでらの」

「おどこ？　おんな？」

「男の人」

未婚の娘をこったな遅ぐまで連れ回して、まで聞いてこれは長いなと察したので、スマホをハンズフリーにし、適当に相槌《あいづち》を打ちながら服を着替え、溜まっていた洗濯物を洗濯機に放り込んで回し、ベッドに寝転がった。よく親は「未婚の娘をこんな遅くまで」的なことを言うが、配偶者以外の人が既婚の人妻をどうこうするほうが問題になるんじゃなかろうか。

母の話はここ一ヶ月のご近所のできごとに関する報告と、兄に嫁がこない愚痴と、血圧とコレステロール値が下がらないのに父が酒を止めないという愚痴で、最後にとってつけたように「あんたまだあの変な蛇人間の漫画観でるの？」と訊いてきた。漫画ではなくアニメです、と五十回くらい言ってるのに、たぶんその違いを理解する気がない。

「最近は観でないなあ、余裕がなくて」

「そろそろ本当にやめどぎなさいよ、あったらオタクの観るようなものが好ぎなの会社の人にバレたら村八分にされるわよ」

「誰にもバレだごとないから大丈夫だよ」

昨今のオタクはそういう人のほうが多いと思う。実は兄も隠れオタクであることを由寿は知っている。彼は地元で開催されているオールジャンルの即売会で妹とばったり顔を合わせる、という最悪の身内バレをしている。しかし話を聞いている限り由寿と違って親にはバレていないので、擬態に関しては妹よりも長《た》けていた。

電話の向こうで母は兄の話も父の話もしている。今日より前にかかってきた電話でも、同じ人の話をしている。しかし現在の朋太子家には、もうひとり家族がいる。由寿はハンズフリーを解除し、スマホを手に取り耳に当てた。

「……じぃじ、どう?」

たぶん母も由寿もずっとこの話題を避けてきた。由寿は自分が被災地出身だということは、極力人に言わないようにして生きている。それを明かしたときに他人から向けられる同情とも好奇心ともつかない眼差しが、嫌いとまではいかないが、気持ち悪かった。それと同じ種類の避け方だと思う。

「ちょっと最近、せん妄っぽいごとが多ぐで手が焼けるわ」

兄や父の愚痴を言うのと同じトーンで母は返してきた。つとめて自然に、悲嘆や苛立ちを娘に悟られないよう。娘がそれを気にせぬよう。

震災のあと、母が父を説得し、祖父は朋太子の家で同居を始めた。約二年後、認知症の症状が出始めた。由寿の大学進学が決まったころにはもう自力では歩けなくなっていた。

もしこのまま自分が大学院まで進んで就職できなかった場合、無職の未婚の娘と認知症の祖父の面倒を見ることになる母の精神的負担は想像を絶すると判断し、由寿は院への進学を諦めた。

「お盆休みには帰るがら、それまで待ってでってじぃじに言っておいで」

「えっ、いづ帰ってこられるの？　何時にこっちさ着ぐ？」

「んだがらお盆休みっつったじゃ、時間はまだ判《わが》んねて」

「判ったら早めに連絡しろよ。じぃじも喜ぶすけ」

「んだな。牧場やってらったごろの話どがいろいろ聞ぎでし、伝えねばなんねえごどもあっから、意識シャッキリさせでおいで」

「せば運どタイミングだべ」

由寿の帰省という言質を取った母は、いつもより満足そうに電話を切った。

＊

ドブロウートロ（おはようございます＠ブルガリア語）吾輩である。翌日一九〇mlの缶入りトマトジュースが百二十本届き、その日から約四ヶ月間、卵アンド吾輩ミックスにトマトジュースが追加された。

「これ美味しいのか？　バジルとか玉ねぎとか入れたほうが良くないか？」

「知らん。でもそれイタリアンっぽくて美味しそうだな」

「それこそ挽肉入れて加熱しようよー」

由寿を乗せた小舟は日々の波濤《はとう》に力強く分け入り、束の間の細波《さざなみ》には櫂《かい》を止めうつろい、やがて季節は晩秋を迎え、ある寒い朝、トマトジュースと卵の願いは半分ずつ叶った。とうとう塩と玉ねぎが入り、加熱されたのである。しかしそこでトマトジュースのストックが尽き、吾輩たちは別れを惜しんだ。由寿による自発的な追加はされなかった。

正月に由寿はまた実家に戻り、仕事は大変だけど楽しい、と笑顔で話していた。新商品の「脂肪0 水切り濃縮プレーン ブルーベリー&3種のベリーソース乗せ」が由寿の味覚どストライクで、その商品の美味しさをバイヤーに熱弁したら予想よりも多く入荷してくれたスーパーがあったのだ。そういう小さな成功体験の積み重ねが、由寿の気持ちを営業という仕事に傾かせていった。

——私もしかしたら営業向いでるかも。ずっと大阪でもいいかも。

彼女は両親と兄の前で嬉しそうにそう言っていた。でも吾輩知ってる。このパターンって絶対にそうならないやつなのだ。

年が明けて二ヶ月半、辞令が出た。

発令日　四月一日
辞令　株式会社明和　広報部勤務を命ずる

所属　広報グループ
職位
等級
氏名　朋太子由寿

入社して一年、朋太子由寿は新入社員研修ぶりに東京のほうの京橋《きょうばし》の地を踏む。

第二章　東京のOLさん

「人の王よ」

　首都プリスカの城塞にアスパルフが居を構えたある夜、ミクロルガニズミの長《おさ》は一族を伴い彼のもとを訪れた。隙目なく木杭の連なる真新しい外壁は猛《たけ》る獣の牙のごとく、小ぶりながらも堂々たる王城であった。その深奥にしつらえられた王の寝所に突如として現れた侵入者たちの姿を認め、驚いたアスパルフは寝台に忍ばせていた短剣《チンジャ》を手に取り鞘《さや》から抜き払った。

「何者だ、どこから入った」

　壁の木目を照らす部屋の篝火《かがりび》がアスパルフの放つ殺気により一斉に揺らぐ。

「我が名はストレプトコッカス・サーモフィルス。いにしえよりこの土地に住むミクロルガニズミ族の長である」

「そのような先住の民がいることは聞いておらぬ」

　アスパルフは鈍く光る剣先を侵入者に向け、今にも彼らに襲い掛からんとする威勢で寝台を降りた。

「剣を納めよ、人の王。儂《わし》らの姿は人には見えぬのだ、斬ることもできぬ」

「俺の目には貴様の姿が見えている、はっきりとな」

「ならばその女を起こせ。そなたの目に映るものをその女に見せてみよ」

長の言葉にアスパルフは一瞬たじろいだが、言われるまま寝台の隣で眠っていたスラヴ族の女を揺り起こし「あれが見えるか」と虚空を指さし尋ねた。

「……何も見えませんわ、我が王」

女の寝ぼけ眼《まなこ》に、王の指し示す先は、篝火に照らされて漣《さざなみ》のように揺らめく壁の陰影しか見えなかった。再び横たわり寝息を立て始めた女とサーモフィルスを交互に見ながら、アスパルフは「どういうことだ」と後ずさった。

「儂らは……人の信仰における精霊のような存在だ。王であるそなた以外の者に姿を見せるつもりはない。今までもそうして静かに暮らしてきたのだが、とうとうこの土地に人の王が生まれ国ができた。我々はそなたの統宰《とうさい》を受け入れ祝福しよう。そのうえで支配ではなく併存を望むことを伝えにきたのだ」

静かな、だが頭の中に直に響くような不思議な声で、王に対する寡少《かしよう》な媚《こび》もなくサーモフィルスは申し述べた。その物言いと佇《たたず》まいから敵意はないと判断し、アスパルフはゆっくりと剣先を下ろした。

「……貴様の眷族《けんぞく》は何人だ」

「正確な数はわからぬが、これくらいで……」

とサーモフィルスは親指と人差し指で、小さな円を作った。

「およそ五〇〇〇兆だ」

「それは精霊界の数の単位か？　人の数の単位にするとどれくらいだ？」

「人の数の単位でも五〇〇〇兆だ」

アスパルフは兆という単位を知らなかったので、彼らは五千人程度の、大した脅威もない賤《せん》民族だと理解することにした。

「いいだろう。ただし併存を望むのなら貴様の一族から我が国に兵を出せ。それが条件だ」

「よかろう。しからば儂の息子とその騎士をそなたに預けるとしよう」

サーモフィルスは傍らにいた息子と従侍する騎士に顔を向け、一歩前に出るよう促した。ふたりとも小さな体軀《たいく》にあどけなさを残す少年であった。

「儂の息子、ストレプトコッカス・サーモフィルスだ」

駒鳥の羽のような色をした緩やかな巻き毛に、意志の強そうな青い瞳を持つ少年は、見定めるかのように新たな主の顔を見つめる。少年に何らかの忠誠を求めようと、その名を呼ぼうとしたアスパルフは、彼の親のほうに向き直った。

「待て……貴様の名をもう一度教えてくれ」

「ストレプトコッカス・サーモフィルスだ。これが息子のストレプトコッカス・サーモフィルス、そっちのが騎士のラクトバチルス・ブルガリクスだ」

「息子も同じ名なのか？　ややこしくないか？」

「人の世ではそういうものか？　ならば息子はサーモフィルス菌とでも呼べばよい。この騎士も親は同じくラクトバチルス・ブルガリクスだから、ややこしければブルガリア菌とでも呼ぶとよい」

　ブルガリクスはもうひとりの少年よりも二、三歳若く見える。肩まで届く白金の髪は月明りを受けた水簾《すいれん》のごとく、隙のない所作は彼が小さくとも剣士であることを窺《うかが》わせた。

「菌とはなんだ」

「神に仕えしミクロルガニズミの戦士を我々はそう呼ぶ」

　サーモフィルスはアスパルフの怪訝《けげん》そうな表情を他所《よそ》に、息子とその騎士との別れを惜しんだ。アスパルフは解せない。そして五千人の一族から年若くまだ頼りなさそうに見える少年兵二人というのも少なすぎた。俺を軽視しているのか、とアスパルフは眉間に皺《しわ》を刻んだ。

「精霊族のハンよ、貴様の一族を隷従《れいじゅう》させぬことは誓おう。しかし二人は少なすぎる。少なくとも一部隊はこちらに寄越してもらいたい」

「その二人は我が一族の俊豪だ、心配には及ばぬ。それに山羊《やぎ》の乳が入った壺にでも一晩突っ込んでおけば勝手に増える」

「……精霊って増えるのか？」

「知らん。ただミクロルガニズミはそういう種族なのだ」

　アスパルフが更なる説明を求めようと口を開く前に、サーモフィルス菌とブルガリア菌をその場に残し、ミクロルガニズミ族の群党は高窓から吹き込んできた一陣の風の中へ溶けるように姿を消した。

アスパルフとその子孫たちの治めたドナウ・ブルガール・ハン国は、彼らの死後もミクロルガニズミの祝福およびサーモフィルス・ブルガリア両菌の加護のもと、その後約百年の繁栄がつづくこととなる――


――そして吾輩《わがはい》は二〇二X年の東京に住むブルガリア菌である。先日大阪から引っ越してきた。ナンバリングは20388株。ここまでの文章は、吾輩の宿主である日本人女性〝朋太子由寿〟が読んでいる『悪魔の創造せし国に忍ぶ矜持《きょうじ》の器と刃』というブルガリアを舞台にした素人小説の一節で、「ミクロルガニズミ」とはブルガリア語で「微生物」のことだ。ただ、このころまだブルガリア語は存在しておらず微生物の概念もない。キリル《キリリツァ》文字に先行するグラゴル《グラゴーリツァ》文字が発明されたのは九世紀だし、微生物が認識されるのもここから千年以上あと……話が逸れた。

ブルガリアは幾度となく侵略と支配と悪政に苦しんできた土地である。今後の展開を盛大にネタバレすると、アスパルフがブルガール国のハン（王）となった約三百年後、国がなくなる。吾輩もちょっと気合を入れて記憶を辿《たど》らないと国境線の変遷を思い出せないのだが、二十一世紀に至るまでに少なくとも二回は完全に国がなくなっている。

東ローマ帝国から独立したとはいえ、建国当時は様々な遊牧・農耕民族の集まるまとまりのない小国であった。たしかスラヴ人だけでも二十部族以上いたはずだ。ブルガール人も元々は始祖を同じくする一族ではないらしいのだが、彼等の出身地らしき西突厥《にしとっけつ》@現在の中央アジアまで行っちゃうともう吾輩の管轄外（コーカサスから向こう側はケフィアグレインさんのシマ）なので、申し訳ないが詳細は判らない……また話が逸れた。

とにかくそんなまとまりのない情勢だったがゆえ、九世紀半ば、十七代目の王ボリス一世は、国の統一を図るために国民の信仰するべき宗教をキリスト教のみに定めた。異教徒には改宗を強いた。全ての民の信仰により、ブルガリアはイイスス・ハリストスの慈愛を賜る土地となったはずだった。しかしぜんぜんダメだった。国民の多くが、古くから土着のシャーマニズムに慣れ親しんできた入植者の子孫なのである。端《はな》から一神教とか無理なのである。結果、「この世のすべては悪魔が作った」とかいう異端の教え（一応キリスト教）が遍満し、あまりにも生活が苦しすぎて自暴自棄に陥った民衆はそれを長いことガチで信じていた。そもそも建国当時のブルガリアは黒海《こっかい》の西に沿って国土が縦に長く、東端はかなり広範囲で海に面していたのに、水軍がなかった。国防とは。今考えるとそれで三百年以上も国が存続したのって奇跡だと思う。

吾輩たちはそんな混迷を極める祖国をずっと見てきた。菌なので人間の争いには参加していないが、菌としての責務は果たしてきた。土地の民たちは吾輩たちを「菌」とは認識していなかったが、乳を元《もと》になんだか美味《おい》しいものを作ってくれる何か、として各家庭の厨《くりや》で代々大切に受け継がれてきた。おそらく日本における糠床《ぬかどこ》のようなものである。あそこの乳酸菌も吾輩たち外来種に負けず劣らず、風土に根付いた良い発酵をするので、苦手な野菜がある人は漬けてみるといい。

ところで吾輩たちが初めて出会った日本人は、とある気高きご婦人であった。ヨーロッパで言うところのブルジョアジーの家庭に生まれたそのご婦人は、第二次世界大戦の残した深い爪痕に苦しむ祖国の民を救いたいと願い、敗戦の翌年、女性として初めて日本の国政に参加した人である。それから約二十年後、彼女は駐日ブルガリア大使の奥方から、吾輩たちを用いた本場のヨーグルトの製法を伝授された。彼女は試行錯誤を繰り返し、最終的には御夫君の客人たちに振舞えるほど美味しいヨーグルトを作るようになった。社交の場に集うご婦人たちの間で彼女のヨーグルトは美味しいと口々に称賛され、評判が評判を呼び、それはついに天皇陛下のお耳にも届き、大いに話題となった。

ただしこれは一部の有産階級以上の食卓に限った話である。当時はブログもクックパッドもクラシルも存在しなかった。ご婦人がヨーグルトを商売にすることも望んでいなかった、というか、慈善活動の世界にその身を捧げた人であるがゆえに俗人の金儲けとは無縁で、彼女はそれを他者に無償で分け与えることはしても、対価を得て市場に流通させることは微塵《みじん》も思いつかなかったのだ。したがってそのヨーグルトおよび吾輩たち種菌は、ご婦人を中心とするコミュニティの外には流出せず、日本の一般市民はある時まで「甘くないヨーグルト」の存在を知らなかった。当時の日本で流通していた「ヨーグルト」と名の付く商品は、ブルガリア人が食べたら「甘くて美味しい白いものだね！　なんていう名前のデザートなの?」と無邪気に尋ねそうな、インド人にとっての日本のライスカレーと同様に、美味しいは美味しいが、ヨーグルトとは違う種類の、プディングや寒天と同列のデザートに分類される食べ物だったのだ。

日本の一般市民に、ヨーグルトの国の人がヨーグルトだと認めるヨーグルトの存在が知られるまで、ここから数年かかる。

＊＊＊

……ヤバい。東京ヤバい。

一年ぶりに訪れる東京の街は、由寿を圧倒した。大阪もじゅうぶんヤバかったし、とりあえず人多すぎなんだが、まず東京駅から見える景色がヤバい。丸《まる》の内側《うち》の駅舎はレンガ造りでまるごと大正時代なのに、反対側の八重洲《やえす》口とそこから見える景色はなんかもう、近未来である。東京駅の東西自由通路ってあれか。タイムトンネルか。新宿《しんじゅく》のサイバーパンクな感じとは違い、八重洲口はサイバーオルタナティブとでもいうか、初めて肉眼で有《あり》明《あけ》のビッグサイトを見たときの沸きあがるような興奮と畏怖《いふ》に似ている。

八重洲南口を出て徒歩十五分ほどの近未来の様相の街に明和本社はオフィスを構える。地域名としては八重洲ではなく京橋で、国道15号をその起点に向かって上ると二十世紀前半の建築物である日本橋髙島屋《にほんばしたかしまや》、更に先、日本橋川を越えると髙島屋と同じく非常に貫禄を感じる日本橋三越《みつこし》がある。ふたつのデパートと周りのビル群の時代の差がすごい。それでいて街全体の調和が取れた不思議な一帯だった。

配属初日、由寿は生まれて初めて「都会で働くＯＬさんのランチ（イメージ）」を体験した。

朝ごはんは毎日ヨーグルトと卵を生のまま混ぜたもののみ、大阪支店の昼ご飯はだいたい営業車の中でおにぎりとかファストフードとか、夕飯は徹底して自炊だったので、ネットでしか観たことのない綺麗に盛り付けられた小さな皿が何枚も並ぶお洒落《しゃれ》な膳に、由寿は思わず「うわあ」と声をあげた。

「……東京のＯＬさんはこんなに可愛いものを毎日食べてるんですか？」

「今日は朋太子さんが来るから、ちょっと特別なだけだよ。いつもはコンビニかお弁当」

先輩の飯野《いいの》朝子《あさこ》が笑いながら答える。おそらく二十代後半の、シンプルな白いシャツと膝下丈のギャザースカートという定番のオフィスカジュアルが板についたコケティッシュな感じの女性である。

「そうか、私たち東京のＯＬさんか」

由寿の教育係の緑川《みどりかわ》逸美《いつみ》が「知らなかった！」みたいな顔をして同席者を見回す。立場的におそらく三十代後半か四十代だと思われるが、彼女も明らかに由寿とは違う文化圏に属する煌《きら》びやかな人だ。顔の皮膚がまるでマネキン。鼻筋や顎《あご》の先が白く発光している。着ているスーツの生地も照明の当たり具合によってキラキラ光っていて、由寿の服とはお値段の桁《けた》が違うと一目で判る。左手の薬指にはめられた結婚指輪もエタニティと呼ばれる、指一周ぶんダイヤが連なった高そうなやつ。

　彼女たちのおしゃべりは滑らかな標準語で、その会話に参加しようとしても大阪弁と岩手弁が喉の奥でせめぎ合い、言葉が詰まって出てこない。何か質問をしてくれても、うまく言葉が返せない。

　昨夜、ＳＮＳの鍵付きアカウントで〈明日から東京デビュー、こわ〉と呟《つぶや》いたら、東京で働く女性労働者である岡林から「東京の真の怖さは物価の高さと人の多さと夏の暑さ」とリプがついた。岡林も地方から出てきて東京で働く人だ。彼女のほうが由寿より少し年上だが、かつて同じジャンルにいたため、数年前にオンリーイベントでエンカし、それ以来プライベートも含めてネットでの交流を深めていた。一応顔を知らないフォロワーもいるので、由寿はＬＩＮＥに切り替え岡林のアカウントにメッセージを送った。

〈オタクだから暑さと人ごみは平気だけど、広報って何するところか知ってる？〉

　文字による返信はなく、ビックリマークと共に目玉の飛び出ているイケメンキャラクターのスタンプが送られてくる。

〈え、そんなにつらい感じ？〉

〈それ、ＯＬファッション雑誌で恋に仕事に大忙しの一ヶ月着回しダイアリーの主人公がやってる仕事だぞ〉

　昨日はこれに目玉の飛び出したウサギのスタンプを送り返したのだが、お花や宝石みたいな食べ物を前にした今このとき、彼女のリプは紛れもなく事実であった。

〈ニクヤたしか国立理系だよね？　なんでその人事？　私大文系キラキラ女子の巣窟みたいな部署だぞ、知らんけど〉

ニクヤとは由寿のＨＮ兼pixivネームである。数字で２９８と書く。某めんたいこメーカーと同じ読み方のつもりで使い始めたのだが、八割の確率でニクヤ、二割の確率でニーキュッパと読まれるため、もうニクヤでいいやと早々に諦めた。ちなみに『悪魔の創造〜』の作者のpixivネームも数字の「０１２３」で、もしかして某引っ越し業者にお勤めの方なのかなと思いつつ、なんとなく勝手に親近感を抱いていた。そして岡林は全てのＳＮＳのアカウント名が本名の岡林だ。猛者《もさ》である。

〈一応希望は開発部で出してたのに届いた辞令が広報部だった〉

〈失礼だけど、見た目も中身もキラキラとは程遠かった気がする〉

〈ぜんぜん失礼じゃないし、実際そうだし〉

〈なんか、逆校閲ガールっぽいな……〉

岡林があのトレンディなドラマを観ていたことには驚いたが、言い得て妙だと思った。

そんなオタクのやりとりを反芻《はんすう》してしまい、美味しかったはずなのにランチの味を憶えていない。服は駅ビルのショーウィンドウのマネキンが着ていたコーディネートを参考にした。靴も綺麗に磨いた。鞄に付けていた古いキーホルダーもちゃんと外して中のチャック付きポケットに入れてある。それでも正しく擬態できているかどうかばかりが気になった。

しかし昼休みが明けてみれば由寿の不安は結局杞憂《きゆう》だったように思えた。表面上はみんな気さくだし、忙しく働く人は他人の身なりや私生活になど干渉しないのだ。広報部で由寿に割り振られた仕事は、日々のルーティンワークに加え、主な業務は社内報の作成だった。

「あっ、これ」

手渡されたA4サイズの冊子を見て由寿は小さく声をあげた。

「これってここで作ってたんですね。大阪でも届いてたから読んでました」

「そうだよー。読んでくれてたんだ、嬉しい」

緑川は今までの社内報が入った箱と手順書のファイルを持ってくると、とりあえず今日はこれを読んでいて、と言った。年四回刊行で、それほど激務というわけではないため、空いた時間はほかの仕事の手伝いをするという。

「私も明太子さんの文章いくつか読んだよ」

「……えっ!?」

隣のデスクに腰を下ろした緑川の衝撃の発言に、由寿の心臓は跳ね上がった。

「去年ひとりIRのほうに取られちゃって、私も今はSDGsメインでやってるから、社内報に誰か人来てくれないかなあって相談を人事にしたら、大阪支店に面白い営業報告書を書く新人がいるらしいって言われたから、参考に送ってもらったの。あんな物語仕立ての営業報告書、初めて読んだよ。面白くてびっくりしちゃった」

「そういうことですか……」

一方は安堵、一方は不安の二重の意味で言葉が漏れていた。大阪で見ていたときは「こういうお仕事もしてるんだー」「社内で野球大会とかあるんだ！」「茶道部まであるの⁉」と、情報誌として面白く読んでいただけだったが、改めてページを捲《めく》ってみると、他部署の社員にめちゃくちゃ取材とかしなきゃいけないやつだった。

私かなり対面でのコミュニケーションを苦手とする性質（苦手とするだけで関わりを持ちたくないとは思っていない）なんですけど大丈夫ですか……！　後悔しても知りませんよ……！

という心の叫びをすべて笑顔の下に押し隠して、由寿は「ありがとうございます、頑張ります」と緑川に向かって頭を下げた。作り物めいた華やかな笑顔を返してくる彼女の顔はやっぱりマネキンに見えた。

＊

ごきげんよう、吾輩はブルガリア菌よ。

ひとつ付け加えておくと、由寿は結構特殊な「対面でのコミュニケーションを苦手とする性質（苦手とするだけで関わりを持ちたくないとは思っていない）」である。表向き明るく朗らかで誰からも嫌われず、対面でのコミュニケーション能力はかなりあるほうに見えるのだが、脳と口と精神が連動していないタイプの人間らしく、対面でのコミュニケーション能力をフルスロットルすると連続では三時間くらいしか持たない。限界を突破して何かが擦り切れた日は、ひとり無の表情でチョコレートを貪り食っている。

そんな由寿が緑川に「広報部は会社の顔だからね」と言われ、顔に引きつった笑みを張りつけて業務の説明を受けているのを横目に見つつ、吾輩は社内に漂う吾輩たちの様子を観察しにいった。

「あっ、そこの吾輩、新入りだね？」

「関西からだね？　吾輩も元関西！　儲かりまっか！」

「ぼちぼちでんな！」

さすが明和本社、吾輩だらけだ。時おり紫外線と激闘中のSC-2Wがいたり、すんごい勢いで強さを引っ張り出してるR-1Xがいたり、プリン体叩《たた》きのめしてるPA-3Vがいたり、研究所から付いてきたらしきまだ市場に出回っていない希少種がいたり、さながら東京乳酸菌ランドである。

「ようブルガリア菌、お主《ぬし》、今年で五十周年らしいな」

フロアをふらふらと漂っていたら、これから戦闘へ向かうらしきラクトバチルスガッセリーOLL2716N株（通称LG21N）に声をかけられた。こやつは吾輩と同じラクトバチルス属の桿菌《かんきん》で、吾輩とは姿かたちの似た親戚みたいな関係だ。なお吾輩とLB81Oの名でタッグを組むサーモフィルス菌は、ざっくり「発酵乳用乳酸菌（ホモ）」という大枠が同じなだけで、働きも形状もラクトバチルス属とはまったくの別ものである。そのへんはまたのちほど。

「……吾輩たぶんキリストとか釈迦《シャカ》とかが生まれる前からいると思うのよね。モーゼがヤハウェに供えた発酵乳とかアブラハムが天使に振舞った発酵乳って、たぶん吾輩のことだと思うのよね。だから五十年どころの話じゃないと思うんだわ」

このあたりの旧約聖書がらみの話は、乳酸菌界隈ではいつも論争になる。古くからいる乳酸菌はみんな記憶がないのに自分だと言い張るし、吾輩も記憶はないけど自分だと信じている。現にLG21Nも、

「その説についてはガッセリー種的には酵母と共生発酵の乳酒で、その場にいた吾輩が泥酔して記憶をなくしたんだと推測してるんだが」

ほらねー。

「すまん話が逸れた、そして語弊があった。お主ベースの『ブルガリア』を冠するヨーグルトが日本で発売されてから今年で五十年経つらしいぞ」

「うわ、もうそんな経つ?」

厳密に言うと五十年前の吾輩はブルガリア菌の中でも違う株だった。そこから吾輩20388株が責務を引き継ぎ、サーモフィルス菌のナンバリング「11311」の末尾一桁と吾輩の末尾一桁を用いた「LB81O」という〝乳酸菌としての名前〟を付与されている。

※LB=Lactic Acid（乳酸）Bacteria（菌）　※LG=Lactobacillus Gasseri

「お主ついこないだ五十周年記念リニューアルみたいのされてただろうが」

「ああ、たしかに十年ぶりのリニューアルだ。脂肪球が極小になって更に口当たりがなめらかになったやつだ。そういえばそんなこと書いてあったな」

〝くちどけ芳醇発酵〟と名付けられた改良で吾輩は、十年前に発酵方法が変わったときと同じく、美味しさはそのまま、より万人の舌に馴染みやすく食べやすくなっているのだが、大阪支店にいるとき試食品を一パック渡された由寿はそれを家に持ち帰り、千切った干し芋を一晩漬け込んで食べていた。翌日感想を求められて「美味しかったです！」と答えた彼女が、干し芋抜きの素の状態でどれほど美味しく滑らかになったかを知るのはだいぶ先になる気がする。

「吾輩もこないだ二十一周年だったんだけど、結構感慨深いよな」

「マ？　お主まだまだ日本のヨーグルト界隈じゃ新参者って感じだったのに、もう二十年以上経ってたか」

「R-1Xだってそろそろ十五年くらい経つんじゃないか？」

「こないだまで赤ちゃんだったR-1Xが……もうそんなか……」

「今でも充分赤いだろ。我々みんな愛されてありがたいことよな。じゃあ吾輩ちょっくら戦ってくるわ」

「武運を祈る（……赤い……？）」

同じカンパニー内の後輩ながら、惚《ほ》れ惚《ぼ》れするほど勇ましく頼もしい。

吾輩たちLB81Oだけではちょっと歯が立たないピロリ菌の野郎が棲み着いてしまった場合、LG21Nが集中して二ヶ月くらい戦ってくれると、多くの人間の胃は本当にめちゃくちゃ綺麗になるのである。もちろん例外もあるが、大多数はツルッツルのピッカピカになるのである。数多《あまた》の乳酸菌の中からあやつを発見し、その能力を最大限引き出す環境を整えた偉大な研究者は、マジ人間国宝だと思って間違いない。

ただし平時の守備は吾輩たちでわりと事足りるため、医師からピロリ菌や機能性ディスペプシア（腹部症状が慢性的に続いているにもかかわらず、症状の原因となる異常が見つからない）の疑いありと診断された人間のほか、「金持ち」「味が好き」「推しがLG21N」「パッケージかっこよす！」などの特別な理由がない限りは、わざわざちょっと値段の高いLG21Nを毎日摂取しなくてもいいかもしれない。お肌に気を使っているタイプの人間の例にあてはめれば、LB81Oは日々の基礎ケアであるブースターや化粧水や乳液、LG21Nはスポット美白やニキビ薬や目元美容液などのスペシャルケアだと考えてもらえればなんとなく合ってる。ヨーグルトの経口摂取はスキンケアならぬ胃腸壁ケアであり、付け加えるならば、毎日胃腸壁ケアをして腸内フローラを整えていれば、表皮も高確率で綺麗になる。

あんなに朝ごはんが適当なのに、吾輩と卵のおかげかお肌だけは超絶ツルピカな由寿のところに戻ると、まさに緑川がブルガリアヨーグルト五十周年に関する説明を由寿にしているところだった。社内報でその特集が組まれるという。

……特集って⁉　あの、特集ですか⁉

え、ちょっと嬉しい。というか、だいぶ嬉しい。

一九九三年までのナンバリングはLB51Oで、各々菌株は違ったけれど、吾輩もサーモフィルス菌もその記憶をすべて受け継いでいる。したがって明和の人間たちが吾輩たちを用いた「ブルガリアの」ヨーグルトの開発に並々ならぬ情熱を注いでいたことも知っている。そしてブルガリア本国の民たちが、他民族の支配と蹂躙《じゅうりん》に幾度となく蝕《むしば》まれた穴だらけの歴史の中で、どれだけ自国の名前と、その名を冠するヨーグルトに矜持を抱きつづけてきたのかも、吾輩はずっとずっと、傍《そば》で見てきた。

*

第一次ブルガリア帝国の終焉《しゅうえん》は西暦一〇一四年、ツァール・サムイルの崩御と共に訪れた。

「この国はもう駄目だ」

サーモフィルスは晴れた空のような色の瞳に涙を湛《たた》え呟いた。王城前広場に舞い上がる砂塵は、人の血と肉が腐敗するにおいを巻き込んで禍々《まがまが》しく混濁する。

「俺たちがどれだけ人を生かそうとしても、人を人が殺す。もう持たないよ、国も、俺たちも」

「……そうかもしれないね」

小さく肯《うべな》うブルガリクスも薔薇《ばら》の花弁のような唇を噛みしめ、深い海の青の色をした瞳に空虚な怒りを滲ませた。

サーモフィルスとブルガリクスの眼前には、ビザンツ（東ローマ）帝国の皇帝バシレイオス二世が送還した約一万四千人のブルガリア人捕虜の姿があった。そのうちの百四十人余は片目を、残りは両目を潰されていた。片目を残された兵は、縄に繋いだ両目を潰された兵を百人ずつ率いて祖国へ帰還するよう命じられたのだ。王のもとにたどり着いた安堵からか、王城前広場で息を引き取った者が大勢いた。腐り落ちた眼窩《がんか》には虫が湧く。

この惨状を目の当たりにする二ヶ月前、ベラシツァのクレディオン峠でビザンツ帝国軍とブルガリア軍の大規模な会戦が勃発《ぼつぱつ》した。山間部の戦いにおいて、大軍を率いたブルガリアが負けるはずがなかった。しかし後方から忍び寄ってきたビザンツの将軍にしんがりを討たれたブルガリア軍は総崩れとなり、大敗を喫したあげく大勢の兵士が敵軍の捕虜となった。

王であるサムイルはこの戦場から逃げたのだ。あれから二ヶ月、首都オフリドに生還した盲目の捕虜たちの姿を目にすると王は卒倒し、二晩寝込んだ末に死んだ。数多の盲者たちが妻のもと、親のもとへの帰宅も叶わず、永遠に明けない絶望の闇の中、痛みと飢餓にもがき苦しみながら野ざらしのまま死んでゆく。彼らから逃げた王の死は、死に瀕する者たちの声も届かぬ城門の奥深く、豪奢《ごうしや》な王の寝台の上。

「あの人の目に、僕たちはいつまで見えていたのかな」

ブルガリクスは永遠の床に就いた王の骸《むくろ》が安置される王城のほうを見遣《みや》る。

「少なくともクレディオン峠ではもう、見えていなかっただろうね」

サーモフィルスも同じくそちらに虚《うつ》ろな眼《まなこ》を向ける。戴冠したころのサムイルは優秀な人の王だった。建国以来代々王にのみ口伝されてきた、王とその民を守護する精霊「ミクロルガニズミ族の戦士・サーモフィルス菌とブルガリア菌」の顕現《けんげん》にも彼は大層喜んでいたのに。

彼の死は国土のために犠牲となった兵士たちの怨念《おんねん》だ。

「もっと死ぬよ、もっともっと死ぬよ」

荷車に積まれた骸の山の上をゆったりと旋回していたタナトスの使者が近付いてきて、笑いながらサーモフィルスに話しかける。一層濃密になった「死」の気配は悪臭の漂う埃っぽい広場に抗いがたい甘美な香りを降らせる。サーモフィルスは何も答えず、ただ舞い落ちる黒い羽根を鬱陶《うっとう》しそうに手で払った。

「ここは異教の悪魔が作った国だからね、どんどん死ぬ。もう終わりだ。ミクロルガニズミの長の子、おまえももうじき死ぬよ」

使者はサーモフィルスの腕を摑んだ。否、摑もうとしたが、刹那《せつな》ブルガリクスの振り下ろした剣がその腕と片翼を斬っていた。

「連れてなどいかせない、絶対に」

黒い腕と翼は霧散したが、一瞬にして元の姿を取り戻した。タナトスの使者はギリシャ神の僕《しもべ》に相応しき秀麗な面貌を歪ませ高らかに笑うと、死者の魂をステュクスへと導く甘い香りを散蒔《ばらま》き、上空へと羽ばたいて消えてゆく。

「ブルガリクス、無駄だ」

サーモフィルスは追おうとしたブルガリクスの手を掴み、剣を下ろさせた。

「でも、僕は君の騎士だから」

「騎士だから、何」

「……主《あるじ》が生きていてくれないと困る」

主従を隠れ蓑《みの》にし、ブルガリクスは胸の内が爛《ただ》れるような彼への思いを、鞘に納めた剣柄を握る手のひらの中に抑え止める。

「もう俺は疲れた。いっそあのアポストルに連れてゆかれてもよかったのに」

どれだけ長く生かそうとしても、本来与えられた天寿を全うできず戦に殺される人間たち。それを見守り続けるのが、サーモフィルスには限界だった。頽《くずお》れたサーモフィルスの躰を、彼よりもまだ小さく華奢《きやしや》なブルガリクスが両腕で支え、声を震わせながらも懸命に訴えた。

「僕は君の剣だ。君と共にあってこそ僕なんだ。ねえ、きっと僕たちが救える人間はまだほかにいる。その人たちのためにふたりで生きよう。必ず僕が君を守るから。ずっと守るから」

ブルガリクスの腕の中でサーモフィルスは目を閉じ、共にこの国で歩んできた数百年を長い瞬きの間に振り返る。良き王はいた。悪しき王もいた。あるときから王の行いは救世主イイスス・ハリストスの説く神の教えに倣《なら》うようになった。その解釈の違いにより土地は教区と名を変え、人という傀儡《かいらい》を駒にして争う。だが、争い傷ついた果てに人が縋《すが》るよすがもやはりまた神なのだ。サーモフィルスは目を開き、逆にブルガリクスの腕を掴んだ。

「……なら、俺は君を受け止める器になろう」

「ああ、それで君が生きてくれるなら」

「しばらくこの国を出てどこか遠くへ行かないか、ブルガリクス。ハエムスを越えてもいい、海を渡ってもいい。俺たちが仕えるに値する王を探す旅に出よう」

「……ブルガリアを見捨てるのか」

「見捨てやしないさ。俺たちの兄弟はたぶん王城の厨の中だけでも五〇〇兆くらいいるはずだ。誰かに俺たちの記憶を伝えればいい」

サーモフィルスの言葉にブルガリクスは得心し、周りを見回して一番近くを漂っていた兄弟を手のひらに掴んだ。その小さな萌芽は瞬く間に青陽を仰ぐ破蕾《はらい》のように人の姿へと変体する。

「ラクトバチルス・ブルガリクス、我が弟よ、今から君は僕だ。これから先、僕の代わりにブルガリアの民を見守っていておくれ、頼んだよ」

ブルガリクスは、人の姿を模《かたど》ったラクトバチルス・ブルガリクスの両の手のひらに自分のそれをぴったりと合わせ、指を組み結ぶ。人に変化したばかりの弟の個体は、更に目の色、髪の色、纏《まと》う衣とをすべて現在のブルガリクスの姿へと転変させてゆき、最終的に手のひらを離し応諾を示した。

「今から僕は君だ。全ての記憶を継承した」

サーモフィルスも同様の流れで己の複製を生み出し、新たなサーモフィルスは新たなブルガリクスと共に王城の門をくぐる。そして古来のサーモフィルスとブルガリクスがオフリドから姿を消して四年後、ブルガリア帝国は滅亡しビザンツ帝国に併合された。新たなミクロルガニズミの戦士たちは、かつてブルガリア帝国と呼ばれた王不在の国土で、戦なき世を渇望する愛しき民草の健康と長寿のために己の務めを果たしながら、聡慧《そうけい》なる王の誕生と帝国の復活を待ち続けた。

＊

ベラシツァ山脈からオフリドって三百キロ以上あるやんけ……。

夕飯の味噌煮込みうどんを食べながら由寿はＰＣでpixivを開き『悪魔の～』を改めて最初から読み返していた。別ウィンドウで地図やウィキと照らし合わせつつ、作中の歴史背景が創作ではなく史実であることを再認識する。

明和がオフィシャルで使用している菌名はブルガリ「ク」スではなくブルガリ「カ」ス

で、サーモフィ「ル」スではなくサーモフィ「ラ」スなのだが、ほかの人名や地名もググってみたらほとんど実在していた。起こりうる可能性は今の日本で生きている限り絶対にゼロなのに、自分が敵に目を潰されたあげく、およそ仙台《せんだい》から東京くらいの距離を歩かされることを考えると、恐ろしすぎて眩暈《めまい》がする。

……早くKADOKAWAに見付かって！　お願いだから書籍化からのアニメ化をして！　グッズを売り出して課金をさせて！　マジなんでこの作者「なろう」かカクヨムに投稿しなかったの⁉　pixivだと見付けてもらえなくない⁉　こんなに推しが可愛いのに⁉

ローテーブルに肘を突き頭を抱えていたら、ディスプレイの右下にLINEのポップアップが表示された。岡林だ。

〈キラキラ部署はどうだった？〉

〈色々眩《まぶ》しかった。そして推しの素晴らしさを讃《たた》える仕事に任命された〉

〈ヴァイパー子爵《ししやく》⁉　今ごろ⁉　しかも一般企業で⁉　なんで⁉〉

〈そっちじゃなくて、悪忍《あくしの》のブルガリクス、の、リアル菌のほう〉

ヴァイパー子爵は、由寿が高校生のころ放映されていた全二十四話の深夜アニメのキャラクターである。戦闘時は毒蛇に変身する呪いをかけられた金髪碧眼《へきがん》の怜悧《れいり》な美少年で、好物は生の鶏卵。岡林も同じアニメのパイソン男爵というキャラクターをメインに漫画を描いていた。彼女は放送が終わって半年ほどでほかのジャンルに移っていったが、由寿はその後もヴァイパー子爵以上に心をときめかせる存在には、二次三次リアルとも出会えていなかった。二年前、ブルガリクスを知るまでは。

〈まだ読んでたのかあれ〉

〈あなたが教えてくれたんでしょうが。責任取ってよね〉

〈商業でもないオリジナルにそこまで沼るとか、ちょっとヤバくないか〉

〈だから困ってるのよ！　作者が続きをアップしてくれない限り供給ゼロなのよ！　タグ検索しても絵も文字もゼロなのよ！　なぜなら多分私以外は誰も読んでないからなのよ！

仕方なく自給自足で絵とか描いても逆に虚《むな》しいだけなのよ！〉

〈その絵にタグ付けして投稿しろよ、ニクヤ文章も書けるんだし、両方投稿しとけばどっちかで同志が見つかるかもしれないぞ〉

〈そんなことしたら作者にも見付かっちゃうじゃないですか！　お断りだ！〉

このめんどくさい自意識はなんなんだろう。自分が投稿した絵や文章にイイネをしてもらえると純粋に嬉しいけど、知らない人にそれをされるのはちょっと怖いし、顔見知り、というかネット見知りの範囲外で自分からそれをする勇気もなかった。作者に認知されるなんて畏《おそ》れ多くてまっぴらだ。由寿は空になったどんぶりを台所に下げ、足元の段ボールを見てちょっとげんなりした気持ちになり、ＰＣの前に戻ると再び文字を打った。

〈ところで味噌はいらんかね〉

〈は？〉

〈こないだ母親が十五キロ送ってきたんだけどどう考えても食べきれない。毎晩味噌料理食べてるのにぜんぜん減らない〉

〈味噌玉作って冷凍しておけば？　朝とかお湯入れるだけで味噌汁飲めるぞ〉

〈十五キロ分の味噌玉か……〉

冷凍庫の許容量をはるかに超えてそうだ。それでも素直に由寿はPCを閉じたあと、開封済みの一キロ袋の中身をすべてボウルに移し、鰹節《かつおぶし》を混ぜただけのシンプルな味噌玉を作り始めた。


翌朝、心身に染みついた習慣で無意識に生卵とヨーグルトをボウルの中でかき混ぜていた。五秒後に味噌玉のことを思い出し、冷凍庫からひとつ取り出すとそれもボウルに入れていた。

……ちがう。これお椀《わん》に入れてお湯で溶かすやつだった。

菜箸の先にゴロゴロした異物を感じ、由寿は溜息をつく。ヨーグルトと卵に塗《まみ》れた味噌玉を取り出してお椀に移し、電気ポットからお湯を注ごうとしたら、おじさんの断末魔みたいな「ゴフッ」という音がして、お湯は一〇mlくらいしか出てこなかった。給水し忘れていた。再び溜息が漏れる。

ブルガリクス、サーモフィルス、そしてヴァイパー子爵、ごめんね。

由寿は心の中で三人に手を合わせ、コンロでフライパンを熱すると、中途半端に溶けた味噌玉とボウルの中身を注ぎ入れた。
※こちらフライパンからの実況です
「とうとうキタコレ！　正解キタコレ！　加熱しないとぜったい食べられないやつ！」

「お主味噌か！　ジャパニーズ麹《こうじ》菌の味噌か！」

「いかにも吾輩は味噌であるが、何事だ、お主ら何をそんなに騒いでおるのだ」

「挽肉じゃないのが残念だけどウェルカムだよ味噌！　絶対美味しいやつだよこれ、ジャスティスだよ！」

「ようこそ味噌！　吾輩は乳酸菌と呼ばれし者、お主が味噌を作ってるのと似たような感じで古《いにしえ》よりヨーグルトを作りし者。そろそろ機能停止するから詳しく説明してる暇はないんだが、とりあえずお主が来てくれて……よかった……あとは頼んだぞ……たまゴフッ」

「おい、しっかりしろヨーグルトーッ！」

「お主ら一体な
※実況を終わります
小さなフライパンの中でしゅうしゅうと音を立てて泡立つ卵味噌ヨーグルトをバタービーターでかき混ぜながら、今までいくつ生卵を飲んできたかな、と振り返る。ヴァイパー子爵は加熱した卵を食べない。由寿にとって毎朝生卵を食べるのは、自分の中で永遠に生きるヴァイパー子爵の魂への供物だった。そして乳酸菌はたしか摂氏六〇度以上の加熱でほとんど死んでしまう。

ジェノサイドに対する罪悪感と共に、汁っぽく細かいそぼろ状になった得体の知れない食べ物を小鉢に移し、スプーンに掬《すく》って口に運んだ。

「え、ヤバ」

思わず声が漏れた。味噌の主張が激しく若干しょっぱいけど、ヨーグルトの酸味もちゃんと残っていて普通に美味しい。一人暮らしを始めてから朝ごはんの味とかこだわってなかったので、胃がびっくりしてる気がする。由寿は冷凍庫から百グラムずつに分けて冷凍してあるごはんを取り出し、電子レンジで温めて小鉢に突っ込んで混ぜてみた。ついでに冷蔵してあった刻み万ネギも混ぜてみた。しょっぱさがごはんの甘みとネギの風味で中和され、更に美味しかった。いつもの朝より少し元気が出た気がする。

企業における広報部と宣伝部は、似ているが違う。明和の場合ざっくり分けると「商品の宣伝をするために各メディアの『枠』をお金で買って世に商品を知らしめる」部署が宣伝部で、広報部は「マスコミや関係省庁向けに商品のプレスリリースを作る（『枠』を買うことはない）」部署だ。IRや、SDGsへの取り組みの周知など、対外的に会社そのもののイメージアップを図るのも広報で、社内に「今うちの会社こんなことしてるよー！」とアナウンスしてインナーコミュニケーションをさせるのも広報部の仕事である。

また、明和に限らずどの会社もだいたい、広報部の新人が「クリッピング」という作業を行う。十年くらい前までは、新聞や業界誌などに毎朝くまなく目を通し、自社や同業他社に関連する記事を探して各部署向けにレイアウトしたものをコピーし、足で配っていたという。現在はすべて電子化されており、契約しているクリッピングツールが自動生成した記事を、由寿が目視でチェックし、各部署のメーリングリストにレポートしている。慣れていない由寿は二時間くらいかかる。しかしおかげで、一週間もするとなんとなく、営業の仕事だけでは知り得なかった業界事情が判ってきた。最初は業界紙の多さにびっくりした。日本食糧新聞とか、食料醸界新聞とか、全酪新報とか。日刊・週刊などぜんぶ合わせると五十紙以上あるのだ。これらにすべて目を通していた十年前の広報部新人の苦労たるや。

異動を知らされたとき、もしかして商品の広報担当として製菓のほうの何かを担当させてもらえるんじゃないかと期待した。しかし最初の仕事が直球で乳製品だった。大阪支店で担当していたのが主に市乳だったからなのかもしれないが、なんかこのままだとチョコレートには関われずに人生を終える気がする。

去年の夏休み、家に帰ったとき、祖父はもうほとんど意思疎通ができなくなっていた。ときどき昭和のほうの東京オリンピックの話とかをしていた。

――父っちゃん、ほら、由寿帰っでぎだわよ。

滞在中、母はそう言って何度も祖父に由寿を紹介した。しかし祖父はいつもその人が自分の孫だと認識できなかった。初日に妙にしっかりした発声で由寿に向かって言ったのは、

――ねえちゃん、セツコさ似でらね。

で、まだらな意識の中で思い出すのが、孫の顔ではなくどこかのお店の女の子かい、と我が祖父ながら悲しい気持ちになっていたら、母が横から「牛よ」と言った。どちらにしても複雑だった。

人は「役割」を与えられないと生きられない。病気で祖母が亡くなったあと、婿養子である祖父の杜撰な経営のせいで、小さな牧場は崖から落ちるように減益した。震災をきっかけにいよいよ立ち行かなくなり、廃業したあと、牧場主という役割を失った彼は日々パチンコくらいしかすることがなくなった。同居する前、金の無心をしにきた祖父を、母が泣きながら引っ叩《ぱた》いた現場を目撃している。あのとき由寿が「孫の役割」を演じて見せれば、彼は「祖父の役割」を取り戻し更生していただろうか。牛と孫の顔が似ているとか、脳内ラビリンスな状況になることもなかっただろうか。いや、私そんなに牛には似てない。ウォンバットとかクォッカワラビーとか、あの界隈の哺乳類に似てるとはよく言われるけど、さすがに牛はない。ないわー。

今の自分の役割。それは社内報に載せるための記事を書くこと。そのための取材をすること。役員勢へのインタビューにはプロのライターが付く。しかしそのほかの記事に関しては由寿が書くことになる。社内報は主に会社の中の人やその家族に向けた媒体ではあるが、さまざまな業界業種が参加している社内報の大きなコンテストが年に何回か開催されており、明和は過去何度か上位に食い込んでいるため、広報部ＯＢ、ＯＧや外の人に対しても恥ずかしくないクオリティのものを作る必要がある。ちなみにＡ４全頁《ページ》フルカラー、しかも無線綴《と》じ。なんという贅沢《ぜいたく》。印刷会社は天下の凹版《ぺこぱん》印刷様。こんな大きな印刷会社に自分の書いた原稿を入稿する日がくるなんて……いろんな意味で震える。

まず取材すべきは研究所に勤務している人だ、と由寿は考え緑川に相談した。実際に生産するのは工場だが、試作は研究所で行われるという。ここで安全で美味しいものができなければ正規の生産ラインには乗らないのだから、どんな研究が行われたのかをまず知りたい。

取材先候補リストは既に彼女が作ってくれているため、由寿はアポイントを取れば良いだけだった。失礼のないよう、緑川の指導のもとメールの文面を作り、送信しただけで一仕事終えた気になった。のだが。

「メールだと読まれない可能性もあるから、電話もしてね。あと、研究所は私も一緒についていくから安心して」

緑川はそう言って、何事も経験、と即座に電話をするように促す。いや、もしかしたらすぐにメールが返ってくるかもしれないから少し待ったほうが良いのではないですか、と反論しようとして由寿は言葉を飲み込んだ。

「……先方に失礼のないよう、念のため一日だけ猶予をいただけないでしょうか」

「もしかして電話苦手？　営業時代どうしてたの？」

金城がめっちゃガンガン行ってた。商談がうまくいったときのすごいドヤ顔がポップアップ広告のように脳内に再生され、由寿は指先で×を押す。

「電話は平気なんですけど、人となりを何も知らない状態で直接話すのはちょっと申し訳ないというか。この方、研究者ですよね？　もし論文があれば、できれば読んでからにしたいです」

「そっか、それもそうだね。いいよ、メールが返って来なければ明日電話してみよう」

意外とあっさりと納得し、緑川は「さすが理系」と小さな声で言った。悪気がぜんぜんないのは判る。でもそれは小さな棘《とげ》のように由寿の胸の端を刺した。

*

カクステ（お元気ですか）？　吾輩はゴーレドール（まあまあかな）。

サーモフィルス菌と同じ容器で共生発酵してるのになんで吾輩ばっかり喋《しゃべ》ってんのと思ってる人間もいるかもしれない。これはただ単にサーモフィルス菌がインドア派で寡黙なだけである。じっと部屋にこもって編み物とかしてるタイプの。ただしときどきとんでもない場所で野良サーモフィルス菌が発見されたりもする。数年前に北海道の帯広《おびひろ》で見つかった野良は、捕獲され明和の研究所に保護されたらしい。いったい何があった……？

——ねえねえサーモフィルス、今度吾輩たちの特集してもらえるんだって、明和の社内報で。

——……。

——巻頭にグラビアとか載るのかな。吾輩やっぱ日本電子の顕微鏡で撮ってもらった写真が一番映えると思うんだよね。吾輩の良さを引き出してくれるっていうか。お主は？どこの電子顕微鏡で撮られるのが好き？

——……心と体……人間のぜんぶ……の……。

——オリンパスかな。たしかに、特別ってわけじゃないけどいつも間違いなく仕事してくれる同僚的な意味で吾輩も結構好きだな。

——……あと……カール・ツァイス……。

——ああー、あれもいい感じに写してくれるよね。でも明和の研究所にあるかな？まあ正直どこの電子顕微鏡で撮られても吾輩たちただの丸と棒だから、普通に考えて絵面《えづら》が地味すぎるわな。あーあ、チーズに生えてるペニシリウムなんかは、華やかで映えそうでいいよなあ。

——……それ……乳酸菌じゃなくて……カビ……。

という、会話とも言えない会話を十日ほど前にしたきり、サーモフィルス菌は口を閉ざしている。そして電子顕微鏡グラビアはやはり特集の構成案になかった。残念だ。

その日の夜、彼女は取材対象者であるＶ氏の執筆した論文をデータベースから探し出し、一晩かけて読んでいた。プリントアウトした束《たば》はわりと薄かったのだが、すべて英語だったのだ。紙にせずデータのまま翻訳ツールに突っ込めば楽なんじゃなかろうか。吾輩が人間と意思疎通できたらぜんぶ口頭で教えてあげられたのに。これもまた残念だ。

何度も辞書を引きながら注釈まで読み終えたあと、何故か由寿はちょっと泣いていた。たしかに、商品のクオリティを落とさず、むしろクオリティを上げつつ、時間に対する利益を増やすという、ヨーグルト業界的には大変な成果を上げた研究なのだが、別にそんな涙腺を刺激するような内容ではないよう、と思っていたら。

〈やっぱり院に行きたかったなあ〉

朝の四時くらいに独り言用鍵付きアカウントに呟いた言葉は、フォロワー数0なので誰にも届かなかった。

帯広の野良が保護され保管されている研究所は東京の八王子市《はちおうじし》にある。そして由寿が初取材に行く場所もそこである。

彼女はV氏の論文を読んだ翌日、一瞬の迷いもなく研究所のV氏に電話をかけた。V氏は昨日休んでいたらしく、まだメールには目を通していなかった。しかし電話口で由寿の話を聞きながら該当のメールを探してくれて、金曜の昼過ぎならば時間が取れると返事をもらった。三日後である。由寿は取材に向けてどこかに火がついたのか、彼女なりに必要だと思ったらしき情報を集め始めた。社内DBにデータ化されているものはデータをDLし、資料室にも足を運び、三十周年記念の際に製作された鈍器のように重厚なムック本、四十周年の際に製作された携帯用ハンドブック、同年に発売され市場に流通したレシピ本を見つけ、貸出許可を得て自席に持ち帰った。

「……この過去のやつ、ぜんぶめっちゃお金かかってて豪華だけど、五十周年は社内報で特集だけなんですか？　五十周年なのに？」

それ、たぶん訊いちゃダメなやつ。景気とか予算組みとかいろいろあるから触れたらあかんやつ、と吾輩は焦った。しかし緑川は朗らかに答えた。

「『だけ』なわけないよ、明和のメイン商品の五十周年だもん、CMも打つし、宣伝部主導でイベントもするだろうし、たぶんそういう本みたいの今回も作るはず。ただ、その本みたいのは広報じゃなくてマーケ主導なの」

やったあ！　良かった！　吾輩不景気じゃなかった！　ちなみにマーケとはマーケティング部のことである。

「なるほど、安心しました」

「うん。ただ、テレビCMもそのほかの宣伝周りもコンシューマー向けの施策ばっかりだから、せっかく五十周年なんだし社内全体にも知ってほしいって意向で、社内報でもやってくれって、マーケの本部長が直々に企画降ろしてきたの」

チョコレート、ミルク、ヨーグルトなど、主力商品に関しては個別の○○マーケティング部が存在し、どこも由寿が常々「ここでは働けねえ……」と思っている激務すぎる部署なのだが、その上に各マーケをまとめる激務王であるマーケティング本部長が君臨している。

「本部長、元ヨーグルトマーケの方ですか？」

「ううん、今の本部長は元お菓子」

「え、意外。乳業とお菓子で派閥争いとかないんですか?」

「朋太子さん、池井戸潤とか好きでしょ。ないよ。元お菓子でも今はマーケ全体の本部長だもん、えこひいきなんかできないよ」

おのれ、元お菓子め。どうやって人間になったのだ。吾輩も由寿と意思疎通を図りたいから、どんな方法で人間の本部長になったのかを教えてくれ、元お菓子。

その日は水曜日だったので、午後五時に一斉早帰りデーの社内放送がかかった。ほかの社員たちがごそごそと帰り支度を始める中、由寿も帰ろうと、資料室から持ってきたドキュメント群を鞄の中に収めようとした。すると、向かいに座っている飯野が手を伸ばしてそれを制した。

「持ち帰っちゃだめ」

「あ、やっぱりこういうのって社外秘ですか」

「いやそれ取引先に配る用だからぜんぜん社外秘じゃないけど、仕事を家に持ち帰るのがだめ。習慣化すると今後の新入社員にも同じことをさせる先輩になっちゃうよ」

そう言われた由寿は、大層不安げな顔を見せた。その顔を見た飯野は表情を緩ませ、提案した。

「もし予定がなければ今日はご飯一緒に食べに行こう、今ならまだハッピーアワーに間に合う」

「はい、予定ないです、ありがとうございます」

由寿も不安げだった顔をほころばせ、意外と素直に頷《うなず》いた。

連れだって社屋を出た飯野は東京駅とは逆の兜町《かぶとちょう》方面に向かい、なんだかすごく普通の町の中華料理屋のような店のスライドドアを開けた。壁に張られたメニューの短冊に記された値段がぜんぶ千円を下回っており、それを見た由寿はあきらかに安堵していた。

「朋太子さん、まだ仕事慣れてないだろうし、あんまり無理しなくていいよ?」

半額二百円の生ビールで乾杯をしたあと、飯野は言った。

「すみません、無理してるように見えましたか? ぜんぜんです」

「嘘、昨日すんごい疲れた顔して出社してたじゃん、亡霊かと思ったよ」

それは彼女が勝手に朝まで論文を読んでいたからだ。そのことを由寿本人が伝えたら飯野は早々に「緑川さんから頼まれて誘った」とネタバラシをした。緑川は直接の指導係だから、本人には言いづらいこともあるだろう。だから年の近い飯野が相談役になってくれ、と言われたらしい。緑川は四十一歳で飯野は二十九歳。由寿が入ってくるまでは飯野が広報部の最年少だったそうだ。

「うわあ、すみません、ご心配をおかけしました。でも本当に大丈夫です。マジで何も困ってないです。楽しく働かせてもらってます」

「そう? ならいいけど、なんかあったらちゃんと言うんだよ」

本当に真面目だよねえ、という飯野の言葉に、由寿はまた無難に「ありがとうございます」と返すと吾輩は思った。しかし意外にも彼女は「ならひとつ伺いたいことがあるんですが」と積極的な言葉を返した。

「なになに?」

嬉しそうに身を乗り出す飯野に、由寿は元大阪支店にいた「おでん先輩」の所在を尋ねた。

「ワンピースの?」

「いや、おでん様じゃなくて、弊社の社員です」

人からのまた聞きだから間違っているかもしれないが、という前置きをし、リン氏や金城から聞いたおでん先輩氏の情報を憶えている限り伝えた。話を聞き終えた飯野は記憶を辿るように眉間に皺を寄せる。

「……ごめん、知らないなあ。そんな目立つことした人なら東京にも話が伝わってると思うんだけど、もしかして大阪支店の誰かが生み出したイマジナリー社員じゃない?」

「イマジナリー社員……」

「それに関西の震災のころに現役バリバリだった人でしょ? 実在してたとしても時代的にもう定年してそうじゃない? 特集の取材候補にしたいなら無理じゃないかなあ?」

「そうなんですよね。ヨーグルトに関わっていたかどうかも判らない、というか今となっては実在してるのかどうかも判らなくなっちゃいましたけど、でも、今の自分が可能な限りは真面目に仕事しようって思えたのが、その人の話を聞いたからなので、もし本社にいたら一度実物を見てみたいなって思ってて」

「ご挨拶したいとかじゃなくて『見てみたい』なんだ」

「偶像と会話をしてガッカリするのって、イヤじゃないですか？」

「わかる！　だよね！　私は推しの中の人の存在を感じるのもイヤ！」

「え、推し様どちらの界隈の方ですか⁉」

「アイドルだよ！　あとワンピースのロー！　え待って、朋太子さんは⁉」

「え……っと……えーと」

「オッケー同担拒否だね、理解した！　いいよ言わなくて！」

　オッケー元お菓子、さっきのお願い取り消して。吾輩も由寿にとっては推しで偶像だから、やっぱり意思疎通できなくてもいいや。

*

　ブルガリアの家庭の冷蔵庫には必ずヨーグルトが入っていると言われている。しかし人民食とされるこの食品の自家生産率は意外にも三割をわずかに下回っており、消費量の約七割は流通する市販品である。

　黎明期のブルガリアにおいてヨーグルトはまだ固有の名詞を持たず、ただ単にキセロ・ムリャコ（酸っぱい乳）と呼ばれていた。「商品」でもなかった。オスマン帝国支配下の時代、既に市場では凝乳《ぎょうにゅう》類の売買が行われていたのだが、多くの人々にとってまだそれは「買うもの」ではなく「家庭に伝わるもの」だった。もっと遡《さかのぼ》ればヨーグルトの立ち位置は「神からの贈り物」であった。

十六世紀後半、顕微鏡が発明されると食品に対する研究も徐々に始まり、十九世紀にフランスの科学者ルイ・パスツールが乳酸発酵の仕組みを解明した。生乳の発酵が「神からの贈り物」ではなく、人体に益をもたらす微生物の働きによることが公になり、更にパスツールの門下生であるイリヤ・メチニコフによって「不老長寿説」が唱えられると、それはブルガリアに国益を生む「商品」になった。ただし、あまりにも長く深く共に生活を営んできた存在であったがため、科学により神秘のヴェールをはぎとられたあとも、人々のあいだでキセロ・ムリャコはブルガリアにおける食の表象でありつづけた。

パスツールがフランスで乳酸菌をはじめとする微生物、更には人の病が病原菌によるものであることを発見し、人々を狂犬病の脅威から救ったのと同じころ、ブルガリアでは教会の独立運動を起点とする民族復興運動から、大規模な武装蜂起が起きている。オスマン帝国軍によって鎮圧されたこの武装蜂起では、三万人を超えるブルガリア人が虐殺された。

——価値のない惨めなブルガリア人が殺されたからといって、我が国のオスマンとの関係や政策に変更はない。

虐殺の報を受け、英国首相が言い放った言葉がこれである。十九世紀後半の、ブルガリアという国の欧州における立場を象徴している。

「……熱心に、何読んでるの？」

東京駅からJR中央線に乗って八王子へ向かう最中、御茶ノ水《おちゃのみず》あたりで早々に緑川は寝始めたのだが、国分寺《こくぶんじ》あたりで目覚めたらしく、立川《たちかわ》を過ぎたあたりで訊いてきた。

「あ、資料的なものです」

由寿はスマホの画面を落とすと顔をあげ答えた。とくに内容を知りたかったわけでもないらしく、緑川は頭をごりごりと回して猫のように伸びをしたあと、言った。

「もうすぐ八王子。座りすぎてお尻痛くなってない？　足痺《しび》れてない？」

「もうですか？　意外と近かったですね」

「え、これ近い？　遠くない？　私めっちゃお尻痺れてるよ」

都会と岩手の距離と時間の感覚はマジで違う、と、こういうとき痛感する。東京↓八王子なんてたかだか一時間ちょっとだ。しかも電車。自分で運転しなくても、座って寝てたら着く。毎日二時間近くかけて大学へ自動車通学をしていた由寿的には、いい意味でも悪い意味でもなくこれは地域格差だよなあ、と思う。尻が痺れているのはもしかして歳の差かもしれないが。

アジア人が「ヨーロッパ」と雑にひとくくりにするエリアの中にも、明確過ぎる格差が存在していた。おそらく現在も「している」。

パスツールが乳酸発酵を解明したのと同時期、英仏をはじめとする西ヨーロッパ諸国とアメリカでは、飛行船と海底ケーブルとスペンサー銃と魚雷、その他様々なものが発明・

実用化されている。対して、クリミア戦争後の大不況真っ只中にあったブルガリアはそれどころではなく、産業の要であった手工業も外国勢の参入により衰退し、近代化が進む西欧諸国から大幅に後《おく》れを取っていた。バルカン戦争から第一次世界大戦のころには大規模な艦隊を擁せるほどにはなっていたもののそのツケは大きく長引き、約百年後、ＥＵに加盟したときはぶっちぎりの最貧国だった。

「私、この三日で歴史的なものをちょっとだけ調べたんですけど」

駅から研究所へと向かうバスの中で由寿は言った。特定の分野への萌えによる隔《へだ》たった知識は元々あったため、三日で、というのは真っ赤な嘘だけど、ブルガリクスへの個人的な贔屓《ひいき》を取っ払って、明和という企業とブルガリアとヨーグルトの関わりに的を絞って調べたのは初めてだった。

「あら、ブルガリアの？　偉いね」

「国の歴史もそうですけど、弊社とヨーグルトの歴史、みたいな」

「そっちか。断られちゃったやつか」

「そうです。断られちゃったやつです」

「やっぱそこがハイライトよね」

「ですよね」

一九七〇年、明和乳業が総力を挙げて商品化に取り組んだ「明和ブルガリアヨーグルト」は、ブルガリア大使館から左記のような返答と共に商品名の使用を却下されている。

――数千年の歴史を持つヨーグルトは、ブルガリアにとって国の宝。他国民が作ったものにその名を貸すわけにはいかない。

資料によればこの返答は、他国の企業が作った商品の名前に、国名である「ブルガリア」を使用することに対してのNGなのだが、由寿個人としては「ヨーグルト」という単語を併用されるのもイヤだったろうと予想する。

ヨーグルトの語源はトルコ語で、現在もブルガリアではヨーグルトをキセロ・ムリャコと呼んでいる。ブルガリア人的に、日本における「ブルガリアヨーグルト」という文字列は、外国産の大豆で作った醬油のような液体を英語圏ではない国で「ニホンソイソース」という商品名で売る、みたいな気持ち悪さを感じたのではなかろうか。更に当時の日本には既にヨーグルトと名の付いた食品があった。しかしそれはデザートの一種として扱われていたと明和の資料にはある。ブルガリア人にとってヨーグルトはデザートではなく汎用《はんよう》性《せい》の高い「酸っぱい乳」なので、勝手に間違ったカテゴライズをした人たちを、快くは思っていなかった気がする。存在を知っていたブルガリア人たちは、それはヨーグルトではないと思いつつも我慢していたかもしれない。我慢が染みついた国民性だから。

由寿が調べた限り、ブルガリアの抑圧の歴史は、自国の文化が異質であることに焦りをおぼえた当時のハンによるキリスト教への強制改宗から始まっている。国民だけが我慢を強いられたのでなく、むしろこれは地理的にもポジション的にも、ローマ（西方教会）とコンスタンティノープル（東方教会）の間に立たされたハンすなわち国王ボリス一世が、自国の民をより良く生かすために敢行したもので、胃壁がズタボロになる勢いで一番我慢を強いられていたのはたぶん国王だ。由寿は文献を読んで想像しただけでも、西と東の教会に振り回されるストレスで血を吐きそうになった。しかしながらこの国王、生まれた年は不明だが王位に即《つ》いたのが西暦八五二年で、斯様《かよう》にストレスフルな国勢の中、なんと九〇七年まで生きている。彼の息子、二代あとの王シメオン一世と同じく仮に三十歳くらいで即位していたとしたら、実に八十年以上生きたことになる。日本の同時代の平均寿命が三十~四十歳だったことを考えると、さすがヨーグルトの国、長寿の国と感嘆せざるを得ない。ボリス一世の胃を支えたヨーグルト、いったいどの種菌だったんだろう。やっぱりLG21Nかな。

とにかくブルガリアは王の決断により正教会の国となった。神への帰依という概念が乏しい日本では理解しづらいことだが、古来多くの宗教国では人々の教育は神の教えに則《のっと》ったものであり、というよりも宗教がなければ教育は受けられず、固有の文化や芸術も宗教がなければ発展しなかった。総合的な国力の底上げを図るには、国を挙げてひとつの宗教を信奉するしかなかったのだ。その一方で「神の思《おぼ》し召しだから」という名目さえあれば、大概の暴挙が許されてもいた。中世において宗教はすなわち政治と統治であり、この時代の統治と侵略はほぼ同義だった。前述した武装蜂起、のちに四月蜂起と呼ばれる解放運動は、長きにわたりムスリムの統治下で魂を磨《す》り潰されてきた民衆の、ブルガリア正教徒としてのアイデンティティを取り戻すための闘いでもあった。

ビザンツ帝国に占領されていた時代も、オスマン帝国に支配されていた時代も、社会主義体制下の決して豊かな国とは言えなかった時代も、ヨーグルトは常に国民と共にあった。独自の言語に、他国にはありえないであろう「ヨーグルトを作る」を意味する動詞〈クヴァスヤ〉が存在するほどそれは日々の営みの一部だった。精神的にも肉体的にもブルガリア国民にとってヨーグルトは生命線だったのだ。

「あのお断りの言葉って、こっちはもう黙らざるを得ないじゃないですか。たぶん交渉に行った人たち、ある程度ブルガリアの歴史とか調べてるだろうし、そういうの知ってたら、そうだよね、ごめんね、って言うしかないじゃないですか。日本にも同じようなことってあるんですかねえ？」

車窓の外に広がる、東京都とは思えないほど裾が低くて大きな空を横目に観ながら由寿は再び口を開く。

「ちょっと前に着物界隈でそういうのなかったっけ？」

「あ、ありましたね、下着のやつですよね」

数年前、海外の女性芸能人が「キモノ」と名付けた女性用矯正下着を発売しようとした際、日本人をはじめとする大勢の着物愛好家たちが抗議の声をあげた。該当する漢字の連なりは、本来「着る物」という単なる用途を示す。英訳すれば極シンプルな「Clothes」であるにも拘《かかわ》らず、長きにわたる歴史と伝統によりその単語には、ヨーグルトに対するブルガリアのそれと同じく、確固たる日本の矜持が存在していた。しかしこのケースの争点は、使用される対象物が日本の「着物」とはかけ離れていたことであり、似たような矜持を掲げる食べ物の例がまったく思いつかない。

「寿司《すし》はもう海外に出て独自の進化を遂げちゃってるけど、日本政府あんまり気にしてなさそうだもんね。海外から見た日本ってたぶん未だにスシ・テンプラ・ニンジャだろうし、天ぷらかしらね？」

「どっかの国に同じ調理法のフリットがあるから、ちょっと違う気がしますねえ」

「刺身かな？」

「魚を生食する国はほかにもありますからねえ」

「すき焼き」

「それはもはやワールドワイドに坂本九《さかもときゅう》の歌か、おでん様の父上ですね」

「じゃあ、お好み焼き」

「広島と大阪で永遠に戦争してるけど政府が関与しないやつ」

「モダン焼き」

「むしろモダンの国の民に怒られるやつ、いや、大喜利《おおぎり》じゃなくってですね」

「頭の回転速くてすごいね。そういえば長崎名物のトルコライスってトルコには存在しないらしいんだけど、どうやってトルコ政府に許可取ったんだろう？」

「私、長崎なら『ざびえる』っていうお菓子も気になります。イエズス会ってカトリックだから許可の取り先たぶんバチカンですよね？」

「ざびえるは長崎じゃなくて大分だよ。あれ美味しいよね」

とかなんとか言ってるうちに、バスは明和の研究所最寄りの停留所に着いた。最初はマネキンみたいだと思っていた緑川と交わした、休み時間の教室のような実のない会話で、由寿の緊張はだいぶほぐれていた。広く青い空を見上げたあと、目の眩むような思いで由寿は広大な土地に築かれた研究所の大きな自動ドアの前に立つ。

＊

はいそこ！　LG21Nは日本固有の乳酸菌だから当時のブルガリアにはいませんでした！　だからそれたぶん吾輩！（ボリス一世のヨーグルトの種菌）
初取材のダイジェストは次章に記すとして、帰社した由寿が仕事のメモ用ノートに早速綴った文字列が以下である。
Cp=1,256×NFS+2.093×MF+4.187×W
# Cp：比熱[kJ・kg-1・K-1]　NFS：無脂乳固形率[%]　MF：脂肪率[%]　W：水分[%]
——いや、必要かなそれ!?　社内報開いていきなりそれ書いてあったらびっくりしちゃうと思うよ!?

——すみません、これはただの私的なメモです。

論文読んで涙ぐんでた由寿が、研究所みたいな大学を彷彿《ほうふつ》とさせるところに行ったら号泣しちゃうんじゃないかと吾輩勝手に心配していたのだが、どうやら杞憂であったようだ。よかった。

さて、悪魔が忍んでる小説から離れたところでブルガリアの歴史について調べ始めた由寿。十ページ程度の社内報の特集にそこまで書けないよ、と吾輩が心配になる勢いで様々な文献を漁っていたのだが、ブルガリアがこれまでどれだけ我慢を強いられた国なのか、彼女は日本人だからあまりよく判っていない気がするので吾輩が三行で補足すると、オスマン帝国支配下の最悪な時期、一部の農民に課せられた税率はぜんぶひっくるめると七五％に及ぶこともあった。現代日本人に判りやすい例で言えば、引っ越しバイトの日当が八千円だとしたら、実際にもらえるのは二千円だ。なお「二千円ありゃ充分だろ、俺なんか一日五百円で家族六人養ってるぜ」という現代日本人は、なんらかの救済制度を頼ってほしい。更に鉄道が走り始めると、その建設に駆り出された男たちの夫役《ぶやく》（労働）に対する報酬はなんとゼロ、というか、まかないとか出ないからむしろマイナスであった。マジで平民の人権とかなかった。なお「俺なんか日給五百円まかないなしで月のサビ残五六〇時間だぜ」という現代日本人は、とりあえず一度寝たほうがいい。

ブルガリアの庶民の食卓は昔からパンとヨーグルトがメインなのだが、この時代、酪農に携わっていない人間は乳を買うお金もなかった。当然食卓にヨーグルトなど並ばなかった。しかし、最近のブルガリア史研究界隈では「オスマン帝国時代はビザンツ時代よりはだいぶマシ」という説が有力なのだ。

税率七五％と無償労働より大変なことなんてあるの⁉　マジ⁉　と思ったそこの現代日本人。

マジなのである。詳しくは由寿の推しのほうの麗《うるわ》しきブルガリクスが説明してくれるはずだ。絵的にただの棒のほうのブルガリクスはそろそろおうちに帰ってただの丸たちと一緒にクヴァスヤしてくるね。べっ、べつに拗《す》ねてなんかないし、吾輩たち地味だけど美味しいんだからね！

じゃあまたね！　ドヴィジュダネ！

第三章　汝、乳酸菌を愛せよ

人の目に見えるすべての物質は悪魔による被造物である、という司祭ボゴミルの教えを、封建領主の支配下で貧困に喘《あえ》ぐブルガリアの民は、息を継ぐための柱としていた。

……人の信仰は世界のことわりまで変えてしまう。

傍《かたわ》らで休息を取るサーモフィルスの寝顔から目をそらすと、ブルガリクスは黒く折り重なる木々の葉の間から黎明《れいめい》を待つ星空を眺め上げた。サーモフィルスは元来一所に根を張る性質を持つ。故郷から遥か離れたためか、ここしばらく衰弱が激しく、辛うじて生の状態にあるがもう何年も眠りつづけている。もし彼が死ねば、共生する自分もやがて死に至るだろう。そのときは近い、そんな気がしていた。

……杳々《ようよう》たる天上にて宇宙を創造せし神よ。サタナエルの父よ。もしあなたが眼《まなこ》をお持ちなら、この不完全な世界を冥鑑《みようかん》なさっておいでなら、地上の民を、サーモフィルスを、サタナエルの呪縛からお救いくださいませんか。

人ならざる者であるブルガリクスが天の向こうへ祈ったところで、願いが届かないことはわかっている。人の目には見えない自分たちが「被造物」に含まれるのかもわからない。それでも祈らずにはいられなかった。

オフリドからこの森に至るまで、貧しい土地に暮らす人間を数多く見てきた。男は徴兵され、女子供と老人は領主や教会の夫役《ぶやく》を課せられ、税は生活を逼迫《ひっぱく》させ、唯一のよすがである信仰は俗世のあらゆる悦楽を悪魔の仕業だとして禁ずる。彩りのない生活の中で死んだように生きる人々。あんなに痩せた魂でもタナトスは連れてゆくのだろうか、と彼らを見て思った。

かつての王都より遠く離れたムンテニアの地にも、タナトスの使者は現れる。今このときも暗がりに潜んでいた。

「ミクロルガニズミの騎士よ、その長《おさ》の子は罪深き者、いずれ人間に死を与える者。早くこちらに寄越すがいい」

闇に紛れて地を這う使者は木の根のように腕を伸ばす。ブルガリクスは咄嗟《とっさ》にサーモフィルスの躰《からだ》に覆いかぶさり、使者に向けて聖水を撒《ま》いた。

「失せろ、悪しき者！」

しかしその黒く禍々《まがまが》しい姿は欠片《かけら》も消えない。ブルガリクスは、しまった、と己の咄嗟の行いを悔いた。タナトスの由来は悪魔ではなかった。神話における「死」を司る者、冥府に住む神として扱われているから聖水では祓《はら》えない。それでも多少は不快だったようで、使者は鬱陶《うっとう》しそうに濡れた顔を拭《ぬぐ》うとしゅんと腕を縮め、図々しくもその場に居直った。

「何故そやつに固執するのだ、おまえならばほかの主《あるじ》も見つかるであろうに、サリバリウスとか」

「貴様になど話す謂《いわ》れはないし、サリバリウスとは管轄が違いすぎて共生は不可能だ。去れ、貴様の主のもとに連れてゆく魂ならほかにも数多《あまた》いるだろうに、何故僕たちに構う」

「おまえのその清廉な姿が絶望に穢《けが》れる様《さま》が見たいんだよ、ミクロルガニズミの騎士。近頃その長の子の所縁《ゆかり》の者が人間を殺して回っているのは知っているか」

「ミクロルガニズミ族はそんなことをしない、いい加減なことを言うな」

「知らないのはおまえだけだ。これを見ろ、おまえなら何かわかるだろう」

使者が懐から取り出して手のひらに載せたものを明視し、ブルガリクスはその身実《むざね》を認めると目を見開いた。

「ピオゲネス……」

同時に、使者が唐突にサリバリウスの名を挙げた理由も察する。彼の黒い手の窪にあるものは、サーモフィルスと同じストレプトコッカス一門の縁者、ピオゲネスの骸《むくろ》だった。

何故ピオゲネスがタナトスの使者の手に、とブルガリクスは言葉を継げない。

人との共生を願うミクロルガニズミの中でも彼らは異端だった。ブルガリクスやサーモフィルスが人を長く健やかに生かそうとするのに対し、ピオゲネスと、同じくストレプトコッカスのアガラクティエなどは、人も家畜も無差別に殺す。だから長が彼らを人の住むことのない森の深奥に集め、岩戸に封印し、サリバリウスが厳重な監視を行っていたのだ。

「こいつはどこにいた、どこで見つけたんだ」

「おまえらが今から向かおうとしている方角にある人間の集落さ」

ひどい有様だったよ、と使者は意地悪く笑った。ピオゲネスの宿った人体は発熱し紅斑《こうはん》を生じ、重篤に陥った者の半分近くは手足が腐り落ちて死ぬ。なんと惨《むご》いことを、この異端は。ブルガリクスはぴくりとも動かぬピオゲネスの骸を使者の手から奪い取ると、土に落とし鞋《ツアルヴーリ》の底で踏みにじった。

「そやつらが長の子サーモフィルスの腐敗と堕落を策しているんだよ。ねえミクロルガニズミの騎士、いや……ラクトバチルス・ブルガリクス。おまえは闇に落ちゆく主の姿をその目で見ていられるか？　同じミクロルガニズミとて、長の子とおまえの一門は全く性質が異なることを私は知っているよ。サーモフィルスがこの先おまえを打ち捨て、同門のピオゲネスやアガラクティエに合するは蓋然と思わぬか？　生者の肉を喰らえば奴はまだ生きられるかもしれんぞ？」

落月を叢雲《むらくも》が覆う夜陰の中で、タナトスの使者は闇よりも濃い漆黒の腕を伸ばし、ブルガリクスの躰を搦《から》め捕った。

「馬鹿を言うな！　やめろ、放せ！」

乳白色の四肢が軋み、壊れそうな痛みにブルガリクスは身を捩るが、使者は艶美な笑みを浮かべ、死へと誘う甘い吐息を伴って問いかける。

「おまえとて同じだブルガリクス。この国がいつか救われると思うか？　サーモフィルスと共にいれば救えるとでも思っているのか？　現におまえらは王都から逃げた。もはや堕落したも同じではないか」

「……やめろ……」

そんなことは断じてないと信じてはいるが、ブルガリクスはタナトスの使者の言葉を完全には否定できなかった。ブルガリクスの動態を封ずる死の気配は、危惧と弛緩《しかん》により生じた瑕疵《かし》から内側にまで流れ込んでくる。

——生と死。善と悪。光と闇。見えるものと見えざるもの。

かつて人の世にはマニという預言者が存在した。若き日に聖霊からの啓示を受けた彼はバビロニアで開祖となり、宇宙は霊的な光と物質的な闇とで二分される、イイスス・ハリストスは光と闇の両世界に存在すると己の著作の一節に記した。その観想は元々、アーリア人のザラスシュトラが唱えた「善の神・悪の神」の善悪二元論と、肉体は悪であり魂は善である、各々がそれを認識し知慧を得よとするグノーシスが淵源《えんげん》と言われている。教義は六世紀ごろまでローマ帝国で広く布教されたが、イイスス・ハリストスは唯一でありその再臨こそ救済であるとする教会から異端と見なされ、皇帝の勅命によりマニ教徒の多くは殺された。

ローマ・オリエントにおいて壊滅の一途を辿《たど》ったマニの説教師たちは、新開を求めて裏海を越え大陸の東方へと布教の場を移したが、アルメニアにそのドグマを引き継いだシルヴァノスという信徒がいた。シルヴァノスは、善の神と悪の神はそれぞれ独自の王国を持ち、人の目に見えるものはすべて悪の神が創造したもの、すなわち人の世は悪の王国であり肉体は悪の神に支配されているのだと説いた。肉体に宿る魂のみが善の神に属し、魂の救済はたゆまぬ信仰と、肉体を分かつ死によってしか達成されないという彼の教えはパウロ派と呼ばれ、現世を生きる隷属民の多くが労働と夫役に苦しみ、封建階級と怠惰な聖職者のみが肥え太る既存の教会制度に真っ向から対立する姿勢を見せた。教会の主教は、パウロ派が父なる神の教えに悖《もと》る邪教だとして、時には聖職者にあるまじき口汚いアナテマをいくつも書き記した。彼らにとって、この世のすべては唯一神であるヤハウェの創造物でなければならなかったのだ。

シルヴァノスは七世紀の終わりごろ、奇《く》しくも第一次ブルガリア帝国の興国とほぼ同時期に火刑に処されたが、彼の教えは、彼がマニの教理を受け継ぎ伝承したのと同じく、傾国期のブルガリアで燎原《りょうげん》の火のように信徒を増やした司祭ボゴミルの教義へと引き継がれていった。

「……貴様はいつか、ここが悪魔の国だと言ったな」

ステュクスへと通ずる惣闇《つつやみ》に沈んだ空冥の中、ブルガリクスは力なく問うた。王都を出ると決めた日のことだ。あれから百五十年以上が経ち、その思想の根幹となるボゴミルのドグマはコンスタンティノープルですら押し留められぬ勢いで、ますます色濃く国土を染め変えていた。

「ああ、言ったな」

「今ここで、生と死はどちらが善なのだろうか。人の肉体を殺し魂を神の天堂へ還すピオゲネスか、悪魔の創造物である肉体にその魂をとどめようとする僕たちか、人は一体どちらを望むのだろう」

何が善か。何が光か。答えを求めていたわけではない。しかしタナトスの使者は返した。

「私は英雄の魂には触れられない。つまりおまえが英雄ではないことだけは確かだ」

「そうか……」

「ただ、おまえの存在は善であったと思うよ、ブルガリクス」

「貴様に言われても嬉しくない」

ねえサーモフィルス、最後に君の声が聴きたかった。瞬《まばた》きの間だけで良い、僕を見てほしかった。君のいない世界で僕はもう生きられない。涙が溢れ、躰のひとつひとつが崩れはじめる。死の常闇に溶けてゆく。

やがて遠くから意味を持たぬ光の欠片のような言葉が聞こえてきたが、ブルガリクスにはもう何も理解できなかった――


――そして吾輩《わがはい》はムンテニアから遠く離れた二〇二X年の東京にいるブルガリア菌である。そっちの吾輩……死んでる場合じゃないよ……。

不本意ながら今後の展開を少しネタバレすると、このあとふたりはタナトス本体のほうにレスキューされ、新たな王の生まれたブルガリアの首都に投げ戻される（タナトスって本来魂を「運ぶ」だけで「奪う」行為は禁じられてるから、本体のほうが部下の不始末に詫びを入れに来てた）。当初の予定ではビザンツ帝国期のブルガリア人のあの悲惨な感じを味わってもらうつもりだった。しかし、なんか、ブルガリア人ではなくブルガリア菌が悲惨な目に遭ってただけだったので、ここから先の吾輩による拾遺は所謂《いわゆる》デウスエクスマキナとしてご笑覧いただきたい。

ザラスシュトラ（ゾロアスター）の二元論からボゴミルのトンデモ教義に至るまで、だいぶ長々と書いてあったが、当時の信仰を五行でまとめれば、

民「生きるってなんでこんなにつらいの⁉」
ボゴミル「だってこの世は不完全な悪魔が作ったものだから！」
民「そっか！　じゃあつらいのしゃーねえな！」
ボゴミル「だからおまえら肉食うの禁止な！　酒飲むのも禁止な！　労働や参拝も禁止な！　食いもんも報酬も聖像もそれ全部悪魔だから！」
民「……お、おう……⁇」

こんな感じだった。実際この時代のブルガリアの民、というかビザンツ帝国支配下の元ブルガリアの隷属民は、山賊にでも村を焼かれたほうがまだマシなレベルで教会と領主に搾取されていて、誰もかれもめちゃくちゃ貧しかった。一日の食事がパン一欠片とかいうケースもザラなのに、祈っても祈っても神様は救ってくれないどころかなけなしのパンまで奪ってゆく。その理由が「この世はMADE BY 悪魔だから元から最悪なの！　つらいのは当たり前なの！」で納得できたうえに教会にも領主にも対抗してくれる派閥だときたら、異端であろうと当然そっちに傾くよね。なお「なんでこんなにつらいの⁉」に対する

アブラハムの宗教における正解はおそらく「原罪だから！」である。

※サタナエル＝キリストの兄設定のボゴミル派オリキャラで、悪魔サタン的な何か
※マニ教＝三～五世紀ごろに流行《はや》った、ゾロアスター教をベースに仏教、キリスト教、ユダヤ教などが混在する宗教界の異世界かるてっと。イスラム教の開宗は七世紀なのでまだ存在していない
※ストレプトコッカス・ピオゲネス＝溶血性レンサ球菌（通称「溶連菌」「人食いバクテリア」）
※（ストレプトコッカス・）サリバリウス＝溶連菌の侵入と活動を防ぐ性質を持つ口腔内の乳酸菌
※ステュクス＝ギリシャ神話版三途の川。奪衣婆《だつえば》ならぬ銭ゲバの爺がいる

蛇足だが、サーモフィルス菌が溶連菌にメタモルフォーゼすることは、どんな環境下においても絶対にありえないのでどうか安心してほしい。あと、吾輩はこの素人小説のブルガリクスとは違い、正教会こそがその名の通りオーソドックスだと信じている。

ブルガリア帝国はこのあと一度その名と国土を取り戻し、十四世紀の終わりからまた今度はオスマン帝国の領土となってしまう。三日月と小さな星を血の海に抱いた新月旗に象徴されるムスリムの支配は、約五百年という長期に亘《わた》ったが、ブルガリアの民のイイススへの信仰は埋火《うずみび》のように残った。その結果が四月蜂起に代表される武装蜂起だ。彼らの信じ続けた光は何よりも正統の証だと思う。

ただし十世紀前後の、教会の東西分裂直前の上層部はマジで怠惰と堕落の温床だった。それは認めざるを得ない。上があまりにクソすぎて、絶望した若い僧が俗世を離れて隠遁《いんとん》生活を送るため、標高二千メートル超えの山の中腹にある洞窟に籠もったほどである。行

動は極めて釈迦に似ているが、彼は釈迦のフォロワーではなく後の世でリラのヨハネと呼ばれることになる修道士で、当初は洞窟しかなかった場所には彼のフォロワーたちの手により質素な修道院が建てられた。それがどんどん増築されて現在はリラ修道院の名でブルガリアの代表的な観光名所になっている。吾輩たちここ大好き。更なる蛇足で申し訳ないが、釈迦の名が出たのでついでに言っておくと、スジャータがゴータマに与えた乳粥も実は発酵乳だったのではないかと、乳酸菌界隈では長年の争議となっている。

＊＊＊

六月の初め、金曜の夜から二泊で兄の朋太子迦《か》寿《ず》が東京へやって来た。半年ぶりに会う。今年のゴールデンウィークは「おめもそろそろ結婚考える人がいるごったし、そっちの家族どのおづきあい大切にしろや」という、電話の向こうから投げつけられた刃物のような発言に「うぐぅ」と変な声を漏らすことしかできず、岩手に帰れなかった。由寿はおそらく地方出身者の中では実家が好きなほうだ。母は小うるさいし父の存在感はほとんどないが、もしあの土地に由寿を受け入れてくれるそれなりの居場所があったら、実家から出ようなどとは思わなかった。

だから去年の今ごろ「未婚の娘が男の人とふたりで飲みに行くなんて！」みたいなことを言ってた過保護の極みみたいな人が、一年でここまで変わるのかと驚いたと同時に、自分が今年で二十四歳（母親が兄を産んだ歳）であることに愕然《がくぜん》とした。

「お兄ちゃんまだオタバレしてねぇの？」

「してね。バレだらあの家《え》いられねぇべ」

新宿三丁目近辺で互いの買い物を済ませ、コーヒーショップで落ち合って兄妹は一息つく。由寿が実家を好きなのと同じく、たぶん世の平均よりも自分たち兄妹は仲が良い。だからこうしてふたりで出かけるのは嬉しいし、今回帰れなかったことによるホームシックも和らいだ気がする。

五歳年上の迦寿は子供のころから骨格が華奢《きゃしゃ》で顔面が整っていた。それが原因で男子からも女子からも教師からもえげつないいじめを受けたせいか性格がすこぶる陰気で、目立たないようにするため私服はダサく姿勢も悪く、顔のわりにぜんぜんモテなかった。そして由寿が高校生のころ、盛岡《もりおか》の同人イベント会場で彼は予想外の方向で妹にオタバレしている。うわあ綺麗な何かのプリキュアっぽいレイヤーさん、モデルさんみたい、衣裳もたぶん手作りっぽいし愛を感じるなあ、でもなんか見たことある顔だな、もしかして元同級生とかかな、と憧憬を持って眺めた、何かのプリキュアのコスプレをした人が、よく見たら自身の兄だった。不思議と「気持ち悪い」とは思わなかった。むしろ、目立つことが悪とされる土地柄、堂々と胸を張って自分を解き放てる（顔面の良さを活かせる）場があって良かった、と安堵《あんど》した。高校卒業後は地元の縫製工場に勤めながら、自作のバッグや小物をフリマサイトで売っている。

「せば、じぃじ最近ちょっとハッキリしてきたな」

私の考えるサーモフィルスのコスプレしてくれないかなあ、とよこしまな気持ちでその顔を見ていたら、思い出したように迦寿は言った。

「えっ、そったなこどある？　去年はもうそろそろ覚悟しておがねばって感じだったっけ？」

「んだ、なんかお気に入りの介護士さんができだらしくて、かっこづけてら感じ。最近は介助があれば歩けるようになって、お医者さんもどでんしてらったよ」

「えー、男の下心のガソリンすげえな……」

由寿はどう？　とざっくりした質問をされ、異性関係についてなのか仕事に関してなのか趣味関連なのか判らなかったので、由寿は無難に「うちなりに頑張ってる」と答えた。

「頑張らなくてもいいんでねえ？　東京は三十すぎでも独身で仕事してら女の人いっぱいいるんだべ？」

異性関係についてだった。

「それな、よく言われてっからうちも信じてたっけ、実際東京来でみだら都市伝説なんでねぁがって気がしてっけ。うちが今いる部署の人、すぐ上の先輩除いで全員結婚してらし、男の人も四十代独身の人とか見だごとねぁし、うちが聞いだ限り、結婚してら男の人の奥さんほぼ全員専業主婦みだい」

「んなの？」

「そん中で非実在青少年にしか興味ねえ二十三歳の乙女が感じるプレッシャーを想像してみでよ。針の筵《むしろ》だべ」

「由寿は親元離れてっからまだいいべや。俺もう親元で来年三十だべ、針の筵どごろが閉じがけのアイアンメイデンだべ」

迦寿はゲイというわけではなく、ただ単に趣味で女キャラクターのコスプレをしているだけだ。由寿も恋愛対象はおそらく異性だが、兄妹揃って結婚に対する興味がすこぶる薄いのだと思う。

「あー、プリキュアになりてえなあ」

兄が脳から垂れ流した、普通に聞けば死ぬほど薄っぺらいはずの現実逃避の言葉には、由寿だけが知る妙な重みがあった。


兄がプリキュアになりたいように、自分がブルガリア菌になりたいかといえば、なりたくない。できれば人間でいたい。これは生物種差別ではなく、世に数多存在する推しと自分の関係性のひとつである「推しになりたい願望」が由寿にないだけだ。そしてブルガリクスは非実在青少年――視覚描写物に表現された十八歳未満の青少年キャラクター――じゃなかった。あの人(菌)たぶん五千年くらい生きてるし、地球規模で公式の視覚描写物は、人間を模した絵ではなく桿菌《かんきん》の電子顕微鏡写真だ。

連休前、研究所のV氏に取材をさせてもらいにいった。壁も扉も天井もすべて白で統一された建物の中は、すさまじいセキュリティ対策が施されており、マジでこんなスパイ映画や近未来SFみたいな装置ってあるんだ、と嘆息を禁じえなかった。オフィスエリアも驚くほど整理整頓と清掃と消毒が行き届いた、なんの匂いもしない、埃《ほこり》ひとつ舞っていない空間だった。職員は全員揃いの作業着を着用しており、退勤時には毎日クリーニングに出すという。徹底している。立ち入り禁止区域もたくさんあり、研究所の中でもごく一部の限られた研究員しか入れないらしく、当然由寿も入れなかった。大学の教授の部屋、ナンバーロックついてたのにドア止め挟んでいっつも扉開いてた。あの感覚の人は明和では勤められないだろうなあ。

広々とした会議室での取材で、V氏は由寿が読んだ論文の内容について、そこに至った経緯などを詳細に説明してくれた。その流れで聞いた、ブルガリアヨーグルトを日本で発売したときの主席研究員、仮にX氏としておくが、彼の言葉として伝えられているセンテンスが印象的すぎて、由寿は勝手にものすごいシンパシーをおぼえた。

——乳酸菌を全力で愛しなさい。そうしたら乳酸菌は必ず応えてくれる。

「求めよ、さらば与えられん」みたいなその言葉は、五十年前に「本物を作りたい」と願い、研究に取り組んだX氏が彼の部下や同僚たちに繰り返し言い聞かせていたそうだ。今でもヨーグルト担当の研究者たちはこの言葉を心に刻みこんで各種乳酸菌と向き合っているという。

ブルガリアヨーグルトが発売される以前、明和乳業の商品ラインナップには既に「明和」

を冠したヨーグルトが存在した。大昔に廃番になっているため由寿は実物を見たことがないが、昭和時代の人なら絶対に見たことがあるらしいガラス瓶入りの商品で、これが資料にあった「デザートに分類される」ヨーグルトである。発売は終戦の数年後。当時の広告には、

〝ヨーグルトとは牛乳に乳酸菌とお砂糖を加え、醱酵させてプリンの様な状態にしたもので甘づっぱい特有の味と香りがあり、栄養、消化、整腸作用の点ですばらしい食品です〟

とある。キャッチコピーは「長命の基」「脚気にならない為に」「食べて美しくなる」など、今の薬機法では絶対に書けない文言ばかりだ。

この数年後、昭和三十年代にリニューアルされた商品の広告には効能のほか「ラクトバチルス　アシドヒラス」と、使用された乳酸菌の名前も入っている。現在は他社さんのヨーグルトの種菌になっているアシドフィルス菌のことだろうが、これ、いきなりこんな呪文みたいな単語出されても、昭和三十年代を生きていたどれくらいの人が理解できたんだろうか。

X氏はこの「明和乳業が初めて発売した家庭用ヨーグルト」の担当者でもあった。企画／開発したのは彼ではないらしいが、担当するようになってからヨーグルトと乳酸菌について研究を重ねていくうちに、X氏は「いつか本物のヨーグルトを日本で作りたい」と願うようになっていった。たぶん業界外の人なら「そんなんさっさと作ればいいじゃん」と思うと思う。由寿も最初そう思った。しかし、詳細は後述するが、当時の日本の一般庶民

には「本物」を受け入れるための土壌（味覚）がなかった。更に同時期のブルガリアは社会主義国だったため、協力を仰ぎたくても外国人の入国に対して非常に厳しく、そう簡単には渡航が許されなかったし、郵便物も電話もすべて国の検閲が入っていたため、たとえ会社間で合意があっても情報の授受には大きな困難があった。というよりも、当時のブルガリアの産業はすべて国営であったがゆえ、乳酸菌ひとつに至るまでそれは「国家機密」だったのだ。

――X氏はいつどこで「本物」を知ったんでしょう？

――それはもう私たちにも判らないんですが、ずっと「本物を作りたい」と言っていたとは聞いています。そのせいか、研究所にはブルガリアヨーグルトが開発される前に既に百五十種類の乳酸菌が培養されていたそうですよ。

――今はどれくらいいるんですか？

――六千五百種類以上ありますね、たぶん。

いい働きをするのに日の目を見ていない子もたくさんいます、いつかその子たちをヨーグルトとして活躍させてあげたい。とV氏は悲しそうに言った。その発言と表情のあまりの可愛らしさに、結婚してくれ！　と由寿は思ったが辛うじて堪え、萌えが溢れ出ないようペンをぎゅっと握り、たくさんの子が活躍できるといいですね、とだけ答えた。そもそも明和の社員である限り高確率で既婚者だし、高校生くらいの子供がいそうである。そしてこの研究所には乳酸菌を「子」として愛《め》でる人は大勢いるだろう。

乳酸菌はただ単に乳に突っ込んだだけではヨーグルトにはならない。いや、一応なるにはなるが、美味《おい》しくないらしい。菌の本領を発揮させるにはその菌に合わせた乳の種類や脂肪分の率など、いろんな条件が揃っている必要があるのだ。LG21Nも、商品化されたLB81Oと同じ条件の培地ではその機能はほとんど発揮されなかったという。条件を整えて商品化し、日本全国の消費者たちに愛する我が子を知ってもらい、長く愛してもらうために、V氏をはじめとするヨーグルトの研究員たちは毎日励んでいる。

「それは推しに対するオタクの発言だじゃ？」

と迦寿は言った。明日のイベントに向けて早々に寝床を用意している最中の兄から、仕事に関して訊かれ、V氏の取材について答えたら返ってきた言葉だ。何を言ってるんだ我が兄よ、と最初は思った。しかしV氏の発言のひとつひとつを思い出してみれば。

「……んだ⁉　これ芸能のオタクの発言だじゃ⁉」

「しかも課金でどうこうできねえタイプの。努力どが無関係さ運営の判断ど本人の資質ど才能でしか日の目を見られねえタイプの。六千五百人どが競争率半端ねえな」

「うちの推しただ六千五百人の頂点さ立ってらのが……けっぱったな……」

「推し〝たぢ〟？」

「んだ。たしか初代プリキュアってふたり一緒じゃねえと必殺技出せながったっけ？そったな感じ。ふたりでひとづの乳酸菌なあ」

「ちょっと待で妹よ、今どったな沼さいんだが。そったな働く乳酸菌みだいなアニメあったっけか？」

アニメではなくて、pixivにあるオリジナル小説なの。そう言って由寿はローテーブルの上で開きっぱなしになっていたＰＣにログインし直し、ブラウザから該当のＵＲＬを開いた。そして思わず「わーーーー!!」と叫んだ。

「じゃ、なに!?」

「更新されでっから！　一年近く更新ながったけんど更新されでら！　しかも外伝だど！初のアナザーストーリーだべ！　んだっけ、本編はもう二十世紀まで進んでっからこっから先どうなるべが思ってらったんだども、そっがー、銀英伝方式がー、なるほどなー、じゃー嬉しい!!」

「……どうぞ、ご堪能なさって。明日早えがらおらもう寝るわ」

「判ったぁ、うちは昼まで寝っがら。鍵閉めねばなんねえがら出るどき起こして！　おやすみ！」

フラットにした座椅子に毛布を掛けたものの中にもぐりこみ、兄はディスプレイにかぶりついて目をキラキラさせている妹を生温かな目で五秒くらい見守ったあと、目を閉じた。

迦寿は日曜の夜、東京駅から出ているバスで岩手に帰っていった。明けて月曜、すっかり仲良くなった同じ部署の先輩・飯野朝子は土日でアイドルのほうの推しの現場があったらしく、ツヤツヤのピカピカになって出社してきた。おみやげもくれた。

「きのこの山ずんだ味……遠征ですか？」

「うん、仙台だったの。一年分牛タン食べたわ、もう牛タン見たくない」

まだ消化が終わっていなそうな顔をして腹を撫《な》でながら、飯野は椅子に座りPCの電源を入れる。自分が推し事遠征に行くとしたらどこなんだろう。やっぱりブルガリアだろうか、いやそれはどちらかというと聖地巡礼だな、先日行った研究所かな。むしろスーパーマーケットの乳製品のゴンドラ前でいいのかもしれない。でもそれ、推し事ではなく日常生活っていうんじゃなかろうか。大阪でスーパーに日参する営業をしていたのはまだ三ヶ月前だというのに、なんだかとても懐かしく思える。

朝のミーティングを終えると飯野は由寿に声をかけ、高層階にある応接会議室へと向かった。今日は飯野が担当する商品にテレビの取材が入っており、勉強のために由寿も同席させてもらうことになっていた。エレベーターホールからフロアに入る際に認証を求められる、初めて足を踏み入れるフロアだった。

「あっ」

扉を開けると、撮影セットのように豪奢な会議室の中には、既に取材される側の人がいた。V氏、もとい、研究所の石川肇《いしかわはじめ》研究員だった。あれ、さっき渡されたテレビ局からの依頼書コピー、チョコレートだった気がする、と由寿は慌てて手元の資料を見返す。その様子に気づいたのか、同じく取材対象者となっているマーケの担当者と談笑していた石川研究員は顔を上げ由寿に目を向けた。

「あ……おはようございます、社内報のめん……だいしさん、でしたよね」

「もうめんたいこでいいです、おはようございます、先日はありがとうございました」

「こちらこそありがとうございました。良い記事は書けましたか？」

「テープを起こしたあと一応記事として書いてみたんですけど、予定では千二百文字のところを一万七千文字以上書いてしまって、今どこを削ろうか困ってます」

少し離れたところで、背景となる棚に並ぶ自社製品レイアウトのチェックをしていた飯野がぎょっとした顔でこちらを見た。自分でもやりすぎだとは思う。

「石川さん、チョコレートの研究もなさってるんですか？」

「いや、今日はオリゴ糖入りチョコレートの話で、腸内細菌関連は全般的にうちのチームで担当してるんでその話らしいです」

「らしいではなく、その話です。しっかりしてくださいよ」

マーケの担当者が呆《あき》れた顔をして言った。

会議室の掃除が行き届いていること、機材を設置する撮影スペースが確保されていることを確認し、飯野は再び由寿の手を引いて今度は一階のエントランスホールへと向かった。そこには撮影スタッフらしき人たちが数人、大きな荷物を携えて待っていた。何故か由寿はこのとき、入社以来一番「東京」を感じた。飯野は慣れた様子で受付の社員から入館証を受け取り、テレビのスタッフと代理店の担当者たちに手渡す。当たり障りのない世間話をしながらにこやかに、それでいてきびきびと彼らを中へ案内する彼女は、消化不良や遠征の疲労などおくびにも出さず、まさに会社の顔といった風情で、ものすごくかっこいい「東京のＯＬさん」に見えた。

ところでオリゴ糖は菌ではなく文字通り糖である。いろんな食品に入っており、腸内の善玉菌を活性化させるためのご飯になる。

「体質によってはお腹がゆるくなることもありますので、多く摂取すれば良いというものではなく、腸内フローラを整えるためだけならば一日一グラム程度で大丈夫です。整腸作用まで求めるなら三グラム以上。ただ、その一グラムや三グラムを食品だけから摂取しようとすると大変なんです」

営業のとき一年近く乳製品をメインに担当していながら、その詳細な働きを由寿はこの取材見学で初めて知った。テレビカメラに向かって説明する石川研究員の穏やかな声を部屋の隅で聞きながら、由寿はある時点ではっとして顔をあげた。

「たとえばどんな食品に含まれるものですか？」

「玉ねぎや豆類、とくに大豆に多く含まれています。あと、乳製品では牛よりも山羊《やぎ》の乳に多く含まれています。ただし山羊の乳はだいぶ癖があるので、日本人にはキツいかもしれませんね」

この話、ごく最近見た。というか、二十四時間以内に読んだ。死に瀕した乳酸菌が、山羊の乳と玉ねぎと豆を所望する話。なんでピンポイントに玉ねぎと豆なんだろうって思っていたのだ。

……石川研究員、もしかして、私の神はあなたなんですか……？

＊

——ブルガリア人は、すべてのスラヴ系民族のなかで最も強く、最も誉《ほま》れの高い民族だったのだ。スラヴの聖人のなかで最初に燦然《さんぜん》たる光を放ったのはブルガリア語を使うブルガリア人だ。誇り高き同胞たちよ、自らを欺くなかれ。我らが民族と言語を知り、我らが言葉を使って学ぶのだ——

手入れのゆき届いた書几《しょき》に積み置かれた、端正なグラゴーリツァが並ぶスラビャンスキの記文。これはいったい誰が書いたのだろうか、とニキフォリは不安になる。たしかここはアトス山の麓《ふもと》だったはずだ。キリリツァよりも円《つぶ》らかな、今は使う者も少ない古い文字で認《したた》められたこの内容を、おそらくギリシャ人であろう司祭に知られたら、記した者は罰せられないだろうか。

「子供がいて良い場所ではありませんよ、どこの子供です、どこから入って来たのです」

雨風を凌ぐために忍び込んだゾグラフ修道院の写字室で、真横から人間に声をかけられたニキフォリは驚きの余り、背負っていたセレゲイの躰を取り落とした。人間は闇のような暗色の修道服《ポドリヤスニク》を纏《まと》い、手にはうすぼんやりと火の灯る燭《しょく》を掲げている。反対の手はニキフォリが今見ていた書紙の束を奪うように摑んだ。真夜中の広く静かな室堂の中はほかに人の姿もなく、彼の誰何《すいか》する対象は間違いなく自分たちであった。

「……僕たちが見えるのか？　あなたはブルガリアの王か？」

否、新たな王が生まれたとしたら、どんなに遠く離れていても長の使いが知らせに来るだろうし、まだこの国は異教徒の隷属下にあるはずだ。ニキフォリの言葉には答えず、闇色の人間は床に倒れたセレゲイに気づくと慌ててしゃがみ込んだ。

「どうしたのです、病か、怪我か」

「触らないで！」

ニキフォリは自らの身をもってセレゲイの躰を覆う。もしこれがタナトスの使者だったら、連れてゆかれてしまうかもしれない。それに人間は自分たちに触れられない。しかしその人間は、信じられないことに、ニキフォリの躰に触れた。存在しないはずの肌が、人の手のひらの温もりを受け取った。何が起きたのかわからずニキフォリはただ、その手の持ち主の顔を見上げる。

「恐れる必要はありません、私はタクシディオトのパイシー。この修道院には医術の心得のある者もおります。その子を施療室に運びましょう」

年齢は四十歳くらいであろうか。パイシーと名乗ったタクシディオト——巡回修道士の、小さな灯りの中でも見て取れる柔和《にゅうわ》なその顔はニキフォリの心身の強張《こわば》りを解く。目視できないミクロルガニズミの姿が見えている上に、本来は空《くう》であるはずの幻の皮膚に触れた。この男の魂はおそらく人の域を超えている。ニキフォリは、数百年ぶりに触れられた人の手のひらの硬さに驚きつつも平静を装い口を開いた。

「……僕はニキフォリ、こっちは主のセレゲイ。あなたは高潔な聖者様とお見受けした。非礼を詫びる。もしあなたが主を助けたいと願ってくれるのなら、あなたの手から主に山羊の乳を飲ませてやってくれないだろうか、なければ玉ねぎか豆をくれ、生で」

主、という言葉でパイシーは彼なりに解釈をしたはずだ。このときオスマン帝国の外では、ハプスブルク家に起因した長く大規模な戦争が終結に向かっていた。奇しくもプロイセンがオーストリアに勝利した直後であったため、はるばる亡命した先で夜盗に遭い親を殺されたオーストリア貴族の子供とその使用人だとでも思っただろう。もしくは単に脱走し逃げ延びたデウシルメの少年だとでも。

「それだけでいいのですか？　夕餉《ゆうげ》の残りのプソミもコトスパ《チキンスープ》もあるはずですから……生の玉ねぎって辛くないですか？」

「山羊の乳だけで充分なんだ、お願いします、オッチェ《父なる》……パイシー」

人間と会話をするのは実際に肉体を纏っていた数百年前以来で、言葉をうまく話せているか不安だったが、パイシーは頷《うなず》き、近くの書案に燭を置くとニキフォリが止める間もなくセレゲイの躰を抱き上げた。と同時に彼は短い悲鳴をあげて後ろに転げ、羽根が舞うようにセレゲイの躰は床に落ちる。揺れる小さな灯りの中、パイシーは呆然《ぼうぜん》と己の手のひらを見つめ、質素な十字架の配《あしら》われたコンボスキニオンを握りしめるとニキフォリに向き直った。

「ニキフォリ……あなたたちは何者です」

人の形を模すことができても、躰の重さまではまだ再現できない。

数百年の昔、サーモフィルスとブルガリクスの複製として生まれたニキフォリとセレゲイは、王不在の国の民たちを百五十年以上守護してきた。ツァール・ペタルの即位をきっかけに帰還したサーモフィルスたちに不在時の記憶の伝承を終えるとその役目を果たし、どこかの厨《くりや》のミクロルガニズミとして責務を全うするはずだった。しかし彼らは、伝承する際に兄たちの記憶も相互に受像した。遠い町で貧困に苦しむ民の姿に心を痛め、しかし王城にいては観られない景色や人を観たいと願った。それは複製のサーモフィルスも同じだった。

——俺たちも外に行ってみたい。人として暮らしてみたい。

サーモフィルスの訴えを聞きいれた一族の長は、捨てられたふたりの赤子の亡骸《なきがら》にふたりの魂を移し入れ王城の外に送り出した。サーモフィルスはセレゲイ、ブルガリクスはニキフォリという名を名乗り、人里で暮らし始めた。しかしふたりにとって人間の肉体はあまりにも不便だった。流行病《はやり》で肉体が滅んだあとは不可視なミクロルガニズミとして、かつてのブルガリクスとサーモフィルスと同じく長いこと旅をつづけていた。

こんなとき如何《いか》なる説明をすれば人間が納得するのか、ニキフォリは懸命に記憶を辿る。

「……僕たちはいにしえより生きる精霊だ。故郷はハエムス……今はスタラ・プラニナと呼ばれる嶺《みね》の森。本来はブルガリアの王以外の人間に僕らの姿は見えないし、王であってもその手では触れられないはずなんだ。だから僕のほうが訊きたい。パイシー、あなたは何者だ。王になる人間なのか、それともかつての王家の落胤《らくいん》か」

ニキフォリの訴えとそれにつづく問いを受け、パイシーの乾いた唇からは神の名がまろび、コンボスキニオンを握る手に一層の力が籠もった。

「……私は神に仕える身。俗世に戻ることはありません」

細長い窓の外では至聖所の上空に天啓のような稲光が明滅する。

「ならばきっとあなたは神のしもべでありながら、ブルガリア帝国にとっては王を凌ぐ人間のはず。僕たちを傍に……仕えさせてください」

己の考えが正しいことを願いながらニキフォリは、王たりえる人に請うた。

そしてニキフォリは翌日、己の決断が正しかったと早々に確信した。彼の手で山羊の乳を与えられたセレゲイは一晩で快復したのだ。小さなパイシーの居室、嵐の止んで小さな窓から白い光が注ぐ簡素な寝台の上で、数百年の眠りから覚め目を開けたセレゲイに、ニキフォリは喜びの余り固く抱きついた。セレゲイは、肉体を纏っていない自分を目視し、言語による対話のできる人間の存在にニキフォリよりも驚いていた。

――あなたは新たな王か。

――それはもう僕が確認した。違うそうだ。

――なら、俺たちのようなミクロルガニズミなのか？　どう見ても人間なのに？

――人間ですよ。はじめまして、精霊族の長の子。

パイシーが教会の外で務めていたのは少し前までで、病のため現在は静養しながら書き物をしているという。このゾグラフ修道院の写字室には、中世以降の膨大な書物が収蔵されている。パイシーはそこから、祖国であるブルガリアという国と民族について記された書物を探し、それまで巡った諸所で聞き継いだブルガリアの歴史を交えて新たにスラヴ語でしたためていた。

「こういうものを書いていて咎《とが》められないのか？　このあたりもたしかムスリムの領地になったはずだろう？」

眠っていたぶんの記憶がまだらに抜けているセレゲイが、パイシーの書付を眺め尋ねる。

「スルタンは教会の存続を許可しています。大昔には改宗を迫られた土地も、モスクにされた教会もありますが、近頃は手出しをしてきません」

「……民に改宗をさせないのに隷属させている意味があるのか？」

「そのぶん、ムスリムよりも多くの税を納めるのです。それを条件に共存が許されています」

「それは建前だ」

思わずニキフォリは口を挟んだ。

「改宗しない人間が生皮を剝《は》がれたり生き埋めにされたりするのを僕はロドピの南部の村で見てきた。トルコ人は自分の手を汚さずにブルガリア人の奴隷にやらせるんだ。それで『手出しをしない』なんてただの言葉遊びだよ、笑わせるな」

嗚呼《ああ》そうだった、とセレゲイは糸を手繰《たぐ》るように徐々に記憶を蓄えてゆく。その様子を見ていたパイシーは何気なく尋ねた。

「あなたたちは王に仕えていたと言ってましたね。いつの時代の王です？」

「僕らは実は複製で、本体のほうはハン・アスパルフからツァール・サムイルまで。僕らはその息子のラドミルからだけど、一年でヴラディスラフが殺してしまったから、実際に仕えた王はふたり、三年だけだ。今はオッチェが僕らの王となった」

「せっかくだから二千年くらい生きてくれ。そうしたらいつかあなたは王になる」

ふたりの返答にパイシーは言葉を失う。そして天を仰ぐ。もしこの絵空事のような話が本当なのだとしたら、ふたりは、ブルガリア史を編纂《へんさん》している自分に神が与えたもうた使者《アポストル》だ。どこよりも長い歴史と独自の言語を持ちながら、立国した土地のせいで侵略を受け続けた我が祖国。聞くに堪えない他国人からの迫害を受け、もはや風前の灯火となったブルガリア人の生きる要《かなめ》と尊厳を取り戻したい、取り戻させたいと切望し、パイシーは筆を執《と》ったのだ。しかし書物や口伝《くでん》だけでは膨大な歴史のすべては補完できない。

「……セレゲイ、ニキフォリ、あなたたちがこれまで観てきたこの国の人々の美しさを、彩りと喜びに満ちた景色を、私に教えてくれませんか。私は未来を生きるブルガリアの民に、希望の光となる宝を残したい」

震える声でパイシーは乞う。セレゲイはパイシーの訴えに秘められた燃えるような激情に気づいているのかいないのか、存外にあっさりと頷く。

「もちろんだ。なんでも訊いてくれ」

「何を言ってるんだよ、セレゲイはほとんど寝てただけじゃないか」

「共生のおかげで、おおかたは受像したよ。大変だったんだな、すまなかった」

「……べつに……生きていてくれただけで嬉しいし」

寄り添う少年たちは透き通るように儚《はかな》く美しく、しかしそのうしろには彼らの眺聴《ちようちよう》してきたこの国の美しいだけではない足跡が、悪い夢のように具現して見えた。

＊

そして吾輩は悪い夢のような時代を現地でリアタイしてきたブルガリア菌である。

正確に述べればオリゴ糖をご飯にするのは、大腸生まれ大腸育ち、悪そうな菌はだいたい根絶やし、をモットーとする大腸内善玉菌の最大勢力〝ビフィズス菌〟だ。彼らは吾輩たちと同じく「糖を分解する（食べる）」菌なので、乳酸菌と混同されがちだが実は分類学的には別種である。そしてなんでピンポイントにオリゴ糖なのかと言えば、口から摂取した食物に含まれる糖は、大腸に届いた時点でほとんどが分解されてしまっており、棲息域が大腸オンリーのビフィズス菌には、しぶとく糖でいつづけてくれるオリゴ糖くらいしか食べる糖がないからである。胃が飽食を謳歌するベルサイユだとすれば、大腸はいわば消化器界のスラム。このあたりの詳細はまた今度ね。

そしてこれも、よりによってフィクションの権化《ごんげ》みたいな吾輩に言われたくないと思うけど。びっくりしたから言っちゃうけど。受け取り方によってはパイシーってこんなにかっこいい感じになるのかね。

パイシー・ヒレンダルスキ、たしかに聖職者ではあったが、二十歳すぎてから修道会入りしていることもあり、結構俗っぽかった。吾輩が知る限り、血気盛んでめっちゃよく喋るおじさんだった。ブルガリアの歴史を調べ始めたのも、最初は祖国復興とか大層な目的ではなく、同僚のセルビア人にブルガリア人であることを揶揄《やゆ》されてむかついて「絶対俺んちのほうがすごいですしー！」って子供みたいに張り合ってたからだ。

なお「巡回修道士」とは、文字から受ける印象としては宣教師っぽいが、若干違う。主な業務は集金（＝托鉢《たくはつ》）。当時のバルカン半島はくまなくオスマンの支配下だったし、神の教えは先人たちのおかげで既に社会インフラ化していたため、人々への「布教」はそれほど盛んではなかった。ただ、その昔、ゼス・キリシトのゼの字もなかった日本に西方教会の宣教師（ざびえる：最初に着いたの鹿児島なのになんで大分銘菓なのか）が来て布教活動を行った結果、ほうぼうで大勢の切支丹《キリシタン》が生まれたように、大昔の教会も、布教に行けば結構な割合で信徒を得られていた。布教される側にとってそれは大いなる非日常であり未知との遭遇、あるいは知識欲を満たせる娯楽であったためだ。

中世の、都市部を除く東ヨーロッパの一村落に定住する人数は、だいたい五十人から多くて二百人くらいだった。ちなみに由寿の実家も人口百人以下の山間《やまあい》の集落にあり、そのうち二十人以上が「朋太子」という苗字を持つ。乳酸菌のラクトバチルス率めっちゃ高いけど、ファミリーネームの母数比ではあの地域における朋太子率も相当なものである。

思い描いてみてほしい。居住する人が下北沢《しもきたざわ》のライブハウスの客くらいの数しかおらず、死ぬ、生まれる以外は顔ぶれも変わらない中世の閉ざされた土地、これといった娯楽も教育もない識字率ゼロの山村にやって来る、やたらと物知りな余所者《よそもの》。めっちゃ気になるでしょう。しかも彼らはどんな組織でもまずトップを取り込むのが常だった。偉い人が認めたのであれば、大手を振って街頭紙芝居を観に行くような気持ちで観に行っちゃうでしょう。話聞いちゃうでしょう。

伝教者は土着のアニミズムやトーテミズムを否定するようなことはせず、むしろ上手く取り入れながら、それこそ街頭紙芝居のように数々の美しいイコンを見せ、聖伝を読み聞かせ、ときには文字を教えた。はじめに言があった。神は言であった。神は天と地を創造された。住人らはそうして絵画と口伝と文字によって、この世界の成り立ちと神の教えを刷り込まれる。やがてそこに思想と学問と芸術が生まれてゆく。大規模な宗教って、それがエヴァンゲリエに基づくものであろうとクルアーンに従うものであろうと、ものすごくよくできた人材育成システムだったのである。

パイシーはそのノウハウを生かし、晩年は自著の布教をしてほうぼうを回った。これもちょっとすごい。学者が「俺の論文を読め！　そして伝播させろ！」って全国営業するようなものだ。なんとガッツある行動か。だがその啓蒙活動の甲斐あって、彼の渾身《こんしん》の著作

『スラヴ・ブルガリア人の歴史』は各地の教会や修道院で合計五十冊以上筆写され、読み継がれ、のちの民族蜂起の種火となった。彼の祖国への情熱（あるいはセルビア人への対抗心）がブルガリア人の誇りを蘇《よみがえ》らせ、己が邦土を取り戻さんと奮い立たせたのだ。

……あれ？　そう考えるとパイシーもしかしてすごい偉人だったんじゃない？　この人いなかったらブルガリアまだどこかの属国だったかもしれなくない？　なんかちょっと悔しいんですけど。

ともあれ、こうして宗教や歴史や思想が伝承されるのと同じく、食文化も人の手によって山を越え海を越える。

もう少しミクロな単位で近い過去に存在したブルガリア的偉人の話をすれば、石川研究員のボスだったX氏と当時の社長がいなかったら、二〇〇五年（琴欧洲《ことおうしゅう》の関脇昇進）くらいまでブルガリアという国の日本における知名度は、今のモルドバと同程度だったはずだ。

X氏はもうお亡くなりになっているが、ブルガリア由来の乳酸菌である吾輩たちにとって彼は間違いなくトップレベルの偉人である。彼が惜しみなく愛を注いでくれたおかげで吾輩たちは日本人《ヤポンツィ》にも常食してもらえるようになったし、更にその遺志を受け継ぐ石川研究員の考案した技術により、吾輩たちは飛躍的に美味しくなれた。そんな彼らの偉業が由寿の手蹟《しゅせき》によって蘇るのは喜び以外の何物でもない。

なお、石川研究員の周囲には、ほかに類を見ない数と種類の乳酸菌が漂っていた。ロシアやギリシャのやつもいるが、ほとんどは顔見知りだったので、由寿の代わりに吾輩が訊いておいてあげることにする。

「お主《ぬし》の宿主、小説とか書いてる？」

「いや、論文と申請書みたいのはしょっちゅう書いてるけどそれ以外は見たことない。なんで？」

「なんか、吾輩の宿主がたぶんやばい誤解をしている、今」

「うわ、なにあれすごい熱視線。吾輩の宿主、既婚者だし愛妻家だし子供三人もいるから恋しても無駄だって教えてあげて」

「そういうのではないんだなあ……」

まあ、気持ちは判るけれども。現在の日本に、石川研究員ほど人類の食と乳酸菌の関係を理解している人間はほかにいない。その愛が研究にとどまらず創作へと向かったのではないかと誤解する気持ちは判る。ただ吾輩はその気持ちが暴走しておかしな方向へ進まないことを祈るのみである。進まないでくれ、マジで。

＊

玉ねぎと大豆とヨーグルト。果たして料理として何が作れるだろうか、とググってみたら、驚いたことに「玉ねぎヨーグルト」は既に健康業界ではメジャーらしく、レシピ本まで出ていた。マジか。そういえば去年トマトジュース大量に送られてきたときに玉ねぎ入れたな、あれ結構美味しかったな、と思い出す。トマトジュースではなく今は味噌が大量にある。そして冷蔵庫の中、卵とヨーグルト以外で常備されている食材は豆腐とおからである。健康面に気を使っているとかではなく、豆腐は他の食材との質量比では抜群に安く、おからは母親が毎回送ってくるからだ。

一日目、とりあえず毎朝の卵ヨーグルトに加え、玉ねぎと味噌と豆腐とおからを全部ミキサーに突っ込んでスムージーのようなものを作ってみた。大失敗だった。舌が肥えていない、食にそれほど興味がない由寿でも「これはわけが判らないし食べたくない」と感じた。しかも大量にできちゃったから途方に暮れた。

二日目、シェイクっぽくしようと思い昨日の残りの一部に蜂蜜を入れてみた。ますます破壊力を増した。昼過ぎにマーケティング部の人に取材をしなければならないのに、あまりの食欲のそそらなさにテンションがまったく上がらず困った。

三日目、残り全部を電子レンジで加熱し、爆発した茶碗蒸しのようなものを前に絶望した日の夜。

〈それは玉ねぎと味噌とおから、ヨーグルトと豆腐と卵とかで分けて考えろよ。ヨーグルトと絹豆腐と卵でチーズケーキとか作れるんだから。あと素直に加熱しろよ〉

一人暮らし歴が長いため、意外と料理をしているらしい岡林に相談したら、文字越しにも呆れた顔で返された。母親に相談しなかったのは、たぶん相談とかしたら野菜を満載にした籠《かご》を背負って東京まで来ちゃうからだ。

〈卵加熱したら子爵《ししゃく》が食べられなくなる……〉

〈そろそろ子爵も咀嚼《そしゃく》を憶えたと思うぞ。ラーメンに入ってる味玉とかに感動するお年頃だと思うぞ〉

たしかに加熱は素晴らしい。食材に火を通すことを考えた最初の人は偉大だ。

そして四日目、金曜日。

「オリゴ糖入りチョコレート、偉大ですよね」

撮って出し、という、言葉通り「撮影したらすぐオンエア」な取材だったらしく、先日の映像は昨日の情報番組で流れたそうだ。その旨を伝えるメールが、向かいに座る飯野から届き、資料映像のＵＲＬを開いて見ながら由寿は言った。

「どうした、いきなり」

「玉ねぎと大豆からオリゴ糖を摂取しようとしたら三連敗しまして、さっき出社するとき素直にコンビニで買ってみたんですよ、オリゴ糖チョコレート。美味しい、しかも口が玉ねぎくさくならない、最高です」

「気付けて良かったねえ」

可哀想な子供を見るような目で見られた。

五分程度の映像を観終わったあと気を取り直し、由寿は一昨日取材をさせてもらったマーケティング部のＹ氏の取材テキストを読み直す。元々は由寿と同じように支社の「預かり」だった人で、入社して三年間は愛知近辺のスーパーマーケットを中心に営業をしていたそうだ。

——うちのプレーンヨーグルトは絶対に売り上げ一位じゃなければいけないんですよ。後発の他社に負けるわけにはいかないんです。

その力強い、不遜にも思えるY氏の言葉は、少し前まで競争や敵対とは無縁の環境で生きてきた由寿には衝撃だった。人と同じでなければならない、目立ってはならない、出る杭は（野球部以外は）等しく粉砕される社会で生きてきたため、高校三年生になった年、由寿が「国立大学の理系に進学したい」と言ったときは親族一同の大反対に遭った。顔が可愛くもない女が学など付けたらますます嫁の貰い手がなくなる、という、東京の人からしたら信じられないような言葉をあたりまえに投げつけられる土地はまだ存在するのだ。

由寿みたいに頭の良い子を女だからと言って大学に行かせないのはもったいない、家族であっても子供の性別や外見を理由に何かを押し付けようとするのは立派な差別だ、と言って庇《かば》ってくれたのは兄の迦寿だけだった。迦寿がその外見のせいで義務教育期間中いじめを受けつづけていたことを親族は皆知っていたが、そもそも女の由寿ではなく長男の迦寿が大学へ行っていたらこんな論議にはならなかった、頭脳と外見を兄妹で逆に産まなかった母の腹が悪い、と第二ラウンドが始まってしまい、しばらく収拾がつかなかった。

学費は奨学金でどうにかなった。しかし最後まで一人暮らしは認められなかった。震災後に仮設住宅を出て家族で借りた古い家は父方の親戚の持ち物で、近くに電車の駅はなく、バス停も、あるにはあるが朝の九時過ぎに一日一本、上りのみだった。通学用にと自動車免許取得のためのお金を貸してくれて、入学祝いに中古の軽自動車を買ってくれたのも迦寿だ。ずっと一番になってはいけなかった。人と違っても目立ってもいけなかった。だから、売り上げ一位じゃなければいけない、と堂々と言い切れる人間と同じ会社に所属する自分に、なんだかむず痒《がゆ》いような、心地よい居心地の悪さを感じたのだった。

——あと、ブルガリアから名前をお借りしている以上、そのイメージを崩すようなものは作ってはいけないと前任者から言われています。だから日本に特化するような抹茶味やきなこ味は作れないんです。

——なるほど……あれ？　でもちょっと前に梅味ありませんでしたっけ？

——あれは「プラム」です。商品名がどうであろうと僕の中ではそういうことになってます。和に偏らないよう、りんごも入れましたし。

Y氏の話は三割くらい石川研究員から聞いた話と被っていたが、石川研究員は製法や乳酸菌の働きのほうに偏っており、Y氏は「何故ブルガリアでなければならなかったのか」を説明してくれた。やはりX氏と当時の社長が築き上げたブランドへのプライドにつながるものだった。

戦後に発売された「明和ハネーヨーグルト」は、市場では美味しいデザートとしてある程度の地位を築いてはいたものの、明和乳業の要とはならなかった。そんなとき大阪で万国博覧会が開催された。全七十六の海外からの参加国の中に、ブルガリアの、バルカン山脈を象徴した三角屋根の連なるモダンなパビリオンもあった。一九七〇年のことだ。

当時バリバリの社会主義国だったブルガリアのパビリオンはソビエト連邦(現在のロシア)館の隣に建てられ、開催中、ソ連館へ天皇陛下がお出ましになると知った当時の担当大使は、宮内庁に「ソ連のついでにわずかだけでも隣のブルガリア館にお運びいただきたい」と頼み込んだ。宮内庁は、十分くらいなら、という条件でブルガリア館への訪問をスケジュールに組み込んだ。先にネタバレしておくと、この担当大使・ディチェフ氏が宮内庁に依頼をしていなければ、そしてもし彼が張り切りすぎて過剰に豪勢なフルコースなどでおもてなしをしちゃっていたら、明和ブルガリアヨーグルトは生まれていなかった。琴欧洲さんもあの化粧廻しを着けてはいなかった。

当日、十分という限られた滞在時間の中、ディチェフ氏はブルガリアで長寿食とされている酒入りヨーグルトを供御《くご》としてお出しした。ブルガリアが万博に参加したのは「トラキア文明すごいでしょ/独立後の経済発展めざましい/社会主義ってすばらしい」という、主に歴史・経済・政治のマクロな三項目および観光資源を世界に向けて猛アピールする目的だったため、運営側は、自分たちが毎日あたりまえに食べているヨーグルトの持つミクロなポテンシャルにまったく気づいていなかった。従って万博会場におけるヨーグルトは、アイリャン(しょっぱいドリンクヨーグルト)に加工され、パビリオン内の食堂で提供する定食に添えられているだけの、アメリカの食に喩《たと》えて言えばコーラやルートビア的な位置づけに過ぎなかった。しかしこれが予想外の好評を博し、陛下が大使との会話をご所望になられたため滞在は十分を大幅にオーバーして一時間近くに及んでしまった。ディチェフ氏、ピーンチ。

案の定翌日、宮内庁からディチェフ氏に呼び出しがかかった。もしソ連館やアメリカ館よりも陛下のご滞在時間が長かった場合、マジで国際問題になりかねない。腹を切る覚悟で登庁したディチェフ氏は、しかしながら思いもよらぬ依頼を受けて僥倖《ぎょうこう》に震えた。

——陛下からお話をお聞きになった皇太子殿下がご興味を示され、ブルガリア館をご視察になりたいと思し召しである。同じものを作ってほしい。

由寿は正直、ぜんぜんピンとこない世代である。しかし大阪万博が開催されたのは終戦からわずか二十五年のころ、多くの日本人にとって昭和天皇は依然として現人神《あらひとがみ》であった。ピンときていないことを察したらしいY氏が「年収億超えの大物ユーチューバーとかフォロワー数百万人のインスタグラマーとかに『これめっちゃ美味しいよ！』って紹介されてバズったみたいな感じです」という、ある意味ものすごい不敬な説明をしてくれたおかげで、ことの規模が理解できた。

天皇陛下と皇太子殿下のブルガリア館へのお出ましと、ヨーグルトをお召し上がりになったことはすぐさま業界内に知れ渡り、明和乳業も常務命令の下、研究所の技術部、生産部を主とした数部署から選抜された社員たちが即日大阪に送られた。そして彼らはブルガリア館で、特別に提供してもらったヨーグルトを口にし、天啓を受けた。これが本物だったのだ、これこそが我々の目指していたものだ、と。

——当時の社員が魔法瓶《まほうびん》持参で行ったそうです。その場で譲渡してもらったヨーグルトから乳酸菌を培養し、日本の牛乳と環境で商品化に至ったものが初代の「明和プレーンヨーグルト」です。本当は「ブルガリアヨーグルト」という名前で商品化する予定だったけど、ブルガリアから許可がもらえなかった、という話は石川さんから聞きましたか？

——はい、そのあたりの歴史は自分でも調べました。

しかしたぶん詳細を説明したらドン引かれるレベルで調べているので黙っておいた。

ブルガリアという国名を借りられなかったため、そのヨーグルトは「明和プレーンヨーグルト」という極シンプルな商品名での発売に至る。当時は現在の牛乳パックのような、ゲーブルトップと呼ばれる形のパッケージに収められていた。これはこれでめっちゃ可愛いと由寿は思う。ただ、出しにくいだろうなとも思う。実際出しにくかったらしく、明和プレーンヨーグルトはぜんぜん売れなかった。そもそも出しにくいとかいう以前に、その味が日本の一般庶民には全く受け入れられなかったのだ。納豆を食べた外国人が「これ腐ってる！」っていうのと同じく、甘くないプレーンヨーグルトは当時の日本人にとって正しくただのキセロ・ムリャコ（酸っぱい乳）で、甘いデザートヨーグルトに慣らされた消費者から「腐ってる！」という苦情が何度も寄せられたそうだ。なんというかこれは、過去に自ら「ヨーグルトとは牛乳に乳酸菌とお砂糖を加えて発酵させたプリンのようなもの」という、デザート感満載の宣伝を打った商品がそこそこ売れちゃっていたことによる自縄自縛という気がする。もしこのときインスタやTikTokがあれば「天皇陛下お墨付き！本場のヨーグルトは甘くない！」みたいな投稿で一気に上書きできただろうに。

口コミの概念がなく宣伝ツールも乏《とぼ》しい時代に、一日数百個しか売れないという大赤字を出しながら、それでも明和乳業のヨーグルト担当たちは諦めなかった。これまで日本に存在しなかった海外の食品を売り出すためには、その味を作り出した本場の土地の歴史や物語が必要だ。そのためにどうしても国名を使わせてもらう必要がある、と当時のマーケティング部の担当者が交渉のためにブルガリア本国や大使館に再三足を運んだ。消費者からの苦情、売れ残ってしまい捨てざるを得ない廃棄商品の山。通常ならば廃番になってもおかしくない苦境に立たされながらも、開発担当者たちは己の正しさと夜明けの到来を信じ、逆風の中を粘った。その甲斐あってか、発売から約一年ののち、とうとうブルガリア大使から工場を見学させてほしいと申し出があったのだ。

言ってしまえばただの「見学」である。しかし交渉を始めた当初はにべもなかった相手が、初めて歩み寄りを見せた大いなる一歩でもある。担当者たちは、いかに自社の衛生管理が徹底しているか、本場に則《のっと》った正しい工程で製造しているかを、見学者の面々にあますところなく見せた。後日、見学という名の視察にはブルガリア本国の一団も訪れ、それまで「明和プレーンヨーグルト」だった商品が「明和ブルガリアヨーグルト」へと名前を変えるのは翌年、一九七三年のことである。

待ち望んでいた夜明けは訪れた。だがその曙光《しょこう》の照らす先は依然、穏やかな道ではなかった。

日曜の夜、迦寿から電話が来た。寝巻用に持っていったTシャツを忘れてきたから次に帰省するとき持ってきてほしい、という連絡だった。買った覚えのないよれよれのTシャツが洗濯機に紛れていたのはこれか、と謎が解けた。

「あど、織《おり》ぢゃん、来年東京の大学さ受験するって、推薦取れだら」

織は同じ敷地内に住んでいる父親の弟の次女、由寿と迦寿の従妹《いとこ》である。小学生のころから空手をやっていて、空手で推薦をもらって盛岡の高校で寮生活をしている。もし合格したら由寿ちゃんの近くに住みたい、と言っているそうだ。

「え、あの叔父さんがそれを許すどは思えねえんだげど」

それに現在由寿の住むアパートの近くは、おそらく織が思い描く「東京」とはかけ離れている。

「さっぎまでものすげえ大喧嘩《おおげんか》になってらったよ。んでも由寿が大学行って明和さ就職したっけ。明和さ震災んどき物資送ってけだ会社だし、テレビでコマーシャルもやってらし、織ぢゃんが明和の名前を虎の威にしてねじ伏せだ感じになってらった」

「ごめん、ちょっど意味が判らねえ。会社が虎の威？　どったなごど？」

「なんていうが……叔父さんたぢ、女のぐせに生意気だどがなんとが言っても結局、明和みでな誰でも知ってら会社さ入った由寿のごど、心の中では一目置いでらんだよ」

なんだかむず痒いし、そんなわけあるか、とは思ったが、黙って先を促した。

「んで、織ぢゃんもそれ判っでっから『大学さ入らねえば由寿ぢゃんみだいにゃなれねえ』って。東京だど空手で推薦ぐれる大学があるってが。んだどもそもそも織ぢゃん今でも親元離れでらし、暴れだらどう考えても一番強えし、誰も逆らえねえべ」

「んだぁ……むしろ織ぢゃんが虎だな……」

もし本当に合格して織が近くに住むのだとしたら、母に加えて叔父からも毎週電話かかってくるな、責任重大だな、と由寿は少し笑った。

「お兄ちゃんも東京さ住みでと思ったごどある？　イベントあるだびに東京さ行ぐの、大変でねえ？」

「いやー、ねえな。行ぐのはおもしぇげど住むのはおっかねえな。あ、んでも代わりさメタバースのフルダイブ機能が早ぐ実装されねえがなどは思う。もし実現したらどごさでも行げるし、見だ目どが性別どがであれこれ言われるごどもなぐなるし。あど十年ぐりゃあで実現可能だど」

「それ最終的さ戻って来られねぐなって人類補完計画になるやづだっけ、実現したらわがらねやづだっけよ」

通話を切ったあと、画面には織からのショートメールが届いていた。

〈由寿ちゃんが東京行ってくれたおかげでうちも東京の大学に行けそう。一緒にヌン活できるようにがんばるね！〉

いや私はいきなり大阪だったけどね、それに今住んでる場所、道挟んで隣は埼玉県だけどね、と心の中で突っ込みつつ、ふと思う。

もしかして私、戦前から少しも意識が変わっていないあの地域ではパイオニアだったのではないか？

まさに「求めよ、さらば与えられん」だったのではないのか？

何かを成したい、得たいと求めても、実際に行動に移すことでしか結果は与えられない。その行動を、自分はとくに意識もせずにしていたのではないか？

由寿の父は高校卒業と共に地元を離れ都会（地元比）へ出て所帯を持った。一族の反対を押し切って、だったらしい。だから震災で家と職を失いあの集落に戻らざるを得なかったとき、言うなれば由寿の一家は、出る杭ならぬ「入ってきた異物」だった。勝手に出て行った罰があたったのだ、とまで言われた。そんな針の筵の中、余所者の嫁である母が毎日畑に出て献身的に一族に尽くし、取り囲む針を時間をかけて一本一本抜いていった。出戻った父とその家族を、自らの努力でもって異物ではなく常態に変えた母その人が、どうか同居させてほしいと訴えたから、一〇〇％余所者の祖父も一緒に暮らすことができるようになった。

由寿のケースはその逆にあたる。今後、織だけではなくあのあたりの保守的な集落群から大学に進学し東京の一般企業で仕事に就こうとする女子が、「出る杭」ではなく「普通」になるための一石を、もしかして自分が投じられたのではないか？

求めよ、さらば与えられんと説いた開祖も最初はひとりだった。そのひとりの行いや言葉を使徒が福音《ふくいん》として記し、福音書を携えた伝教者たちがほうぼうを巡り、古来土着の神々を信仰していた諸民族に己が唯一神の教えを理解させるに至るまで、そしてその教義を彼らの生きる支柱として欠かせないものにするまで、途方もない時間がかかっているが、彼と彼らは成し得た。オスマン帝国に枷《かせ》がれた軛《くびき》の下から這い出るため、数十年に亘り数え切れないほどのブルガリア人が血を流した独立運動も、元を辿ればパイシーがひとりで書きあげた著作がその源流とされている。

何もかも、初めはひとりなのだ。ひとりに賛同した誰かにまた誰かが賛同し、そこに善や義があれば正しく道は開かれる。物を売る営利事業でも同じだ。乳酸菌を愛しなさい、そうしたら必ず乳酸菌は応えてくれる。その言葉を信じ、存在しなかったものを日本で売り出し、苦情や大量廃棄に何度も心を折られそうになりながらもなお「これがヨーグルトの正統なのだ」と粘り強く啓蒙をつづけ、数年後にベストセラー商品へと変えた半世紀前の人たち。彼らの話説をただ傍観者としてすごいなーと思っていただけの自分も、もしかしたら織にとっては同じような「ひとり」なのではないか？

検索ツールのテキストボックスに「ヌン活　とは」と打ち込み意味を調べたあと、若干の心拍の上昇を感じつつ「東京来たら一緒に行こうね、頑張ってね」と返信した。まず由寿がアフタヌーンティーになど行ったこともないが、可愛い従妹のためにもお洒落《しゃれ》で美味しいところを探しておかなければ。週明け、緑川や飯野に訊いてみよう。予算三千円で。

＊

「パプリカ、クミン、コリアンダー、にんにく、そして赤くて辛い……この配合、お主ハリッサだな」

「アッサレームアレイコム、久しぶりだなブルガリアのヨーグルトよ。どうやらお主の宿主、我々のマリアージュに気づいてしまったようだぞ」

由寿の調理方法のひどさに呆れた岡林がなんらかのレシピを送ってくれたらしく、吾輩は今、水切りされた状態でハリッサというチュニジアの調味料と混ぜられている。古くは同じオスマン帝国の属領だった土地仲間で、トルコのヨーグルトの種菌は、ナンバリングは違うがブルガリアのヨーグルトと同じブルガリア菌とサーモフィルス菌の共生発酵である。ハリッサとはめちゃくちゃ相性が良く、主に吾輩とハリッサの組み合わせはチキンを焼くときのペーストとして使用される。

「吾輩いつもは卵と混ぜられてるんだが、卵どこ行った？」

「卵黄と卵白に分けられて卵黄はなんか茶色っぽいビーンペーストの上にいる。卵白は、あれお主じゃないのか？　一緒に混ぜられてるぞ。お、玉ねぎも来たか。これ最高なやつだな」

吾輩たちのボウルの中には更にみじん切りにされた玉ねぎと、オリーブオイルと塩とパセリが加えられた。もう美味しい予感しかしない。

味噌の上に載った卵黄の容器は冷蔵庫に、卵白とヨーグルトとおからと蜂蜜をビーターで固形になるまで混ぜたものの容器は冷凍庫に移動され、出来上がった吾輩たちは、水切りした絹豆腐の上にたっぷりとかけられた。

スプーンに掬《すく》って一口食べた由寿の顔が喜びに輝く。二年以上彼女に宿ってきて、自分が作ったものを口に入れてこんなに美味しそうな顔をするのを見たのは初めてだった。これで少しは食に興味を持ってほしいと願う。吾輩、無限の可能性を秘めているのだからな。

「お主さっき卵と一緒に混ぜられてるって言ってたけど、それ美味しいのか？」

「たぶん味とか関係なくて、この娘にとっては儀式みたいなものだ」

「そんな儀式は聞いたこともないが日本の宗教か？　まあそれなら仕方あるまい」

八百万人も神様がいる国だし、もしかしたらそういう宗教もあるかもな、とは思うが。

「……お主んところの宗教はちょっと大変そうだよな」

「お主んところほど複雑ではないと思うが。イーサー《ナザレのイエス》の兄が悪魔だとか言ってたやつ、どうなったんだ。一時期はうちのほうまで波が来て大迷惑してたんだぞ」

「吾輩だって迷惑してたんだよ。あいつが肉食禁止とか言ったせいで死ぬ必要ない人間まで栄養失調で死んでたんだぞ。それに吾輩んところが複雑なんじゃなくてお主んところが大雑把《おおざっぱ》すぎるんだよ、なんだよ少数派と多数派って、ざっくりにもほどがあるだろ」

「お主んところだって大雑把に分けたら東と西だろ、大して変わらないだろうが」

「……すまない、争いは避けよう。ふっかけた吾輩が悪かった」

「そうだな……せめて吾輩たちだけでも手を取り合って美味しくいよう」

互いに言葉には出さなかったが、ハリッサもたぶん渦中のリャジェンカのことを思っていたはずだ。

吾輩の願ったことは由寿方面だけ叶った。いつもはお母さんから送られてきた食材を、クックパッドを見ながら煮たり焼いたり茹《ゆ》でたりするだけだった由寿が、自分で食材を選んで買うようになったのだ。岡林から教えられたハリッサとの出会いは、まさにヘレン・ケラーさんにおけるウォーター状態だったらしく、調味料の棚だけ急速に充実していった。ちなみに岡林に伝えた感想は「豆腐がチーズみたいになった！」で、それは吾輩の水切りをしっかりしたからで、チーズみたいになったのは吾輩のほうだ、と吾輩もハリッサも突っ込まずにいられなかったのだが、人間の肉声はどうしたら手に入るのだ、元お菓子の本部長よ。教えてくれ。

最終的に由寿は、買ってきた調味料を吾輩に直《じか》に入れて食べるという冒険を始める。

「チーファンラマ！」

「豆板醬《トウバンジャン》か、よろしくな」

ちなみにこの意外な組み合わせに万ネギを加えたものが、明和公式サイトでバゲット用ディップとして紹介されている。いいぞ由寿。育ってきたな。

「アンコムチュア！」

「ベトナムのトゥオンオットか、よろしくな。お主も赤くて辛いな」

ベトナムではヨーグルトの、というよりも乳製品の歴史自体が浅く、料理にフレッシュミルクやヨーグルトを使うことはほとんどないのだが、加糖したヨーグルトはデザートとして人気があり、ときどき家庭で手作りもされている。

「サウボナニ！　ニンジャニ⁉」

「お、おう！　よろしくな！（どこの誰だ……？）」

長いこと共に過ごした卵と離れてしまって寂しくはあるが、卵は「卵黄の味噌漬け」「おから入りフローズンヨーグルト（卵白使用）」になり、どちらも美味しく食べられている。卵とはフローズンヨーグルトで一緒にいるじゃん、と思われるかもしれないが、冷凍庫の温度だと吾輩、冬眠状態で動けないのだ。とくにサーモフィルスの最適な発酵温度は摂氏四〇度なので、ただでさえおとなしいのに冷凍庫だともはや仮死状態だ。

調味料を入れるのは別にいい。その調味料が赤くて辛いのばっかりというのも別にいい。吾輩、あらゆる方面に万能だし辛いのとも相性抜群だからね。でもいいかげんそろそろ吾輩が単品でも充分美味しいということにも気づいてほしい。石川研究員やX氏へのリスペクトは彼女の書いた文章からビシバシ伝わってくるが、彼らがどれだけ苦心して吾輩を美味しくしてくれたのかは未だぜんぜん伝わってないと見える。

そんなわけで吾輩的に次回は石川研究員の発見した、吾輩たちを劇的に美味しくした発酵方法に関して詳しく喋りたいのだが、今回の冒頭が前回の宣言とまったく違ったものになっているので、あまり信用しないでほしい。

それでは皆の衆、アラッラカナ！（アラビア語で「またね！」）　BYハリッサ

東西東西《とざいとーざい》。皆みな様には不弁舌なる口上なもって、えーと、このたび吾輩《わがはい》の吾輩によるヤポンツィのためのヨーグルト講座を催したく申しあげ奉り候。なお吾輩、生まれも育ちもバルカン半島(多分)。何かの乳で産湯を使い、姓をラクトバチルス、名をブルガリクス、人呼んでLB81Oのブルガリア菌とは吾輩のことだ。今この瞬間、なに読まされてるんだろう俺って素に戻ったそこのヤポンカもしくはヤポネッツ。昨今は万物が人の形を模して喋る時代なのである。馬とか宝石とか鉄道とか。従いましてはどうか吾輩のことも心を無にして受け入れてほしい、殿中でござる、間違えた、後生でござる。

さて皆さまご存じヨーグルトなるもの、日本においては「乳又はこれと同等以上の無脂乳固形分を含む乳等を乳酸菌又は酵母で発酵させ、糊状又は液状にしたもの又はこれらを凍結したもの」すなわち「発酵乳」の一種なりけり。その「発酵乳」は国際基準だと「適切な微生物の作用によりpH《ピーエイチ》が低下する乳の発酵によって得られる乳製品」とされており、日本基準、国際基準とも「乳」と表記されているマテリアルは獣畜の乳を指す。よって、豆、ココナッツ、アーモンド、米などプラントベースのミルクを発酵させたものは、乳アレルギーやヴィーガンの方々にとって大変ありがたい食品ではあるが、各「基準」にあてはめて考えると発酵乳ではない。

更に、国際連合食糧農業機関ＦＡＯと世界保健機関ＷＨＯではヨーグルトを「乳及び乳酸菌を原料とし、ブルガリア菌とサーモフィルス菌が大量に存在し、その発酵作用で作られた物」と定めていたため、吾輩とサーモフィルス菌が大量発生している発酵乳以外のものをヨーグルトと呼ぶこと自体が本来はご法度だったのだが、ほかでもない明和乳業が過去にそうではないゼラチン入り加糖発酵乳をヨーグルトという名称で売り出していたこともあり、このへんの縛りは結構ゆるゆるである。言ったもん勝ちというか。

ヨーグルトにおける「発酵」は、前述のとおり「適切な微生物の作用により乳のpHが低下する」ことだ。発酵の仕組みについては詳細を説明するとめちゃくちゃ長くなるから、今は各々おググりいただくかSiriさんにHeyしてもらいたいのだが、ひとつこれだけはお伝えしておきたい点があるので聞いてほしい。

日本人には、生まれつき消化器系に乳糖分解酵素が欠けている「乳糖不《ふ》耐《たい》症」と呼ばれる症状を持つ人が結構いる。いわゆる「牛乳飲むとおなか壊しちゃう」、大丈夫な人にはまったく理解してもらえなくて悲しくなるあれだ。しかしこの乳糖不耐症の人でも、高確率でヨーグルトは大丈夫なのである。おなかを壊す原因となる乳糖が、吾輩たち乳酸菌の発酵スキルによって違う物質「乳酸」へと分解されているからだ。前話を踏襲《とうしゅう》すると、乳糖以外のあらゆる糖も分解している吾輩たちが、オリゴ糖だけは諸事情があって分解できない。人間に喩《たと》えると、食べようとするともれなく歯が折れる。だから大腸まで糖のまま届くのである。ビフィズス菌の歯は乳酸菌の歯より強い。ちなみにこのくだりは本編に一ミリも関係ないのであしからずご了承ください。

……以上なるかな？　いろんな意味でついてこられましたかな？

従いまして、従いましてー、えこれより催したります令和ブルガリアヨーグルト第四話。

隅から隅までずずいいいっと、えーと、Vonおねがい妄想すル揚げたて祭りマs……sl……

slozhen yaponski《煩雑な日本語》!!

＊＊＊

東京の夏は暑い、と聞いてはいたが、これほどまでとは思わなかった。何度か夏コミに行ったことがあるから、人の多さも夏の暑さもへのかっぱだと思っていた。しかし今思えば、イベント時のオタクのアドレナリン放出量は、体感で普段の五倍くらいになる。あのときは東京の暑さと人ごみに立ち向かう意欲と気力が尋常ではなかったのだ。

七月上旬、由寿はアパートの扉を出て階段を下りたところで猛烈な頭痛と眩暈《めまい》と吐き気と寒気に襲われ、手すりを摑んだまま蹲《うずくま》った。突然のことで何が起きたのか判らずそのまま震えていたら、ゴミ出しに出てきた一階に住む大家さんの奥さんに見つかり、取り乱した声で名前を呼ばれながら大家さん宅に運び込まれた。スマホとPCのデータを消すサービスに入っておけば良かったな、と薄れゆく意識の中で思った。搬送された病院で何かの点滴を大量に打たれ、すっかり快復した由寿は翌日、嘘のように元気いっぱいで出社したのだが、同僚たちにその話をすると全員が大家さんの奥さんのように心配してくれた。みんな良い人たちだ。何が原因だったのかといえば、エアコンを使っていなかったかららしい。この日は身体がだるくていつもの時間に起きられず、朝ごはんも食べていなかった。更に由寿は昔からあまり水分を摂取しない。ご飯を食べるときに飲み物がなくても大丈夫なタイプで、五〇〇mlのペットボトル飲料を買うとだいたい三日持つ。

「エアコンつけて寝ないと死ぬよー」

「水飲まないと血液ドロドロになって死ぬよー」

同僚たちの言葉が脅しなのか本気なのか判らないが、東京生活三ヶ月を過ぎ、たしかにこの街と死は表裏一体だと由寿は痛感していた。

まず満員の通勤電車。ひっきりなしに電車が来るのに、しかも十両とかあるのに、由寿の最寄り駅に停車した時点で既にどの車両にもギッチギチに人が詰まってる。たぶん一車両あたり三人くらいは肋骨折れてると思う。あと交通量。車多すぎるし道も狭すぎるし、轢《ひ》かれそうになる頻度が高すぎる。そして物価。マジで高い、というよりも、信じられないところにお金がかかる。生きてるだけでどんどんお金が減っていく。

由寿の借りているアパートは家賃が六万円もする。岩手の県南沿岸部に住んでいたころは、まだ小学生だったため家賃という言葉を知らなかった。引っ越した先の県北山間部の家も、土地は親戚の誰かの持ち物だが上物は空き家だったため、家賃は求められなかった。どこかに住むにはお金がかかるのだということは、大学入学後、県外から来ている学生と話をしているときに初めて認識した。六万円という大金が毎月「屋根と壁」のために消えていくのがとても悲しい。しかも家賃に加え、東京では駅前に自転車を停めるのにもお金がかかるのだ。更に青山《あおやま》とか原宿《はらじゅく》とかお洒落《しゃれ》な街では、自動車の月極駐車場利用料が十万円を超えることもあるという。十万円って、普通に由寿の現在の手取り額より高い。

「えっ、いくらなんでもそんなに少なくはないでしょ、そんなにブラックじゃないでしょ弊社」

久しぶりにお外でランチをしていた最中、流れでそんなことを話したら、緑川に目を丸くされた。由寿は慌てて「すみません」と訂正する。

「私、奨学金を返してて、実家に仕送りもしてて、あと兄にお金を借りてるから兄にも返してて、財形にも結構入れてて、あと農協と、そういうのぜんぶ抜かした金額が十万弱ってことです、すみません判りづらくて」

「ごめん、最後の何？　農協？」

「知りませんか？　たしか農業協同組合の略だったかな？　あ、でもたぶん都会の人にはJAって呼ばれてます」

「それは知ってますけど、奨学金や財形に並んで農協って単語が出てくる意味が判らない」

生命保険と個人年金のような共済のことを意味し、これは由寿が加入したわけではなく、県北に引っ越したとき親が由寿の名前で契約したものだ。就職を機に自分で支払うようになった。加入しないという選択肢はなく、勧誘を断ったら間違いなく地元では暮らせなくなる旨も説明したら、ふたりには「うわあ……」みたいな顔をされた。

「家賃とか光熱費もあるよね？　それで暮らせるの？　どうやって生きてるの？」

「一万五千円くらいは残るんで、わりと余裕です」

「ぜんぜん余裕じゃないから！　服は？　食費は？　え、このランチ千五百円だけど大丈夫なの？　ご馳走《ちそう》しようか？」

「ありがとうございます。でもこないだボーナス出たんで大丈夫です」

「あ、そうか、出たわ」

それに母親が食料を大量に送ってくるからほとんど食費はかかっていないと言ったら、緑川は若干安堵《あんど》した顔を見せたが、黙って聞いていた飯野はやはり信じられぬといった様子で、会計を済ませたあと身を寄せて小声で訴えてきた。

「お小遣いが一万五千円しかないって、社会人としての最低限の生活に満たないよ。推しにも課金できないじゃん、いくら入れてるのか知らないけど、財形減らしたほうがいいって」

「残念ながら私の推し、課金ができないんですよねえ……」

「え？　どういうこと？」

「コンテンツがマイナーすぎてお金の投入口がないんです。私だって課金できるものならしたいんですよ。でも投げ銭システムみたいなのもなくて」

「何？　由寿ちゃんの推しってそこらへんに生えてる木とかなの？」

飯野の言葉に由寿は思わずふき出したが、木単品ではなく「木の精」とかに置き換えれば似たようなものだなと思って「そんな感じです」と答えておいた。店の扉を開けて大通りに出ると、ビルの壁に当たって散った車の走行音が、真昼の白い陽光を照り返すアスファルトに吸い込まれてゆく。空調で冷えかたまった肌は解けるように息吹を取り戻すが、夏の息吹である蟬の声はどこにも聞こえない。


朋太子さんから「由寿ちゃん」になって一ヶ月ほど経っていた。なんだか呼ばれるたびに、受け入れてもらえたようで嬉し恥ずかしい。しかも、社内報の取材をきっかけにほかの部署にも社内メッセンジャーでちょくちょく話せる相手ができた。圧倒的に首都圏出身の社員が多い中、福岡出身でデザイン室に勤める三歳年上の女性社員だ。

就活の際、由寿はなんのコネもなく自由応募で明和の入社試験を受けた。教授推薦は院卒の男子学生にしか与えられなかったからだ。結果的に、採用はしてもらえたが卒業した学部とは何の関係もない仕事をしている。

明和のデザイン室に所属する社員は、ほかの採用方法とは異なり、美大の学生のみを対象にデザイン室単独で新卒を募集するという。そのため滅多なことでは異動がなく、採用のない年も多く、由寿よりも三歳年上なのに彼女——足祐幸来《あすけさら》はデザイン室内で最年少だった。

——私よりも珍しい名前の人、久しぶりに見ました……あっ、ごめんなさい、こういうこと言われるのイヤですよね。

会って冒頭、名刺を交換したとき、頭のてっぺんから爪の先までオシャレ成分が滲み出ているかのような、しかも顔面の造作がものすごく整っている、どう見ても文化的棲息域が異なる人にそんな気遣いをされて、由寿はなんだか恥ずかしくなった。めんたいこと呼ばれることに慣れすぎて何も感じなくなっていた。

この取材は緑川の同行がなく、初めて由寿単独で行ったものだ。足祐は普段あまり交流のない広報部の来訪を嫌がることなく、むしろ喜んで迎えてくれて、取材とか初めてで緊張するよー、などと可愛いことを言って由寿を萌えさせた。若いながらも現在はブルガリアヨーグルト関連のパッケージデザインを一手に担当しているらしく、これまでのパッケージデザインの変遷を記録した資料をタブレットに表示して由寿に向け「もうこれ、間違い探しですよね」と言って笑った。

マイナーチェンジという言葉がある。明和ブルガリアヨーグルトのパッケージデザインも、だいたい一～二年ごとに地味にマイナーチェンジをしている。五十周年の今年のリニューアルは、長年楕円だったグラデーションサークルが正円になるなど、判りやすい変化があった。しかしそれまでは、どれもたぶん毎日買ってるヘビーユーザーじゃなければ気づかないレベルのわずかな変化である。もちろん、五十年前に発売されたゲーブルトップ（牛乳パックのような三角屋根型）からフルオープン型に容器自体が移行したときのチェンジはマイナーではなくどメジャーだが、そこからの変化が本当に地味だ。

足祐は初代の容器が何故ゲーブルトップだったのかの理由から説明をしてくれた。これは「予算がかけられなかったため」だそうだ。プレーンヨーグルト開発チームの熱意はすごかった。社長も乗り気だった。でも、甘くないヨーグルトが当時の日本人に売れるかどうか未知数だったし、開発チームの中にも言葉には出さなかったが「これは酸っぱすぎて無理だ……売れない……」と思っていた人がいたらしい。そういう、いわばギャンブルのような商品には、新しいパッケージを開発する費用をかけてもらえなかったのだという。

――新しいパッケージ作るのってそんなにお金がかかるんですか？

――かかるんですよ、初期費用が。新しく形をデザインして、適した素材を選んで探して、試作して、印刷所で何度も色校出して、量産できる工場を探して、その工場に新しく専用の製造ラインを作ってもらわなきゃいけないんです。

――えっ、容器って明和の工場で作ってるんじゃないんですか？

――その発想はなかったです……四連商品のプラのパッケージは工場で作れるんですけど、プレーンはずっと紙パックなんで外に発注してます……そうだよね、外から見たらそういうのって判らないですよね。いろんな取引先さんに支えられて商品ができてるから、試作するだけでも結構なコストがかかるんです。だから最初は、今まで使ってきた牛乳パックを転用するしかなかったんですって。

しかも低コストな二色刷り、と笑いながら、足祐は初代「明和プレーンヨーグルト」のパッケージ画像を指先で拡大した。ちなみに、初代「明和ブルガリアヨーグルト」も同じくゲーブルトップ容器で発売されている。エメラルドグリーンにネイビーのアルファベットで商品名の描かれたゲーブルトップはとても可愛いが、国名を使う許可が下りてもやはり冒険はできなかったのだろう。一九七三年から一九八一年まで、八年間も同じデザインのパッケージがつづいていた。

朋太子さんが生まれたころはこのあたりかな、と足祐は「ヨーグルトの正統」という文字列が初めて入ったときのパッケージを拡大した。そこから現在のデザインに至るまで、二十回以上のマイナーチェンジが入っているのだが、しろうとでは見分けがつかないし、どれも子供のころはまったく見た覚えがないので「すみません、知りません」と答えた。

——実は私、ブルガリアヨーグルト初めて食べたのが就活で東京に出てきたときで。それがたぶん実物見たのも初めてで。

あのとき初めて食べたりんごのグラノーラも美味《おい》しかった。でも期間限定商品だったらしく、次に上京したときはもう売っていなかった。残念だ。

——えっ、これを目に入れずに二十年以上も生きて来られるんですか⁉　日本全国どこのスーパーにもありますよね⁉

——ないところもあるんですよ。たぶん大きいニャオンとかにはあるんでしょうけど、私、出身が岩手のあんまり栄えてない地域で、牛乳とかは地元のメーカーが強すぎて、家の近くの普通のスーパーには県外のメーカーのものはほとんど並んでなかった気がします。

——コンビニは……あ、ないのか。

——はい……。

そして県北に引っ越してからは、一番近いスーパーマーケットが車で一時間以上かかる距離にあったため、ガソリン代節約のため月に一度くらいしか連れて行ってもらえなかった。米と野菜は畑で作っている。近隣の畑同士で物々交換をする習慣が残っていたから日々の野菜のバリエーションは豊富で、近くに養鶏場があるため卵も手に入り、たまに誰かが捌《さば》いた鹿や猪の肉が回ってくる。しかしそれ以外は週に一度集落に来る移動スーパー（トラックにいろいろ積んできて売るシステムが田舎には存在する）に頼らざるを得ず、その業者が仕入れている物を買う以外の選択肢がなかった。もちろん牛乳は地元メーカーのものオンリーだし、ヨーグルトのような嗜好品は由寿の住む集落に来る前に売り切れていることが多かった。一ヶ月か二ヶ月に一度くらいの頻度で在庫があって買ってもらえる、ビニール袋に無造作に六個詰められた苺や桃やブルーベリーの味がついたヨーグルトを、大人が来ない蔵の中で迦寿や従妹《いとこ》たちとひとつずつ分けて食べていたことを、プラスチックの小さなスプーンの形まで懐かしく思い出す。あれ、メーカーどこだったんだろう。乳酸菌は何を使ってたんだろう。

——……私も自分の地元って相当な田舎だと思ってたけど、上には上がいるんですねえ。

移動スーパーと巡回図書館の話をしたら、足祐は若干の憐憫《れんびん》を感じさせる溜息交じりに言った。思えば社内で地元の話をするのはこれが初めてだった。

広報部ではあまりプライベートな話をしない。これは社内における暗黙の了解なのか規則なのかはわからないが、最低限の連絡先である携帯電話番号以外、SNSのアカウントを交換するようなこともない。比較的付き合いが友達寄りの飯野も、由寿のオタクとしてのスタンスが「同担拒否」（きほん「推しかぶりとは仲良くなりません」だが、推しの存在を自分以外の人間に知られるのもイヤという振り切ったタイプもいる）だと勘違いしたせいで深掘りはしてきておらず、今日をもって彼女の中で由寿の推しは「そこらへんに生えてる木」になった。これはあとで訂正しておこう。そんな状況であるがゆえ、由寿には東京の常識、とくに普通の女性の生き方という分野の常識がまだよく判らない。

セクションが管理している情報収集用のSNSアカウントから世論を見ている限り、世の中の「私たち」に「私」は含まれてないなと思うことがよくある。地元では「私たち」に所属しなければ生きていけなかったのに、地元を離れれば世界は一転するのだな、と、なんとなく自嘲の混じった気持ちで、見知らぬ誰かの発信する「私たち」の情報を眺めていた。「好きを仕事に」「本当にやりたいこと」「女性の権利」みたいなセンテンスは広く人々をより良い暮らしへと啓蒙するものだが、由寿にとって仕事はアイデンティティではなくもっとプリミティブなものだし、都会の人が言う「女性の権利」という言葉の意味自体が伝わらない土地は、たぶんまだたくさんある。足祐も福岡のそれほど栄えてない地域の出身らしく、大学進学を機に東京へ来て「スーパーの籠《かご》を男の人が持っていること」「ファミレスのソファ席に女の人が座っていること」および「バーベキューで女に調理や給仕をさせる男がいること」に度肝を抜かれたそうだ（福岡ではバーベキューは全工程が男の役割なんだとか）。でも、東京ではそれが当たり前っぽくて、表だって疑問をぶつけられる相手がいなかったという。

大多数の「私たち」に入れてもらえない疎外感は抱いているが、東京と地元のどちらが正しいのか判断する基準が自分の中でまだ明確になっていないから、由寿は何も言いたくないし、他者に何かを言われたくもない。自分の母のように何の疑問も抱かず、与えられた場所で規則正しく生きている人の日常をどうか乱さないでくれと思う。ただ、こういう「そっとしておいてほしい」という願いは、ある程度恵まれているから抱ける贅沢な望みなのかもしれないとも思う。由寿は現状、好きを仕事にしたいとは思っておらず、心の底から切望するレベルでやりたいこともとくにないが、正社員として採用され職を得ている。報酬があり納税をしているし、少なくとも日本国民としての権利は保障されている。そして何よりも今、とくに不自由なく生存している。これ以上、望むものはない。望んではならない。それは己には分不相応な贅沢だ。

＊

白昼、火炎を伴う市街戦に巻き込まれたセレゲイは右腕を失い、自身よりも熱に弱いニキフォリを胸の中に庇《かば》いながら身動き取れずにいた。

「僕を置いていって。このままだとセレゲイまで死んでしまう」

「そんなことできるか。君は何百年も眠りつづける俺を背負って旅をしてくれていたんだ、それに比べれば腕の一本くらいどうということはない」

「でも、僕は君の騎士だ、君を死なせるわけにはいかないんだ」

火の手はますます高く舞い上がる。このままだとふたりとも死んでしまう。もし自分がこの場から消えればセレゲイだけは助かるはずだ。ニキフォリはもうほとんど動かない躰《からだ》を奮い立たせ、セレゲイの胸の中から抜け出そうとした。

刹那《せつな》、穴が空いたように火の勢いが弱まり疾風が吹く。早くこっちへ、と風の中から手を伸ばしたのは、スタラ・プラニナの嶺《みね》に積もる雪よりも白い肌と髪を持つミクロルガニズミだった。何が起きたのかわからず無我夢中でその手を摑み、目を瞑《つむ》っているあいだにふたりは助け出されていた。

「驚いたぞ、私のほかにも私のようなミクロルガニズミが存在していたなんて」

同じキリリツァを使う言語でも、それをもちいる国によって言葉は異なる。限りなく人に近いそのミクロルガニズミの発音は、多少聞き取りづらかったが、何を言っているのかはふたりとも理解できた。助けてくれてありがとう、という謝辞も彼に通じた。

「俺だって驚いた。君はたしかラクトコッカスのクレモリス……だけではないな、明らかに俺たちと構造が違うな？　誰なんだ、どういうことなんだ」

彼の手引きによって連れてゆかれた小さなじめじめした地下壕の中に人の姿はなく、頭上ではまだ発砲音が四方から聞こえてくる。硝煙と人々の断末魔が入り混じる街の上空には、タナトスの使者たちが黒く大きな翼を広げていた。

「そうだな、似ているが単一体の卿《けい》らとは違うな。私のドメインは異核共存体《ヘテロカリヨン》……いわゆるキメラだ。ザベルと呼んでくれ」

嵌合体《キメラ》。タナトスの故郷の神話でその名を聞き齧《かじ》ったことはあるが、ミクロルガニズミに同種が存在するとは知らなかった。それにザベルという名はカフカスの、とくに女性に数多くおり、異形のミクロルガニズミである彼の名前としては明らかに不自然だ。

「クヴァしたらなんとなく僕らと似たものができそうだけど、素材はなんなの？」

湿った土壁に躰を凭《もた》せ掛けて冷やしながらニキフォリは尋ねる。

「わからない。もう長いあいだこの身体でいるから、元々私が何から練成されたものなのか誰も知らないのだ。ドクトル・メチニコフならあるいは解明できるのやもしれないが、あ、メチニコフというのはノヴォロシア大学で教鞭《きょうべん》をとる我が国の天才……ではないぞ私よ！　同胞を見つけて思わず嬉しくなって助けてしまったが、卿らは私の味方か？　敵か？　所属を申せ！」

自分で助けておきながら、ザベルは思い出したように腰の剣帯からシャシュカを抜き払うとその切先をふたりに突き付けた。咄嗟に身を挺したニキフォリのうしろで、セレゲイは己の騎士の肩を摑んで制しつつ答える。

「おそらく敵ではないよ。俺たちはブルガリア義勇軍の兵糧だ。名乗るのが遅れてすまない、俺はストレプトコッカスのサーモフィルス、人としての名はセレゲイ。こっちはラクトバチルスのブルガリクスで、人としての名はニキフォリ。オデッサが〝我が国〟ってことは、君はウクライナ……ではなく今は帝政ロシアのミクロルガニズミだな、改めて礼を言う。助けてくれてありがとう」

セレゲイの言葉を聞くと、ザベルはほっとした表情で「よかった」と言って剣先を下ろした。ニキフォリも同じく、構えた小刀を鞘《さや》に納める。

「我が真名はケフィアグレイン。卿の推察どおりロシア帝国陸軍の兵糧として従軍している。卿らはキメラを見たことがないようだが、私はこの国こそキメラだと思うぞ。元はひとつの国なのに、こんなに様式の異なる文化や建築が入り混じる土地は初めて見た」

「そのせいでずっと戦ってるんだよ。君たちのおかげで今度こそ完全な独立に向けて希望が見えてきたところだ」

セレゲイは苦笑交じりに答えた。たしかにヨーロッパ最古の都市のひとつであるソフィアは、正教徒とイスラム教徒とユダヤ教徒が混在する街で、その地下には古代ローマの建造物が残っている。建国者は亜州から来た東人だし、トラキア人の遺跡からはインドのジナ教の聖像が発掘されているし、本体の記憶によれば千年前のブルガリアは周辺諸国からブディヤ（菩提夜）と呼ばれていた。なるほどキメラだな、とニキフォリも頷いた。

世はロシアとオスマン帝国の戦争の只中である。ヘルツェゴビナ蜂起をはじめとする、オスマン帝国の支配に耐えかねた近東各地の民が次々に起こした農民蜂起は、ことごとくオスマン軍に制圧されてきた。三万人の死者を出したブルガリア人大虐殺を機にロシア帝国が介入し、それは蜂起ではなく戦争と名を変えた。のちに露土戦争とよばれることになるこの戦争は、帝国の南下政策の一環だったのだが、この進軍に限ってはスラヴ民族救済のための闘いと標榜を改めた。

ブルガリクスとサーモフィルスはパイシーに出会い、共に過ごし、彼の魂が神に召されるのを見送ったあとはブルガリア秘密最高人民司令部の基地の厨《バーザ》に紛《くりや》れ込んだ。目当ては革命家ラコフスキである。彼は二十代前半で既に革命のための秘密結社を組織できるほど有望な若者で、昔から噂は聞き及んでいたものの、当時は遠くにいたため接触できなかったのだ。そこからの流れでふたりは最近、義勇軍の兵糧として属従している。いつ燃え死ぬかわからない危険を伴う日々だが、パイシーが心血を注いだ祖国復興の遺志を継ぎたかった。命が消える危険を冒してでも、ラコフスキやその理念を受け継いだレフスキ、また彼を敬慕する若者たちの理想が立体化し、何者にも支配されない自由に満ちた祖国が実現する日を見てみたかった。

容易な道程であるはずもない。オスマン帝国の国力は背後にイングランドが控えていたこともあり尋常ではなく、属領国の民が何度蜂起しても、完膚なきまでに叩《たた》き潰されてきた。甚大な被害をもって。しかしザベルは言い切る。

「勝つだろう、我々が。卿らの払った犠牲には哀悼の誠を捧げるが、あの大虐殺があったおかげでイングランドが銀主から降りただろう。内政も混迷しているし国領も一時期とは比較にならないほど縮小している。だから勝機は今このときにある。我々はクリミア戦争と同じ轍《てつ》は踏まん」

「頼りにしている」

セレゲイは右手を差し出そうとしたが、炎に持っていかれた肘下がまだ修復しておらず、代わりにニキフォリが右手を差し出す。握り返してきたザベルの冷たい手のひらは、その奥に幻痛のような熱を持ち、微かに発泡していた。

「……収まってきたみたいだから俺たちは行くよ、腕も治さなきゃならないし。いつか再び無事にまみえんことを、同胞ザベル」

耳を澄まして上の様子を窺《うかが》っていたセレゲイがそう言って立ち上がると、ザベルも頷き、傾いていたウシャンカを被り直した。

「では私も行くとする。卿らの祖国の行末に幸あれかし。ダスヴィダーニャ！」

地上に出た雪の化身のようなザベルは、まだ灰塵《かいじん》の舞う地面の上を勢いよく駆けてゆく。微かな足音と、靴の下には淡い影がある。ニキフォリとセレゲイの足元にも、同じくうっすらと影がある。ようやくここまできた。

「セレゲイ、ニキフォリ、無事だったか」

塁壁に身を潜めていた従軍記者のマティアスが、ふたりの姿を見つけて合図を送ってくる。彼は元々バーザに出入りしていた協力者の子供で、セレゲイとニキフォリがバーザに棲みつき始めて最初に「厨の幽霊」を見た人間だ。そこに出入りする同じ意志を懐《いだ》く者たちはマティアスの話を聞いてはじめは笑っていたが、大人にも次々と目撃者が出始め、しかし禍々《まがまが》しい気配が全くないことに気づいた彼らが「幽霊ではなく、もしかして守護者なのでは」と歩み寄りを試みたあとは意思疎通も可能になり、ここ数年でとうとう影ができた。ふたりは辺りに残り火がないことを確認したあと、塁壁の裏に飛ぶ。

「ロシアの兵糧に助けてもらった。腕が燃えたから修復したいんだが、乳壺はどこにある？」

「おまえさんたちみたいなのがロシアにもいるのか、驚いたな」

「変わったやつだった。培地によってはあいつたぶん酒にもなると思う」

銃弾に倒れた兵士の亡骸《なきがら》を踏まないよう、マティアスの指し示した補給所のほうに向かいながらニキフォリが答えると、彼は目を輝かせて「次会ったら連れてきてくれ」と言った。

＊

……「クヴァす」って新しいな。

吾輩たちを用いたクヴァスヤは「乳の発酵」だけど、ケフィアグレインには乳酸菌に加えて酵母も入ってるから、ケフィールの製法は厳密に言えば「発酵」ではなく「醸造」が相応《ふさわ》しい。なお黒海近辺の国々には「クヴァス」というアルコール度数が二パーくらいのシャバい醸造酒が存在する。なるほどな！　スロジェンヤポンスキ！

ところで露土戦争ってご存じかな？　同じ名前の戦争が歴史年表上いっぱい出てきてややこしい、かつブルガリアが約五百年に亘《わた》るオスマン帝国の支配から脱するきっかけとなった重要な転機なので、吾輩がちょっと補足しておく。露土戦争の第一回開戦は一五六八年。ここから断続的に全十二回、約三五〇年つづく。ただしヨーグルト的にもブルガリアの独立的にも初回から十回目まではほとんど関係ないから、ざくっと省かせていただきます。

麗《うるわ》しいほうの吾輩とケフィアグレインさんが出会ったらしき露土戦争は一八七七年、二十年ぶり十一回目のやつだ。翌一八七八年、日本では明治十一年、周辺諸国に「それちょっとやりすぎじゃないですかね⁉」と仰天されるレベルの広大な国土を与えられブルガリア公国が誕生する。しかしこれはロシアさんが「(地中海に出るまで何か国も経由してくのめんどくさいから) ぜんぶブルガリアでいいよね！」みたいな下心丸見えの国境線をひいたからで、ロシアの脅威を排除したい西欧の介入によって速攻半分以下のサイズに削られた上に、「オスマン帝国の宗主権下での自治」に留《とど》まった。

ここから約四十年後、第一次世界大戦の最中に第二次ロシア革命が起きた。ロマノフ王朝が倒れ、ロシア帝国はレーニン率いるボリシェヴィキ政権の下、ソビエト社会主義共和国連邦へと名前を変える。数年後、ヨシフ・スターリンの独裁が始まる。世界史に明るくない人でも、その後の顚末《てんまつ》に関してはなんとなく知っていると思う。

吾輩的に、人間が目指した社会主義や共産主義の世の中って、あ、社会主義と共産主義、詳しい人たちにとってはモリゾーとスギゾーくらい違うと思うが、ここではざっくり「資本（拝金）主義から脱した世界・資産の等分配制度」程度に考えてほしい。そういうイデオロギーに基づいた社会って、本来はホロドモールのような惨劇などおこるはずもない、全国民が等しく飢えや病とは無縁の豊かなユートピアを目指せる予定のものだったのだ。もし戦争がなければ、あるいはもしすべての国でマルクス主義による社会改革が正しく成功していれば、次なる移行先として、人類補完計画とかラグナレクの接続とか、そういった集合精神《ハイブマインド》世界が現実のものになっていた可能性も大いにある。

なお、社会主義という言葉も概念もぜんぜんなかった封建制の時代に、ボゴミルの一派が実は似たような生活共同体をうまく運営していた。彼の教義には「領主や教会のために働いてはならぬ」という戒律があり、しかし食糧を生産しなければ人間は生きて行けないため、信徒たちは何もない土地に小さなコミューンを作ってその中で農耕を行い、作物を分配し仲良く暮らしていた。これが各地にいっぱいあって、どこも結構ちゃんと機能していたのだ。ただしこれは、全員が同じ神を奉じ、全員が魂の救済というゴールを目指していたから叶った小規模な共産主義社会である。それに比べて「国」は大きすぎた。指導者もヤバすぎた。しかもロシア、元々三百近い民族が生息していたから、全階級、全民族が一方向を向くのなんてどだい無理な話だったのだ。

そして由寿である。現在、だいぶ遅く来た五月病のようになっている。

彼女の実家は「私たち」と違う者は排斥される小規模な共産主義国のような集落にある。しかも由寿は3・11で家を失った被災者である。還ってこなかった友達もいた。

——生きてて良かったね。

——生きてるだけで恵まれてるんだよ。

——住む場所があって良かったね。

言うほうは何も意図していなかったであろうその類《たぐい》の言葉を、たぶん由寿は自分でも意識しないまま心の奥で十字架にしてしまった。怖い目に遭うから「女の子」に見えてはならない。「女の子なのだから」いつもニコニコ愛想よくしていなさい。避難所も仮設住宅も税金なのだから常に周りへの感謝を忘れるな。生き延びた上に住む場所も食べ物も服も与えてもらえて運が良かったね。「女なのに」大学に行かせてもらえたことをありがたいと思え。凡人が分不相応な夢を抱くな。人様に迷惑をかけず謙虚に生きろ、決して目立ってはならない。

悪気はない。親戚にも学校の人にもボランティアの人にも、まったく悪気はない。だってそれが正しいから。助言は人様の厚意だから。深く考えてはいけない。

無自覚に積み上げられたそういう十字架を背負った人間が、自由主義社会のシンボルのような東京に来てしまった。しかも勤務先は株式会社の広報部。資本主義、市場のありとあらゆる最先端の情報を目からも耳からも摂取しなければならない。環境の変化に精神が追いついていないらしく、由寿自身は気付いていないが、現在彼女の胃の中は結構大変なことになっている。吾輩たち一生懸命修復しようとしてるのに、ストレス負荷が大きすぎるせいか、全部は治してあげられなくて悲しい。

たしかに彼女の生活は属領下のブルガリアの民よりははるかに恵まれている。今の日本に戦争はないし、飢餓による生命の危機を感じながら生きる必要もない。でも、現代の日本で生きる人間が活動の基準を「生存（生理的欲求）」に合わせちゃダメなのである。乳酸菌でもそれくらいは判る。有象無象だった微生物の中から乳酸菌が発見され、丸型・棒型などに分類され、各株に名前と番号が付与され、その株ごとの性能まで判明したおかげで、今や吾輩たちを含む善玉乳酸菌はプロバイオティクスの最前線で働いている。文化や経済や科学技術の発展のすべてが善であるとは限らないが、少なくとも完全悪ではない。世界有数の大都市に暮らす人間として、その恩恵にあずかって生きることは決して贅沢な望みなどではないのだ。

だからお願いです、人間の肉声をください、吾輩これを由寿に伝えなきゃならない。肉声を持つ術をおしえてください、元お菓子。ていうか元どのお菓子なんですか本部長。アポロですか。

＊

数字に終着点がないと知ったとき、その言葉の意味をどう理解すれば良いのか判らなかった。今の科学では宇宙空間の端が地球からどれだけ離れているのか計れないと知ったときも、どうしたら良いのか判らなかった。家の壁掛けカレンダーは十二月三十一日になると新たなものに取り替えられ、日々はまた一月一日から始まる。けれど何度取り替えても西暦はリセットされず一年ごとに増えてゆく。小学生のとき、いつ一に戻るのか先生に訊いたら、戻らないと言われた。日本の年号は改元で変わるけど、人間の文明が滅ばない限り西暦の数字は永遠に増えつづける。キリストレベルの超人が現れればあるいはリセットされるのかもしれないが、たぶん同じようなことを疑問に思った人がタイムマシンの研究とかしてるんだろうな、と「一粒で乳酸菌n兆個以上!」という文字の躍《おど》る他社製品の車内広告を見ながら思う。凡人の生活圏内では、国家予算か乳酸菌界隈でくらいしかお目にかかれない単位「兆」。ちょっと前まで五百億とかそれくらいだった気がするが、各社乳酸菌数のインフレ激しすぎんか。

天井がない数字でも、温度に関しては「絶対零度」というマイナス方向の限度がある。これは分子の運動エネルギーがゼロになるマイナス二七三度、比喩でなく世界が滅びる温度だ。そこには程遠いが、研究所の乳酸菌たちは菌種ごとに、乳酸菌の活動限界を下回るマイナス八〇度の冷凍庫で保存されているという。急速冷凍すると乳酸菌も、SF世界でいうコールドスリープ状態になるらしく、常温に戻せば冷凍以前の活動を始めるそうだ。

マイナスではないほうの温度は数字と同じく今のところ上限がない。だが物質が固体や液体を保てる温度には限度がある。たとえば菜種油の発火点は約三七〇度。ワノ国編に出てきた茹で釜の油が、使いまわした揚げ油とかではなく新品の菜種油だとしたら、おでん様以外の人なら一〇〇％二秒で死ぬ。

……何事にも適切な温度があるんだよなあ。外気温三五度、湿度八〇％って、人が生活を営む世界の数字としては不適切だと思うんだよなあ。あとこの満員電車の乗車人数もシステムのバグだと思うんだよなあ。元気いっぱいで家を出ても、会社にたどり着いた時点でＭＰが半分くらいに減っている気がする。

「大丈夫ですか？　こないだお会いした時より、なんかだいぶ痩せてません？」

エントランスで一緒になった、今日も頭からつま先まで完璧にお洒落な足祐に言われ、由寿は「暑さにやられてます」と正直に答える。

「家に体重計ないんですよ。だから太ったのか痩せたのか判らなくて」

「明らかに痩せてますって。ヤバいって」

「ですかねえ……あ、足祐さん、突然ですみませんが、都内で三千円で食べられるアフタヌーンティーのお店知りませんか？」

「えー、三千円のヌン茶はうちの実家のほうでもなかなかないと思います。なんで予算付きなの？」

夏休みに従妹が来るから連れて行ってあげたい、でもあまり高いところには連れて行ってあげられない。なお、緑川に訊いたら「味はやっぱり帝国ホテルかな」と返ってきて、飯野に訊いたら「ヒルトンとキンプトンがいつも可愛いよ」と返ってきた。どれも織にお

ごったら一ヶ月分の小遣いが全額飛ぶ。ブルジョアジー！　ジー！　ジー！（やまびこ）
「緑川さんくらいの年齢になるとお給料かなり上がってるだろうからなあ。私もあと十五年頑張ればああなれるのかな……あ、ある。三千円は無理だけど四千円でちゃんと美味しい店なら知ってます。銀座《ぎんざ》の。行ってみます？」
まで会話を交わしたところで由寿の降りる階になってしまったので、「あとでメッセします！」と降り際に言い残し、エレベーターの外に出た。

先週、明和ブルガリアヨーグルト特集が載る号のひとつ前の号が校了している。ほとんど作業には関われなかったが、デザイナーとの誌面レイアウトの打ち合わせに同席させてもらい、先月は外部団体が主催している校閲とＤＴＰの講習にも参加させてもらった。企業の広報担当者をターゲットにした講習だったため、周りは自分比で華やかなおなごばかりで、これはまさに岡林が言ってた「逆校閲ガール」だなと自嘲しながらも楽しく学ばせてもらった。
由寿が記事を書くと、すべてが予定の十倍くらいの文字数になってしまう。伝えたいことが多すぎる。文字数を削るのと同時に魂まで削られるような気がして、その日の勤務中、すべてを放棄し由寿は裏紙に絵を描き始めた。プロのイラストレーターに頼むと一枚数千円はかかるから、そのぶん節約できればいいなと思い、あとでそれ用のソフトで清書することを考え、パッケージやお皿や壺の陰影と模様まで描き込んでいたら、隣から覗き込んできた緑川に「えっ、なんか上手じゃない？」とびっくりされ、その言葉につられて越境してきた飯野に「描くほうだったか！」と納得された。

「ありがとうございます。私、絵を描くの好きで」

「物しか描かないの？　人は？」

「物を擬人化するのとかも好きです。描いたりもしてます」

思い切って言ってみた。最近はそういうのがある程度メジャーになったおかげで、一般の皆様にも理解していただきやすくなっているはずだ。

「細胞のやつとか刀のやつとかあるもんね、あれ楽しそうだよね」

とくに含意もなさそうな様子で緑川は納得してくれた。よし。ありがとう細胞のやつと刀のやつ。しかし案の定、飯野は身を乗り出す。

「なんの擬人化？　杉とかイチョウとか？」

「それは……すみません、恥ずかしいから秘密です」

さすがにこの会社にいてブルガリアヨーグルトの乳酸菌、しかも素人の創作のそのまた二次創作だとは言えない。愛が重すぎるし「普通の人」の範疇《はんちゅう》から逸脱しすぎている。

「ええー、いいじゃん、教えてよ。私は山手線《やまのて》の駒込《こまごめ》と高輪《たかなわ》ゲートウェイが好きだよ」

いやいや、ダメです、ムリです。と言おうとして口の中がもつれた。

「だ……ダムです」

「ダムかぁー」

そこら辺の木がダムへ変わった翌日、由寿は人生初めてのアフタヌーンティーを体験した。しかも銀座六丁目の超シャレオツ商業施設。メンバーズカードのポイント五倍ウィークとかで、更にそこが午後七時までアフタヌーンティーを提供しているらしく、ありがたくも下見に一緒に行こうと足祐が誘ってくれたのだが、店に足を踏み入れるなりお洒落の千手観音様《せんじゆかんのん》が殴りつけてきて、由寿はあまりの場違いさに気を失いそうになった。対照的に足祐はその空間に元から存在していたかのように、むしろどこかの店の販売員のように馴染んでいた。

インタビューをさせてもらったとき、足祐は元々はイラストレーターになりたかったのだと言った。学生時代に小遣い稼ぎでイラストの仕事を受注していたこともあるという。しかし現実的に考えて、フリーランスではなく会社員になる道を選んだ。こんなお洒落な人でも見据えているものが現実であるということに、一抹の寂しさをおぼえた。

由寿も小さいころから絵を描くのが好きだった。しかし震災を境にまったく絵が描けなくなった時期があった。たぶん、そこにあるのは現実という分厚い天井だけだったからだ。海がない、これといった娯楽もない県北へ引っ越し、巡回図書館で本を借りるようになり、とりわけ熟読した古い物語の登場人物（ラインハルト様とキルヒアイス）の絵を描き始めてからやっと、その天井に少しだけ穴が空いた。ただしその穴から救いの手は差し伸べられなかった。空想やそれに伴う創作物には正解がない。識者や第三者による評価という正解のようなものはあるが、数字の場合は一足す一は何があろうと二が正解だし、直径がいかに大きくても円周率は変わらず3・14以下略だ。天井に空いた穴から外を眺めていたら、正解のないものが怖くなった。この天井の外にある無限のものは果たして「正しい」のだろうか。自分を間違った場所に連れて行かないだろうか。もし間違った場所に行っていたら？　もし道を逸れたら？　生きられる保証はどこにある？

見えない縄で自らを縛り付けるようにして正解を導き出す作業に没頭していたら、脳の底力か、理系だけでなく文系の教科まで成績が上がった。このまま社会に出るのはもったいない気がしたので、親と親戚を説得し大学へ行った。

自分がこんな感じだから、目立つことを厭《いと》わず自由な言動のできる女の人に憧れる。お洒落で気さくで美大卒の足祐は、まさに由寿にとって憧れの権化だと思っていた。しかし彼女はそれがさも当たり前かのように「会社員なら将来は安泰だし、やっぱりフリーで人生を賭けるのは怖い」と言うのだ。

私は綺麗な服を着たり自由な言動をするのが怖い。そういうふうには生きられない。でも、だからこそ、自由に生きられる人には自由に生きてほしい。

「ほらー、お値段の割にめっちゃ可愛いでしょ。しかも美味しいの」

運ばれてきたプレートスタンドに搭載されたミニサイズのケーキやサンドイッチは、花が載っていたり、皿そのものが庭に見立てられていたり、おままごとやシルバニアファミリーのおもちゃみたいだった。こんな可愛いものを、別の文化圏に生息している綺麗な女性と一緒に食べようとしている自分がものすごく恥ずかしくなる。逆に、足祐は一切の躊《ちゅう》躊《ちょ》躇なく一番可愛いケーキをフォークで突き刺し、まるごと口に入れた。そして目をつぶりしばらくもぐもぐし、嚥《えん》下《げ》したあと満面の笑みを湛《たた》え言った。

「間違いない。従妹の子ぜったい喜んでくれるよ」

彼女の言葉に由寿は躊《ため》躇《ら》いながらも、同じケーキにフォークを突き刺し、たぶん一口ではいけないだろうと思ったため半分齧った。甘酸っぱいマンゴーの味と香りが唾液腺を刺激する。

「……美味しい」

「ねー。ここお茶も変えられるから、次なに飲む？」

足祐が広げて見せてきたメニューに綴られた呪文のような文字列を見て、実家を出てからずっと抱いてきた違和感が、ここに来て判明した。

これは罪悪感だ。ほかの誰に対してではなく、自分に対しての。

大阪にいたときはまだ良かった。営業所内の距離感は、淀峰を筆頭になんだか実家近辺の人間関係の密度に似ていた。最初は余《よ》所《そ》者《もの》に対する不信感をあらわに接してきていた人が、いざ打ち解けると壁がなくなるどころか、いつの間にか同じ敷地に住んでるような感じになる。あのリッチマートのリンさんとも、最終的には昼ご飯を一緒に食べたりしていた。

東京の人は、みんな初対面からニコニコして感じが良いけれど、実際のところどう思われているのか判らない。しかし本当は「判らないと思いたい」だけなのかもしれない。ここにはなんでもある。人と違うことをしていてもおそらく誰も何も言わない。広すぎて、選択肢の果てが見えなくて、その肥沃《ひよく》な広大さが怖くて、だからまたあの四方を壁に囲まれた寒々しいトーチカのような何かの中に、自ら閉じこもっているような気持ちになる。

「判らない」と思い込むために。

「……同じのでいいです」

「え、せっかくだから違うのにしなよ。私はハイビスカスのブレンドにしようっと」

「じゃあ私もそれにします」

最初の一杯は無難なアイスティーにしたのだが、緊張と熱気で内側からひりひりしていた身体も冷えてきた。二杯目として運ばれてきたハイビスカスの入ったお茶は、紅茶というには赤く、赤ワインに比べると澄んだ鮮やかな臙脂《えんじ》色の、宝石みたいに綺麗な液体だった。

自分でもなんでなのか判らないが、口の中に広がる華やかな酸味と、冷房で冷えた肌を溶かす熱に涙が溢れた。

「……どうしたの⁉　不味《まず》かった⁉」

向かいで足袮が慌ててカップを戻す。いけない、おかしな人だと思われる。別にそんなに仲良くもないのに、泣くなんて奇行を見せたら今後喋ってもらえなくなるかもしれない。最悪社内に「あの人は変」と噂を流されて居場所がなくなるかもしれない。

「すみません、美味しくて、ケーキもお茶も」

「たしかに美味しいけど、そこまでかなあ？」

「なんか、こんな美味しいもの私だけ食べるの申し訳ないなあって思ったら」

「私も一緒に食べてるよ？　見えてる？」

足祐は目の前で手のひらを振ったあと、傍らに置いていた通勤鞄からポケットティッシュを取り出し、渡してくれた。由寿はありがたく受け取り、洟《はな》をかむ。

「……うち、実家がけっこう貧乏で。たぶん借金とかはないんですけど、余裕はぜんぜんなくて」

「うん」

「家族とこういうお店にも一度も行ったことがなくて。東京に来て広報部の人たちと初めてお昼ご飯を食べに行ったときは、まだ『昼食』だから自分の中で納得できたんですけど、アフタヌーンティーって食事じゃなくて嗜好品じゃないですか。だから、なんか、贅沢してる罪悪感ていうか。無駄に美味しいものを食べてることに対する申し訳なさっていうか……伝わりますか？」

言葉を尽くしたつもりだった。しかし足祐はポカンとした顔で首をかしげる。

「お店にお金払うんだから申し訳なくなくない？　それにどうせ無駄なカロリー摂取するなら可愛くて美味しいほうが嬉しくない？　これが贅沢って、今の入社二年目の給料ってそんなに下がってるの？」

「……正しいです、ぜんぶ。自分が納得できないだけで。美味しいです。連れてきてくれてありがとうございます」

足祐はしばらく、由寿の顔から涙の気配が消えるまで黙ってケーキを啄《ついば》んでいた。そして気を取り直した由寿がふたつめのケーキをスタンドから取り皿に移したとき、口を開いた。

「なんとなく言わんとしてることは判った気がするかも。私も家族でこんな店行ったことない。でも、私たちが今勤めてる会社って、食べるものを作ってる会社なんだよね」

淡々と諭すような声に、由寿はただ「はい」と頷く。

「うちだけに限らず、食品を作ってる会社ならどこの社員も『美味しいものを売りたい』って思って仕事してると思うんだ。私はデザインだから味のほうには関わってないけど、どうしたら美味しそうに見えるかなっていつも考えてるつもり」

「はい」

「もし由寿ちゃんが、美味しいものって具体的に何？　どんな味なの？　どこに売ってるの？　って訊かれたらなんて答える？　あらゆるジャンルの美味しいものが世界中にあるし、まだ知らない美味しいものが絶対に存在してるし、完全な正解はないよね。ただ、私は個人的に、初めてウニを食べようと思った人と、あんぱんにバター入れた人と、大福に苺入れた人と、メロンソーダにアイスクリームとさくらんぼ載せた人がすごいと思うの。ウニとかマジ食べ物の見た目じゃないし、大福に苺入れるのだって、和菓子の美味しさと苺の美味しさを両方知ってなきゃできなくない？」

「ですね」

「だから、食べ物を売る会社にいる人は、誰かに『美味しいものって何？』って訊かれたとき、少しでもピンポイントに『これが美味しいです』って答えられるように、身をもって美味しいものを食べておいたほうがいいと思う。なんて答えてもそれが世界一美味しいって保証はないし、私にとって美味しいものが誰かにとってマズいものかもしれないけど、ヒヤリングを重ねてその人の嗜好が判れば、違うものが提案できるよね。知識と経験は間違いなくたくさんの正解候補を与えてくれるの。だから私たちにとって、いろんな美味しいものを食べるのはただの贅沢じゃなくて、れっきとしたお仕事の一環なの。そう思えば少し楽になるんじゃないかな」

足祐のその言葉は、由寿の頬を打った。「お仕事の一環」という由寿の大好きな「正統性」により、胸の内側で凝固していた黒っぽくて苦いごつごつした塊が、内側から融解してゆくのを確かに感じた。

「私はむしろ、自炊してマズいもん作っちゃったときに、食材と自分の舌に対して申し訳なく思うよ。もっと美味しいものになれたはずなのにごめんね男爵《だんしゃく》、もっと美味しい男爵を味わえる予定だったのにごめんね私の舌と胃、みたいに」

由寿にとって「男爵」といえば好きなアニメのキャラクターなのだが、この流れでアニメの話題が出るわけがない。念のために確認した。

「……芋男爵、じゃない、男爵芋のことですよね？」

「うん。先週、インスタで流れてきた『フライパンで簡単に作れるポテトケーキ』みたいなのを動画どおりに作ったら、生焼けの炭の板みたいなものができてしょんぼりだったの。じゃがいもに申し訳がなくて」

この、見た目に一切の隙がない人でもそんな失敗をするのか。彼女の笑顔につられて由寿の頬も緩んだ。

制限時間いっぱいまで由寿は足祐とお店にいた。初めて一緒に出かけた「会社の人」なのに、彼女のくれた答えのおかげか、なんだか友達みたいに過ごすことができた。

――足祐さん、お洒落だから私みたいなのと一緒にいるの嫌なんじゃないかってビビってました。

――そんなことないよ。私はもし自分がクライアントだったらダサい服着た髪ボサボサの人にデザイン頼みたくないから、信用してもらうために服とか美容とかに気を使ってるだけ。一般の人にとっては服も美容もただの趣味だし、誰が何を着てようと全然気にしないよ。

服も美容もただの趣味、という言葉にまた頬を打たれた気持ちだった。デザイン室に所属するデザイナーは、明和の仕事以外でも、ライバル会社や同業他社でなければ半ばフリーランスとしてデザインの仕事を受けて良いのだそうだ。

――私は「舐められないように」気を付けてるけど、由寿ちゃんが「目立たないように」って気を付けてるの、ちょっと判る。うちの実家の近所も田舎だったから、目立つとめんどくさいよね。

——はい。うちの兄、趣味でコスプレしてるんですけど、作った衣裳はぜんぶ市内のトランクルームに保管してるらしいです。親や親戚に見つかったら死ぬから。

——えー、すごい。コスプレの衣裳作れる人ってほんとすごい。

人と接する必要のある仕事をした日はいつも、精神的疲労の余り帰宅直後に動けなくなる。でも今日はそんなふうにならず、普段は疲労困憊《こんぱい》で溶けるんじゃないかと思うお風呂タイム、狭い浴槽に浸かっているあいだもほわほわと心が軽かった。

足祐は美大を受験する際に、通っていた予備校の講師から「とにかく沢山の情報に触れて視野を広げろ」と言われたそうだ。アートの世界には共通認識としての正解がない。しかしアウトプットを行う人間に蓄積された情報量が多ければ多いほど、選択肢が広がり多彩な表現が可能になる。比喩としての「味や色」が多ければ、自分の創作物がたくさんの人に届く可能性が生まれる。足祐は言われたとおり己の趣味嗜好にこだわらず沢山の美術館やギャラリーに通い、アート系／モード系の雑誌を定期購読し、知識を蓄えていった。

「正解がないこと」が正解なこともあるのだな、と彼女の話を聞いて思った。美味しいものを食べることは義務ではない。由寿が今いる広報部においては、できあがった商品の味を知っているだけで充分だ。けれど、今後どこか違う部署に異動になった際、美味しいものの味を知っていることや、美味しい食事やデザートを提供する店を知っていることが役に立つかもしれない。それは今の由寿にとって間違いでも正解でもどちらでもないけど、いずれ、もしかしたら、由寿の持つ正解のひとつになるかもしれない。

風呂上がり、扇風機に当たりながらPCを開き、しばらくご無沙汰になっていた岡林にLINEをした。

〈キラキラ部署その後だけど、キラキラした人たち、意外とみんな怖くなかった〉

すぐに既読がつき、返信があった。

〈それは良かった。こっちは長年同類だと思ってた同僚がキラキラ職業の頂点に転職するらしくて地味にショックを受けている〉

〈アイドルとか？〉

〈客室乗務員〉

〈あー、キラキラだねー〉

〈あの人たちあんだけ見た目がキラキラしてるのに仕事内容は毎日東京湾で遠泳してるみたいなの、すごいよな〉

〈東京湾で遠泳の比喩の意味がわからないんですけど〉

〈防衛大が訓練でやるんだよ、東京湾を八キロ泳がされるの。体力落ちたら普通に死ぬから、泳いでる最中にカロリー補給として監督船から甘食撒かれるんだって〉

〈え、海水に浸かった甘食を食べるの？　お腹壊さないの？〉

〈泳いでたら海水くらい飲むだろ。海水の塩みと甘みがマッチして意外と美味いらしいぞ〉

調味料がオーガニックにもほどがある。

その状況における味の想像をしてみると同時に、避難所で食べたチョコレートの味を思い出した。同じチョコレートを食べても、今ではあの瞬間ほどの感動はもう得られないが、あのときの肉体的・精神的な極限の中でのチョコレートは紛れもなく贅沢品だった。

……食べ物が美味しいって、もしかして人間にとってすごく重要なことなんじゃなかろうか。

食べるものを選べる環境に生きていて、選ばないで適当に食べているのは、明和の社員としてもしかして怠慢なんじゃなかろうか。

岡林との会話が一段落したあと、由寿は立ち上がり冷蔵庫の扉を開く。野菜室にはぎっしりと親が送ってきた野菜、冷蔵室には、その野菜を使って作った「食べられるレベルのものを」「量産して毎日食べる」ためのおかずの入ったプラスチック容器が積んである。社会人になりたてのときに比べれば料理の技術はついた気がするが、これらを調理すること・食べることは由寿にとって単なる作業だ。この冷蔵庫の中に、自分の意思で選んで買ったものは、赤くて辛い調味料たちとヨーグルトくらいしかない。

就活のため東京に出てきていたあの日、由寿は明和ブルガリアヨーグルトをスーパーのゴンドラから自ら選んで手に取ったが、それはかなりしょうもない理由によるものだ。もし明和の内定が出ておらず、岡林に小説を教えてもらっていなければ、今ごろヨーグルトを食べていないか、適当に特売で買ったほかのメーカーのものを食べていたかもしれない。

由寿は冷蔵庫から半分くらいに減っているヨーグルトのパッケージを取り出し、スプーンに掬って口に入れた。自分でも信じられないが、もう二年以上の付き合いになるというのに、何かを加えないでヨーグルトを食べたのはこれが初めてだった。

……美味しい。

口の中でほどける優しい酸味、なめらかな舌触り、鼻に抜ける雑味のない爽やかな匂い。何も加えないヨーグルトってこんな味だったんだ。何も入れなくても、ちゃんと美味しいんだ。

生活インフラが全滅していた阪神・淡路大震災のとき、ほとんど付き合いのなかった営業から「明和」の社名を信じて在庫を全部買い取ったスーパーは、明和の作る食品が加工をしなくても美味しいことを知っていたのだろう。商品が美味しくなければ食品会社は百年以上もつづかない。美味しくなければひとつの商品が五十周年を迎えられるわけもない。

蓋をしてパッケージを冷蔵庫に戻す。明日の朝はハムエッグとヨーグルトとパンを食べよう。ハリッサはヨーグルトに入れるのではなく、ハムエッグの調味料にしてみよう。きっと美味しい。

*

メーデーメーデー、じゃない、東西東西。いやむしろメーデーメーデーで良い。

もうこれ、たぶん次回に持ち越してもまた「次号でね」になる気がするから、石川研究員の論文の中身については吾輩が述べることにする。結構いいセン行ってたんだ、由寿。美味しいものを食べるという行為はβ《ベータ》エンドルフィンを分泌し、生きる喜び、すなわち幸福につながる。吾輩的にはそこから石川研究員の成果物にたどり着いてほしかったのだ。あんなに熱視線を送っていたのにどうして到達しなかったのか。雑念を捨てろ。

そもそも明和は、

〝「おいしさ・楽しさ」の世界を拡げ、「健康・安心」への期待に応えてゆくこと。

「お客さまの気持ち」に寄り添い、日々の「生活充実」に貢献すること。〟

という文言を経営理念に掲げ、締めに「私たち明和グループは、『食と健康』のプロフェッショナルとして、常に一歩先を行く価値を創り続けます。」と宣明している。

吾輩たちがクヴァしているヨーグルトは、大多数の人間にとって美味しくて楽しくて健康で安心で常に一歩先を行っている。しかし残念ながら食において一番重要な「美味しい」の基準は、いろいろな要素に左右される。たとえば子供の舌は苦いものを危険物と判断し不味いと感じるようになっているが、危険がないことを学習した大人なら、適度な苦みを美味しく感じられるようになる。代表的なのがビールだ。各国の食文化にも左右される。山羊《やぎ》乳や馬乳酒《クミス》を美味しいと感じられる日本人は、それらが日本で常飲されていないがゆえにおそらく少ないだろう。同じく初期の明和プレーンヨーグルトは、知られていない味だったがゆえに多くの日本人にとってただの「酸っぱい乳」だった。発売後数年は、美味しいからというよりも、健康に良いらしいからという理由で買っている人のほうが多かったはずだ。だから大して売れなかった。

フルオープン容器に変更し、それまで容器に直貼りしていたフロストシュガーの小袋を蓋と内蓋の間に収納できるようになって見た目も綺麗になり、更にマーケティング戦略がうまくいったことにより、ある時点で売り上げは激増したが、その間にも「もっと美味しくするために」研究所では味の微調整が絶え間なく行われていた。「健康」と「美味しい」を両立するために、研究員たちは試行錯誤を重ねていた。

そこに彗星のごとく現れた「まろたん」である。ゆるキャラの名前ではない。脱酸素低温発酵製法という技術名の俗称「まろやか丹念発酵」の、明和社内で使われている略称だ。これこそが、由寿が論文読んで泣いていた、約十年前に石川研究員が起こしたヨーグルト界の革命である。

石川研究員はもともと大学の研究の一環でジャムを作っており、将来は明和製菓に入社して美味しいジャムを作ることを望んでいた。ここで彼は既に致命的な間違いをおかしている。明和製菓はジャムを作っていない。ジャムで有名なのは小売業の「明和屋」さんである。勘違いが可愛いな。

数十年前、彼は所属する研究室で同じく明和製菓への推薦を希望していた学生とじゃんけんをして負け、仕方なく明和乳業のほうへ入社することになった。これもまた不憫で可愛いな。運悪く彼は乳製品があまり好きではなかった。とくにヨーグルトは酸っぱいし、開封した後に湧いてくる乳清がどうにも気持ち悪いから自ら望んで食べたこともない。ただし学生時代は食品と微生物の研究をしていたため、微生物たちに対する深い愛はあった。入社後は社員の義務として一応毎日（ジャムを加えて）食べていたものの、ヨーグルト本来の味を美味しいとは思えず、どうにかしてこれを自分でも美味しく食べられる状態にできんものかと、日々思案していた。なんかもう、可愛いというか、ただただ不憫だ。

ところでブルガリアの伝統的なヨーグルトは、素焼きの壺で作られている。搾りたての生乳を煮立て、人の体温くらいまで冷ましたあと、スターター（種菌／元のヨーグルト）と共に素焼きの壺に入れ、毛布でくるんで保温しておくと翌日にはヨーグルトができている。なおブルガリアでは伝統的に「ヨーグルトを作り始める日」が決まっている。日付けは違うがヤポニヤだと「サン・ジョルディの日」として知られている「聖ゲオルギの日」がそれである。その年の放牧を開始する聖ゲオルギの日の朝一番に搾乳した乳の中に、サンシュユの葉に付いた朝露（高確率で吾輩たちが潜んでる）を何滴か落としたもの、雑なご家庭だとサンシュユの枝を丸ごと壺に突っ込んだものがその年のヨーグルトスターターになる。ついでだからこの機会に、多くの人が抱いているであろう誤解を解いておこう。ブルガリア人は年がら年中自家製ヨーグルトを作っているわけではない。もちろん現代の商店では一年中販売しているが、晩秋には国中で放牧が終わるため、冷蔵庫がなかった時代のブルガリア人は、秋冬の間は保存食に適したブラノ・ムリャコ（チーズ状の濃縮脱水ヨーグルト）を食していた。そうして冬を越し、春を迎え、聖ゲオルギの祭りの日に新たなヨーグルトスターターを作るのだ。

話を戻そう。素焼きの壺で作るヨーグルトは、発酵中に壺が水分を吸収し、牛乳は濃縮され、更に壺の表面からその水分が蒸発する際に気化熱を奪ってゆく仕組みである。低温で時間をかけて発酵した牛乳は、きめが細かく尖りのない酸味を持つ軟らかなテクスチャーの凝乳に変わる。石川研究員は出張で出会ったこの素焼きの壺ヨーグルトを初めて「美味しい」と感じ、帰国後に再現を試みた。

低温発酵を従来どおりの工業ベースに乗せようとすると、通常の商品より一時間以上長い発酵時間を要することが判明した。更にそれは凝固がゆるく、綺麗に充塡されていても運搬時に表面が崩れることが明白だったため、石川研究員をはじめとする明和のヨーグルト担当たちは、美味しいと判っていながらもコスト面、運搬面などの弊害から商品化することができないでいた。

あるとき、プレーン商品の人気が一時的に落ち、挽回するために上のほうの人は「プレミア感のあるプレーンヨーグルトを作れ」とヨーグルトチームに命じた。これ、結構な無理難題なのである。ブルガリアヨーグルトの冠を掲げている以上、種菌を変えることはできない。あくまでも「明和ブルガリアヨーグルト」をベースに、材料を変えず、製法を変えてプレミア感を生むしかないのだ。

石川研究員はこのとき、少し前に明らかに美味しくなった「明和おいしい牛乳」にヒントを得たヨーグルトを作ってみた。「明和おいしい牛乳」は、殺菌前に牛乳中の酸素を取り除き、加熱殺菌時の酸化劣化を抑える「ナチュラルテイスト製法」という技法で製造されている。同じ工程を経た牛乳を発酵させたヨーグルトは、残念ながら味になんの変化もなく、商品化には至らなかった。しかし明らかに美味しくなった元の牛乳のおかげで、脱酸素がなんらかのキーになるであろうことは判明した。菌によっては酸素に触れると即死するタイプもいるが、吾輩たちは空気中でもわりと元気いっぱいだったため、石川研究員が着目するまで、酸素と吾輩たちの関係性について研究しようとした学者がいなかったのだ。

結果、吾輩たちもある程度は酸素に活動を阻害されていたことが判明したのである。石川研究員はあるとき、スターターを投入したあとの「あとは発酵するだけ！」という状態になった原料のタンクから酸素を抜いた。専門用語で言えば「窒素ガス置換処理」を施した。

あのときの衝撃は忘れられない。乳酸菌投入後の脱酸素は吾輩たちをフィーバー状態に陥らせた。明和の乳酸菌界隈では伝説として語り継がれている。

元々吾輩たちが発酵室に入れられる時間は約一八〇分で、実際のカード形成（凝固）には五〇分かかる。なら五〇分でいいじゃん、というわけにはいかないのである。準備に一三〇分かかるのだ。

窒素ガス置換処理を施した原料では、カード形成準備にかかった時間はなんと通常よりも五〇分も短い八〇分だったのだ。そこからじっくり一〇〇分かけてフルスロットルでフィーバーした吾輩たちは、とんでもなく酸っぱいヨーグルトを作ってしまった。とても商品化できる味ではなかった。

彼は細かく時間を刻み、脱酸素状態での発酵は何分が適切なのかを調査した。結果、カード形成準備の八〇分に加え、さらに七〇分発酵することが適切であると判明した。偶発的に製造時間は短縮できた。しかしやはり味にはなんの変化もなかった。これを何かに応用できないか、と思案した石川研究員は、低温発酵に思い至る。

そもそも低温発酵のヨーグルトは「時間がかかるから商品化は無理」だったのだ。もしかしてこの余った三〇分で低温発酵が可能になるのではないか?

そして彼は発酵室の温度を三七度に設定した。

通常、吾輩たちが著しく元気いっぱいに活動できる乳培地の温度、すなわち一番「生産効率の良い温度」は摂氏四三度だ。従って、明和の工場の発酵室はそれまで四三度に保たれていた。おそらく他社さんのヨーグルトの発酵室も同じくらいの温度だと思う。対して、人間が「よりなめらかで美味しい」と思うヨーグルトができる温度は、素焼きの壺ヨーグルトと同じ摂氏三七度前後。この温度下だと吾輩たちはフィーバーすることなく、なんとなくダラダラとゴーレドールな感じで過ごしている。

脱酸素発酵と低温発酵の合わせ技で、ぬるま湯みたいな温度のカードの中、吾輩たちは九〇分、じっくりのんびり怠惰に発酵した。結果、彼の推測は正しかった。一八〇分後、明らかにそれまでとは違うなめらかな舌触りと優しい酸味の、原料は同じなのにプレミアムな味わいのヨーグルトができあがったのだ。しかも、味を変えない程度に材料の分量を変えるだけで運搬時に崩れない水準までちゃんと固まった。

上から降りてきた無理難題から二年後、熟考の末「ドマッシュノ（手作り@ブルガリア語）」という商品名で売り出されたこのプレミアムなヨーグルトは、しかしながらぜんぜん売れなかったため、三年ほどで終売に至ったが、脱酸素低温発酵・通称「まろたん」は、ノーマルな「ブルガリアヨーグルト」に継承された。もし二十年以上ブルガリアヨーグルトを食べつづけている人間がいたら、二〇〇〇年代半ばあたりで明らかにこの商品の味と舌触りが変わったことをご存じのはずだ。今あなたが食べているブルガリアヨーグルトは、もともとはちょっと上の価格帯で売られていたプレミアムなヨーグルトと同じ製法で作られているのだ。お得でしょ?

一時的に落ちた売り上げは無事回復し、まろたんは「くちどけ芳醇発酵」と二人三脚で今も現役である。「美味しい」はいつの時代も正義なのである。

由寿は翌週、総務に赴いた。今まで財形に入れていた金額を一万円減らすためである。そしてお母さんにも電話をかけた。自分で食材を選んで買いたいから、送ってくる野菜や乾物を減らしてほしいと。お母さんは最初のうち尋常じゃない勢いで心配していたが、十分後「もしかしてお付き合いしてる人にお洒落な料理を作りたいからか」とあらぬ方向に思い至り、何かお洒落っぽいものを見つけたら送るわね、と、ぜんぜんなんの解決にもなっていない言葉と共に電話を切った。

飯野と緑川に「財形を減らしたので、来月からお小遣いが一万円アップします」と伝えると、ふたりはほっとした顔を見せた。

「給料は働いていれば上がるから。貯蓄に本腰入れるのはもうちょっと年取ってからでも大丈夫だと思うよ」

緑川はその言葉を実証するかのように、余裕の笑顔で言う。手間暇をかけた毛髪や肌に、高価そうな服を身に纏《まと》ったその外見は、日本の働く女性の多くが目指しているであろう姿だ。

「貯蓄……できるでしょうか……」

「お金がかかる趣味に目覚めたりしなければ自然に貯まっていくものよ。私も新入社員のときは『こんなお給料じゃ生活できない！』って思ってたけど、今は『こんなに余裕があるなら子供産んでおけば良かったなー』って後悔してる」

デリケートな問題ゆえにどう答えるのが正解か判らなかったらしい由寿は、曖昧《あいまい》に微笑《ほほえ》んだ。緑川はそんな彼女に、大変美しい笑顔を返した。

吾輩、つねづねこの緑川という人に関しては不思議に思っていた。この見た目、佇まいからして絶対にヨーグルトかそれに類する乳酸菌を摂取しているはずなのだが、彼女には乳酸菌の気配がない。飯野は日によって違う。たぶん特売で一番安いのか、その日の気分によって味が付いているものを食べたりしているらしく、他社に所属する乳酸菌が居心地悪そうに隠れているのをときどき見かける。しかし緑川。お主《ぬし》いったい何を摂取しているのだ。サプリメントの類か？

それからしばらく経ったある日、ついに吾輩は緑川に忍んでいた乳酸菌を見つけた。もしかして飯野みたいにときどき他社製品を摂取していて巧妙に隠れているのかと思っていたのだが、違った。日本のどこの企業にも属していない、最近ではあまりお目にかかることのない独立系の乳酸菌だった。

「……お主、ラクトバチルス・ブルガリクスの祖先だな？」

「あっ……見つかっちゃった、隠れてたのに」

「いや、そこ人間の顔面だぞ。一番隠れられない部分だぞ」

表皮ブドウ球菌をはじめ、皮膚に棲む微生物も存在しているので、もしかしたら見間違いかなと思ったのだが、それは吾輩と同じく明らかに食用の乳酸菌だ。おそらく乳清パックでもした残りが死なずに残っていたのだろう。

「やっと見つけられて良かった。吾輩の宿主がいつもお世話になっている。今後ともよろしく頼む」

「こちらこそ。良い新人が入ってきたって、僕の宿主も喜んでたよ」

「……」

なんだかよく判らないが、強烈な違和感をおぼえた。吾輩は会話をやめ、乳酸菌スコープを発動し、相手が何者であるかを見極めようと試みた。それは吾輩たちのように命名されナンバリングされている、ウェルノウンな乳酸菌ではなかった。いわば「始祖の乳酸菌」とでも言おうか。そういうクラシカルな乳酸菌は研究所にも数多く存在している。長老の風情の、もはや化石みたいになっちゃってるのもいる。しかしこれはノスタルジックな雰囲気を漂わせつつも現役感に溢れていて、やはりなんだか奇妙で、しばらくののち、吾輩は違和感の正体に気づいた。

その乳酸菌は、キメラだった。

第五章　革命、あるいは黎明

「まさか君との再会の場所が、ここだなんてね」

可視物として足元に影を持つニキフォリ——己と同じ姿かたちをしたかつての弟——に対して、湧き上がる郷愁と複雑な思いを胸の内に留め、ブルガリクスは口を開いた。民衆の怒号が飛び交う議会場の外は、昨晩降った雨が乾ききっておらず、強い日差しに陽炎《かげろう》が立ち上っている。

一八八一年七月十三日、ルーマニアとの国境に程近いスヴィシュトフにて行われた大国民議会。約五〇〇年ぶりに顔を合わせた兄弟は別離から流れた時の途方もなさに思いを馳《は》せた。ニキフォリと名乗る己の弟分は、驚いたことに実体と質量を持つ人間として生きていた。君たちはどんな旅をしてきたのか。その眼《まなこ》に過ぎ越した歴史は何色だったのか。自身と同じ、深い海のような青の瞳だというのに、今のニキフォリのそれはまるで違う色を湛《たた》える。在りし日は同種のミクロルガニズミであった者の、生きる世界がここまで離れてしまうとは。

「こっちの台詞《せりふ》だよ、兄さん。あの人は本当に兄さんたちが認めた王なの？」

失望に満ちた弟の眼差しと物言いは、それと同じ懸念を少なからず懐《いだ》いていたからこそ、ブルガリクスを苛《さいな》む。

露土戦争におけるロシアの勝利によって、一八七八年三月、オスマン帝国は敗戦国となり、ブルガリアを含むスラヴ人の居住地の多くは解放された。終戦時にサン・ステファノ条約でロシアが国境線を描いた大ブルガリアは、しかしながら直後に開催されたベルリン会議で南部の東ルメリア、西部のマケドニア、北部のブルガリアと三分割されている。ブルガリアは自治公国となったが、ベルリン条約により東ルメリアはオスマン帝国の一自治州となり、マケドニアは帝国の直接支配下に戻された。ブルガリア自治公国では、アレクサンダル・バッテンベルクが初代ブルガリアの公《クニャズ》として即位した。彼は二十歳をいくつか越えただけの若いドイツの皇族、かつロシア皇妃の甥《おい》である。その戴冠《たいかん》に祖国の民の意思はなく、アレクサンダルは列強国により「擁立された首長」であった。薄く軽い直刀《ちょくとう》を細いベルトに帯び、ベッドで寝起きをし、ポースレンの器物で食事を摂る。言わば「地の者」ではない彼は、しかし、恐る恐る接触を試みたサーモフィルスとブルガリクスの姿を見、声を聴ける人だった。

「……本当だよ。彼には僕たちが見える」

「嘘だ、だってあれはドイツの人間じゃないか」

「それなら、君の付き従っている人間こそが王だとでも言うの？」

「少なくとも彼らはこの国と民のことを思っているし……」

指導者ラコフスキを失ったセレゲイとニキフォリはこのとき、自由党党首のツァンコフの下《もと》にあった。首相を務めていたツァンコフは、国民議会の直前、意見の対立により罷免されている。しかし議員であることに変わりはなく、この議会には参加していた。

首都ソフィアから遥か遠い、公国最北部のスヴィシュトフでも、人々の生活様式の変化は見て取れる。この短期間に、人々は自然と公のもたらした文化や風習に染まっている。

これまで農村では、床に筵《むしろ》とクッションを敷いた上で寝起きをしていた。個人宅や酒場では銅細工の器で飲食をしていた。どれも国内のギルドに属する職人たちが国内の原料を用いて作ったものだ。しかし戦争が終わりトルコ軍の撤退と新たな首長の即位により、帯刀ベルトをはじめ軍需品を主力にしていた革産業が衰退した。他国との貿易の活発化により安価な陶磁器が普及し、銅細工の職人たちは職を失った。寝床の筵やクッションの布を作っていた織元、刺繍《ししゅう》やレースを施していた小さな工房が軒並み潰れた。長年ムスリムの文化に否《いや》が応でも慣らされてきた国民は、ベルリン条約の締結によりかりそめの自由を得た代わりに、多くの産業を失ったのだ。

これが本当にブルガリア人の望んだ未来だったのか。自由という名の貧困に、彼らはこの先も耐えねばならないのか。王の傍にいながら何もできない自分のふがいなさ、身を裂かれんばかりの痛みに、ブルガリクスはずっと耐えてきた。

議会の日、長き年月を経て再びまみえた二者の、立場は対極なれど、馳せた思いは同じだったはずだ。

即位から二年、若き公《クニャズ》はこの議会で国民の参政権を制限し、彼の即位前に制定された近代的かつ民主的な憲法を停止し、事実上の独裁政治を開始することになる。これはいわば、王による、議会や国民に対するクーデターであった。五百年の占領からようやく解き放たれたブルガリアの人民が望んでいたのは、決して独裁などではなかった。しかし少ない議席は王の独裁を厭《いと》わぬ保守党の議員がその多くを占めることになり、民衆は憤懣《ふんまん》の声を上げる。

「タルノヴォ憲法はこの国の民を救う、他国に誇れる初めてのものだったのに、こんな改悪をする人間は王ではない、国の民の声を聞かぬ人間など」

暗い光を瞳に宿し、ニキフォリは怒気に満ちた人々の声を背に吐き捨てる。ブルガリクスはこれまで多くの王に侍してきた経験から、己の立場とは裏腹な、わずかな希望のような目算を伝えた。

「彼は確かに王だ……しかし彼の統治は長くは持たないはずだ」

「それは近いうち革命が起きることを意味するんじゃないのか。また人が死ぬ」

やはり、そう考える。

約百年前、税制改正の失敗に端を発し、フランスで大きな革命が起きている。貧困のあまり死に瀕した国民たちが一部のブルジョアジーを巻き込んで起こしたこの革命は、王侯貴族の処刑によって成功を収めたかに見えたが、のちに指揮を執った人間が恐怖で民を支配する暴君と化し、最終的には、民衆の選んだ指導者が独裁者になり民衆がそれを殺す、という最悪の幕引きを迎えた。

「……人が死ぬかどうかは、君たちしだいじゃないのかな」

ニキフォリが身を寄せている結衆《けっしゅ》は、いわば革命の幼芽だ。それが萌え出ずるとき、この国はきっとフランスと同じ轍《てつ》を踏む。

のちにニキフォリの懸念、すなわちブルガリクスの目算は現実のものとなった。

議会の二年後、自由党と保守党の連立という世にも稀な政権の誕生により、流血を伴う争いが起きることなく、アレクサンダルの短い独裁には終止符が打たれた。しかしそのすぐ後、ベルリン条約によって分割された三地方の統一、および何者にも支配されない真の独立を目的とするクーデターが東ルメリアで興起することになる。

一八八五年、短い夏が終わりを告げ、陽光を受けて光る山肌の色に秋の気配が濃くなってきたころ、東ルメリアから〝ブルガリア秘密中央革命委員会（BSCRC）〟の使節が訪れた。アレクサンダルが東部のシューメンへ軍事演習の視察に来ていた、その野営地でのことだ。使節はBSCRCの指導者ストヤノフからの書簡を携えていた。組織名に「秘密」を掲げているのに、彼らの活動はまったくもって秘密ではないなとブルガリクスは常々思っていた。熱心に広報活動を行っているし、市民を啓蒙・扇動するための機関誌も複数存在し、活動内容がまるきり公然としているのである。アレクサンダルのもとにも何度か報告書が届いており、ついに彼らは堂々と軍の野営地にまで押しかけて来た。彼はそれを拒むことなく彼らとの会話を自ら望み、天幕の内にて直接訴えを聞いた。

「統一宣言を行う蜂起日は約一ヶ月後の九月二十七日に決定してございます。陛下には何卒我々の綱領にご理解を賜り、東ルメリア、マケドニア、ブルガリアの統一を国民に向けて宣言してくださいますよう、お願いに参りました」

奏上する東ルメリア軍人の横に従う、ともすれば子供にも見える若い男。人としての名はセレゲイ、かつてサーモフィルスと魂を分かった同胞だ。既に人望も支持者も失った公の御前に首《こうべ》を垂れなければならないのは辛かろう。しかしこうして筋を通しにくるのは、彼らの立てた統一計画がこれまでの突発的な運動や政治のための建前ではないことを意味していた。

アレクサンダルは連綿と文字の連なる分厚い綱領を従者から受け取り、思いのほか熱心に目を通す。横からブルガリクスも軽く眺め、思わず目を疑った。彼らは与野党問わず、この国の政治からあらゆる「政治家」を排除しようとしていたのだ。

……また同じ轍を踏む。

彼らの願いが実現した先の未来を思うと眩暈《めまい》がした。統治や支配をする者がいない世界は自由に見えるが、必ず民衆から指導者が現れ、議会のようなものがうまれ、指導者は高い確率で暴君と成り果てる。民は己の身の安全と引き換えに隣人を売るようになり、抑圧された衆人は最終的に革命やクーデターを起こす。その光景をこれまで幾度となく見てきた。繰り返しだ。

「セレゲイ、少し話せるか」

対話を終えて退出した彼を、天幕の外で呼び止める。セレゲイは足を止め、仲間たちに先に行くよう促すと人目に付かない大木の陰に身を隠した。セレゲイたちと違ってブルガリクスとサーモフィルスは未だに人の目には見えないので、この行動は自衛として正しい。少し離れたところから指揮官の掛け声と演習中の兵士が放つ銃弾の音が連続して聞こえ、それに乗じてブルガリクスは尋ねた。

「君、たしかツァンコフに付き従っていたはずだよね。いつBSCRCへ行ったんだ？」

「この計画が始まったときからだ。ニキフォリも最初から参加している」

四年前の彼の瞳の色が胸中に蘇り、思わず手のひらをぎゅっと握りしめた。

「なら、ストヤノフは本気なのか？　せめてロシアの許諾を得てからではだめなのか？東ルメリアの総督《パシャ》を廃位させるつもりならトルコ側も黙ってはいないだろう、また攻め入られるぞ」

ブルガリクスの忠言に、セレゲイは決然と答える。

「我々は何度も議論を重ねてきた。もちろん本気だ。東ルメリアの民は今まで以上に統一に向けての士気が上がっている。それにロシアとの合意を待っていてはいつまで経っても統一は果たせないし、そもそも公は出自のわりに反ロシアだろう。貴方こそカラヴェロフ首相に今一度伝えてくれないか。この機を逃したら貴方が生きている間に真のブルガリアの独立は見られないかもしれない、恐れるなと」

カラヴェロフとストヤノフは、ツァンコフが首相を担っていた時代の自由党の党員同士で旧知の仲だ。ただしストヤノフは反ロシア、カラヴェロフは親ロシアの立場を取って決裂しており、数ヶ月前にストヤノフがカラヴェロフに宛てた、統一に支持を求める書簡にも返事をしていなかった。

「アレクサンダルに伝えてはおくが、あの綱領は正気か？　政治家のいない国など成り立つわけがないだろう」

ブルガリクスの更なる訴えにセレゲイはかぶりを振ると真剣な目をして答えた。

「貴方がさっき見たのは一部だろう。必ず全部読んでくれ。俺たちの目的は『統一』と『真の独立』。それだけだ」

「……」

「ニキフォリは元気だよ。今日は一緒に来られなくてすまない。南部で武器の調達をしているんだ。俺もそろそろ戻らなければならないが、次は同志として兄と一緒に会えることを願っている」

沈黙を何と勘違いしたのか、セレゲイはそう言って片手を上げ別れを告げようとしたが、ブルガリクスは今一度彼を呼び止めた。

「本当に……人間と同じことをしているんだな、君たちは」

「ああ。俺たちは熱に弱いし燃えたらひとたまりもないから気を付けてはいるが、今は俺もニキフォリもほとんど人と同じ生活ができている」

「人間だって燃えたらひとたまりもないだろう」

「そう言われれば、そうだな」

ふっと表情を緩めた彼の足元に、強い陽光が影を落とす。

四年前の、ニキフォリの失望に満ちた瞳の色を思い出す。どれだけ願えば人間になれるのだろう。もう二度とわかりあうことはできないのか――。

「ねえアレクサンダル、僕もBSCRCの綱領を確認しておきたいから、すまないがページを捲《めく》ってくれないか」

その夜、ブルガリクスは主に請うて、セレゲイの言ったとおりすべての頁《ページ》に目を通した。そこには本来あるべき「統一後の世界」に関して、ただの一言も書かれていなかった。あくまでもBSCRCは「統一を果たすまでの組織」という位置づけで、国の行末は相応《ふさわ》しい者の手に委ねる算段なのか。

「精霊よ、私はこの統一が成功し共和制が実現することを願っているのだよ実は。可笑《おか》しいか？」

アレクサンダルは頁を捲りながら、独り言のように呟く。外から聞こえてくる虫の音色にかき消されそうなほど小さな声だった。

「そんな気はしていたよ。スヴィシュトフでのあなたの孤独なクーデターも、あれは国民の憎悪が外に向かないように、自分だけに集まるよう仕向けたのでしょう」

即位から六年の間に様々なものが見えた。彼はロシアにとって傀儡《かいらい》であり、ドイツにとっても傀儡だった。そのおかげで即位直後から両国に金銭的な無理難題を押し付けられてきた。活動家たちは不遇な民衆を煽る。民衆の怒りは国内に居住する外国人に向かい、ともすれば人間同士の小競り合いは国を跨《また》いだ戦争に発展する。そのときのブルガリアに、外国と戦争をする余力は微塵《みじん》も残っておらず、もしロシアやドイツを相手に武器を取れば間違いなく敗北を喫していた。彼は独裁という形で馬鹿な王を演じ、結果的に国民を守った。更に外交の折には各国の首相たちにブルガリアの統一を支援してくれるよう自ら訴えていたのだ。

「……どうか彼らの血が一滴も流れぬよう、共に祈ってはくれないか」

微《かす》かな自嘲と共に指を組み、ブルガリクスにも促す。

ふたりの静かな祈りが果たして天に届いたのか。

東ルメリアでの一斉蜂起は、予定よりも早い九月上旬の明け方に開始された。ゴリャモ・コナレの村の空に高々と響く教会の鐘の音を合図に、この日のために訓練を重ねた千人を超える武装部隊が、総督府のあるプロヴディフの中央へと進攻した。総督府からは応戦のために二個大隊が派兵されたが、第二大隊の隊長はストヤノフを信奉するＢＳＣＲＣの支持者だったため、武装部隊は逆に軍に守られる形となり、最終的には総督府の警護を担当していた第一大隊までもが打倒パシャを叫びはじめ、このクーデターはアレクサンダルの願ったとおり、短時間で、無血のうちに成功したのだった。

「あなたが彼らの王になるんだよ。共和制などと言っていられなくなってしまったね」

開城直後、プロヴディフからソフィアへと届けられたクーデター成功と公の来臨を求める書状を確認し、ブルガリクスはアレクサンダルに言った。東ルメリア総督は捕らえられ、分割されていた東ルメリアはブルガリア公国の所領となる。

「最後まで私の傍についていておくれ、精霊」

ただの傀儡でいたかったであろうアレクサンダルは、改めて見れば痩せた青白い青年だ。

「あなたの目に僕たちの姿が見えている限りは、喜んで」

せめてこの先彼の歩む道が少しでも緩やかであるようにとブルガリクスは祈る。

＊＊＊

大丈夫だ、あなたは立派な王だ。もしこの手が人に触れられるのであれば、その背を撫でてやりたいと思った王は初めてだった——


「ここまで間違ってるところない？」

使い込まれたキーボードのCtrl+Sを押したあと、イツミは大欠伸《おおあくび》をしながら僕に向かって尋ねました。

「大丈夫。あのバッテンベルク公がそんなこと考えてたとは思えないし、実際には赤っ鼻のひげもじゃだったけど、なんだかちょっと感動しちゃった」

「……ひげもじゃだったんだ……」

「あと、身も蓋もないんだけど、もうこれ乳酸菌が主役である必要なくない？」

「それは薄々私も感じてた」

「とりあえずもう寝たほうがいいよイツミ。明日も出社でしょ？」

コンシーラーでも隠しきれそうにないクマが目の下に浮いている僕の宿主は、最近仕事が忙しいはずなのに、暇を見てはこうして趣味の小説を書き進めているのです。

「なんか閲覧数が地味に伸びててね。もしかしてこの世のどこかに楽しみにしてくれてる人がいるのかと思うと嬉しくて」

「僕も昔話ができて楽しいけど、ほどほどにしてよ」

現在イツミの配偶者は単身赴任で家におらず、そのせいもあるのでしょうが、夜更かしが多い。僕は彼女にそれでも早く寝るように促し、ベッドの中で目を瞑《つむ》る彼女に、昔彼女が好きだと言ったブルガリアの詩を暗唱してあげました。

心の奥深くには歌　森の奥深くには泉
わたしは歩み　謳い　そして　あなた方に楽園を贈る
そしたら　すこしは子孫が心豊かになるかもしれない
不滅の詩のように
大きな梢のように　……

改めましてご機嫌麗《うるわ》しゅう。僕……ワガハイは乳酸菌でござー……る。名前は、企業や研究機関に正式な名前を与えられていないのでプロキシと名乗っています。生まれは太古の昔。祖先までリンクして深く記憶を辿れば恐竜のようなものが出てくるような気がしないでもありませんが、今僕の記憶にある限りでは、スタラ・プラニナの森の奥、命の豊かな泉のほとりに発生し、大地や木々と戯れながら、元々は別の個体だった気の合う仲間たちと共に世界の美しさを歌い暮らしていました。やがてその歌声は神の御力によってひとつの魂となり、周辺の山村に住む人間たちから長寿の精霊として重宝されるようになっていったのです。人間たちは僕たちの力を、神や精霊の恵みと信じ崇めました。なお、当時の民の奉る神は「キリストの父」ではありません。日本の八百万《やおよろず》の神の信仰に似たアニミズムでした。

人々が道を作り旅に出るようになり、やがて僕たちも森を出て広い世界を知り、とうとう海を越えたのです。海は空よりも深く青く、異国の土地は未知の生命、初めて出会う兄弟に溢れていました。

概念としてではなく単体の僕、あるいは僕たち個体にとって日本での初めての宿主は、今の宿主イツミのひいおばあさまでした。当時の日本はちょうど高度成長期。ブルガリアの大使夫人から日本人のご婦人へ譲渡された僕たちは、更に株分けされてたくさんのご家庭の厨《くりや》へと棲家を移し、その多くが数年のうちに飽きられ死に絶えたのですが、僕の宿主のご家庭は三代に亘り五十年以上、僕を継続して育ててくれました。

僕はあまり外に出ることのない、いわゆる箱入り乳酸菌（物理的な意味ではなく。実際には陶器の円柱形容器で育ってる）なので今でもヨーグルトが各ご家庭で手作りされているものだとばかり思っていたのですが、宿主の仕事先で乳酸菌一族の現在を見て大変驚きました。ヨーグルトが工場で製造されていたのです。

東ヨーロッパの中でもブルガリアはデベロッピングカントリーだったため、産業の工業化が他に比べて遅れていました。都市部以外の主な生業はほとんど農業と酪農ですし、生産量も豊富だったため、人々の生活は小さな市場や物々交換で成り立っていました。そんな、風車と水車がハイテクだった時代からタイムスリップしてきたような感覚。ただしこれは僕が疎かっただけで、イツミの話によれば、ブルガリアでも一九五〇年代からヨーグルトは工場で生産され始めていたそうです。国が社会主義的近代化を強引に推し進めるにあたって、工業部門での働き手が足りなくなり、家を守っていた女性を男性と同じように外で働かせた結果です。家庭でヨーグルトやチーズを作る余裕がなくなってしまったから。ホームメイドの乳加工食品は姿を消しつつありますが、それでもヨーグルトという食文化が残ったこと、今後も永遠に残りそうなことは、乳酸菌的に嬉しいです。

そうそう、食文化も日本は大変に豊かでした。豊富な食材、独自の「うまみ」を基《もと》にした調味料たち。味噌と醤油を考えた日本人は天才だと思います。あと生酛《きもと》系と呼ばれる日本酒もすごい。蔵に特定の微生物が常駐しているなんて、メチニコフ以前の人類の誰が想像できたでしょうか。日本人は先人たちが培ってきた食の知恵を廃れさせることなく近代化に持ち込んだのです。

知識のない人が育成すると僕たちは発酵ではなく腐敗してしまいます。そして相性の良くない者を共生させるとまったく美味《おい》しくありません。それを踏まえて、日本人の美食への拘《こだわ》りは悪魔のように執念深く、その加工技術の繊細さは神の御業《みわざ》でした。イツミが勤める会社では、本来目に見えない、触《さわ》れもしない僕たちを最高の環境で生かし、故郷であるブルガリアを凌ぐクオリティのヨーグルトを生産しているのです。

だからイツミが明和に勤め始めたあと、名もない僕は天命を覚悟しました。数十年前に飽きられて死んでいった同胞たち。日本の企業に選ばれたエリート乳酸菌に、なんの選抜も経ていない野良の僕が勝てるわけがない、そろそろお役御免だと。しかしイツミはそれでも、僕を育て続けてくれたのです。彼女が仕事で理不尽な思いをして泣いた夜も、運命の恋をした日も、その人と結婚した日も、ずっと僕は彼女のそばにいました。

——お主《ぬし》、キメラなんだな。

ある日、イツミの同僚「ユズ」を宿主とするラクトバチルス・ブルガリクスに見つかり、いくつか言葉を交わしたあと、はっとした様子で言われました。彼（乳酸菌に性別はないが、ここではこう表記します）のことは、ユズが東京に異動してきたときから知っていました。僕と違って、企業による選抜を勝ち抜いてきた、コミュニケーション能力に長けた、若く活発な乳酸菌。見るからに体力のなさそうなユズの免疫部分を底上げしているのは間違いなく彼でした。

——その自覚はないいんだけど、そうなんだ。

——ずいぶんオールドスタイルだが、今の日本にその配合の乳酸菌を使っているメーカーがあるのか？　スーパーやコンビニでは見たことがないぞ？

——実はホームメイドで。会社にバレるとイツミの立場がちょっと悪くなるかもしれないからずっと隠れていたんだ。君の宿主には内緒にしておいてくれよ。

——なるほどな。道理で故郷の匂いがしたわけか。どのみち吾輩《わがはい》、由寿とは意思疎通できないから心配無用だ。

——そうか、できないのか。

——……お主できるのか⁉

——いや……できないよ。

危ない。これはバレてはいけないのだった。

イツミは小さいころ、目に見えない僕と喋っていたせいで、心配した両親に病院へ連れていかれたことがあります。

——ママとパパが悲しむから、もうポチとは喋らない。

泣きながら別れを告げられた日から約十五年。イツミが実家を出て一人暮らしを始め、僕たちは再び言葉を交わしました。結婚してから途絶えていた交流も、配偶者の長い単身赴任によって再開しています。あと、イツミは僕のことをポチと呼んでいます。プロキシと発音できずポチとしか言えなかったあのころのイツミの可愛かったこと。現在は、なんというか、下僕を呼ぶような感じになっています。

＊

夏休み明け初日の朝、会社に着いたらデスクの上に大手ゼネコン「虎谷組《こたに》」の社内報が置いてあった。広報部はまだほかに誰も出社していない。たしか虎谷組の社内報は数年前の経団連のコンテストで優勝していると聞いた気がする。何かの参考にせよということかなと思いページを捲ったら、全面的にダムだった。表紙を見返してみると「〇〇ダム竣工50周年記念!!　虎谷の技術とダム魂　永久保存版」と、白いゴシック体の文字が並んでいた。もはやこれは社内報というよりもそういうマニアに向けた雑誌扱いで良いんじゃないか。

中身は、各種ダムのグラビア、建築写真、設計者のインタビュー、虎谷組が手掛けた各ダムの食堂で提供されているダムカレーの食べ比べなど。ダムは嫌いじゃないし、むしろ巨大建造物の中では好きなほうだけど、違うんだ。別にダムが推しではないしダムを擬人化して萌えたりはしてないんだ。

由寿は有給を使って夏休みを一日多く取らせてもらっていた。元々貧相な体格なのに夏バテのせいでゴボウのように痩せ細った娘の姿を見た母は「今すぐ会社ば辞めで戻ってこ！」「今の彼氏どは別れろ！」と激高した。会社は楽しいから辞めたくないし彼氏はいません、と説得し納得してもらうまで三日かかったので、体感で夏休みは一日だった。

その最後の一日、末期の輝きのような活力を見せる祖父と散歩をした。

——あづなー。

——あっづねー。

由寿の記憶の限りでも、昔の岩手はもっと涼しかった。今年は激烈に暑い。日差しの弱くなった夕方、農作業用の麦わら帽子をかぶった祖父を母と一緒に支えながら、左右に畑の広がる山間《やまあい》のあぜ道をゆっくりと歩いた。

——じぃじ、うち、じぃじに謝らねばなんねえごどがあんだぁ。

去年からずっと、心に小石が詰まったままのようだった。しかし思い切って由寿が言っても、耳が聞こえづらくなっているらしく、祖父は何も答えずよろよろと歩みを進めていく。

——父っちゃん！　由寿が！　言いでこどあるって！

——そうがー、めでてなあ。えがったなあ。

祖父はとくにめでたくもなさそうな表情でふにゃふにゃと答えた。もう意思疎通はできなそうだ。母は慣れた様子で「んだなぁ」と言うと娘に尋ねる。

——何、謝っごどって？

——うん、小学生のときさ牧場でじぃじが牛っこさ触らせようどしたっけ、そんが嫌《や》ーで手さ払ってしまったんだ。

——憶えでらわげねえわ、そったなの。謝らねえでいいよ。

母は笑い、もし意識がしっかりしたら伝えておく、と言った。

三日間ほぼ由寿の家に入りびたりで、実質由寿と母親の仲介をしてくれた従妹《いとこ》の織とは少し前に東京で会い、銀座の超シャレオツ商業施設のアフタヌーンティーを一緒にたしなんでいた。めいっぱいお洒落《しゃれ》をしてきた高校生の織は、どう頑張ってもダサい自覚がある従姉とビルの前で落ち合うと、目を輝かせ駆け寄ってきた。

——由寿ちゃんすごい、かっこいい、東京のＯＬさんて感じ！

それは私が東京に来て同僚を見て感じたのと同じだ、と笑ってしまった。どう頑張ってもダサいけど、約四ヶ月で自分もそうなれていたなら嬉しい。

——織ちゃんもそのうちなるごっ……でしょ、東京のＯＬさん。

東京の大学に進学するイコール就職も東京だという認識で由寿は言った。しかし織は「うちはＯＬさんにはならないかなあ」と当たり前のように答えた。

——そうなの？

——うん。推薦取れたら通うの体育大だし、うち運動やめるとすぐ太るっけ、体動かす仕事がしたい。ジムとかヨガのインストラクターさんになれたらいいなって思ってら。

その迷いのない言葉は清々《すがすが》しく、似たような血液が巡る身体を持ち、距離にして十メートルの至近距離に住んでいても、ここまで人生って変わるんだな、と織のツヤツヤした頰を眺めた。由寿は運動なんかまったくできない。できれば一生したくもない。

だが、世の中のあらゆる生活基盤は身体を動かす仕事をする人たちによって成り立っている。ダムも、橋も、ビルも、現地で身体を使って作業をする人たちがいなければ出来上がらない。最近はインターネットで生活のすべてが完結すると思いがちだが、通販でも倉庫でピッキングをする人、トラックやバイクで家まで運んでくれる人がいなければ物は届かない。道路がなければ人は生命線を断たれる。

虎谷組の東北支社の人たちが震災の時に橋や道路を直してくれていたことを社内報で知り、心の中でそっと手を合わせ冊子を閉じた。

ダムが好きな人には、ほかにも高確率で好きな建造物がある。送電鉄塔、ジャンクション、炭坑跡、風力発電施設など。中でも最大勢力はおそらく「工場」だ。

九月の二週目、由寿は取材のために茨城の第二工場へ行くことになっていた。べ、別にダムとか好きじゃないけど。萌えたりしてないけど。でも、一連の取材の中で一番楽しみにしていたのが実は研究所ではなく工場だったことは否めない。ダムも工場も「抗えない」感じがして、もはや性的興奮をおぼえる。その巨大さや、複雑で繊細なオートメーション化によって、しろうとの手には絶対負えないのに、それぞれの機械に通じた作業員の手にかかれば制御が可能になる。もしトラブル対応現場などに遭遇したら、間違いなく対応している職員に惚れてしまうだろう。気を付けなければ。

明和の工場は製菓・乳業・製薬をひっくるめて全国各地に二十六箇所あり、それぞれがなんらかのカテゴリに特化している。茨城第二はヨーグルトの工場だ。ちなみに全二十六の工場のうち、五箇所は北海道にある。この五箇所で乳製品を網羅しているが、意外にもアイスクリームの工場だけない。

茨城第二工場の従業員は約二百人、開業は一九九八年、わずか三年後にISO14001認証を取得。事前にどんなところなのか調べてはいた。しかし実際に訪ねてみたら、あまりの広大さにしばし言葉を失った。建物の前にはガソリンスタンドのような設備があり、そのすぐそばにある来客用の入り口は普通のオフィスビルっぽい。受付で出迎えてくれた、ものすごい強面《こわもて》の職員・Z氏と名刺を交わしたら、広報や宣伝のような対外的な役職ではなく、バリバリに現場職の人だった。

「すごく広いですね。敷地、東京ドーム何個分ですか?」

我ながらバカっぽいとは思うが、これは訪れた人なら誰でも訊くはずだ。半端ない広さなのだから。

「知りません」

Z氏は顔面と乖離《かいり》なく大変ぶっきらぼうに答える。由寿が思わず萎縮して黙っていると、言葉足らずだと気づいたのか、補足してくれた。

「工場見学はそれ専門のスタッフがいるんで、私たちはそういうのは判りません」

この工場には創業時から見学専用のルートが存在し、学生や一般のお客様を受け入れている。小学校だと「社会科見学」と呼ばれる類《たぐい》の、ガイドさんが案内してくれる楽しいやつだ。しかし小学校のそれとは違い、今回は取材で、専用の見学ルートではなく実際に稼働している工場の中を歩いて見せてもらうことになっていた。

作業場に入る前に着用を指示されたフード付きの防塵服とゴーグルとヘルメット（＋手袋）は、着用して一分後、既に由寿の体力を二割くらい奪った。何があろうとも絶対に雑菌や異物を工場内に持ち込まないという意気込みを感じるし、実際、作業エリアに入る際には、二重扉のあいだで、よくSF映画なんかで観る「エアシャワー」のようなものに勢いよく洗われた。研究所にも立ち入り禁止区域があったが、あそこも実際に作業を行うエリアはこんな感じなのかもしれない。

数十秒のクリーニングを終え、最後に粘着ローラーで更なる除塵もした。二重扉の奥側の扉の先の、体育館のようにだだっ広いフロアには驚くほど人がいなかった。機械の駆動音と、あらゆる機械に取り付けられている監視装置のビープ音、それしかない。それぞれの機械も、外側からでは何をやっているのか判らず、人がいなさすぎて少し怖かった。

工場でプレーンヨーグルトを製造する流れは、由寿が予習した限りでは以下のとおりである。

1前処理（殺菌や均質化など）
2スターターの接種（乳酸菌の投入）
3充塡（ミックスと呼ばれる発酵前の液体を容器に入れる）
4発酵（あっためる）
5冷却（ひやす）

前処理の工程は、処理を行う熱交換器などが立ち入り禁止エリアにあるため目視できなかったが、Z氏の立ち止まった傍には乳酸菌を投与する、投入口付きのタンクがあった。ドラム式洗濯機のような形状だ。

「ここにこれを入れます、これは自動ではなくスタッフが手動で行います」

Z氏は大変雑な説明と共に、サンプルとして置いてあった、桃の缶詰よりも一回り小さい空き缶を手に持って見せた。印字もラッピングもされていない銀色の缶だ。その無機質さがちょっと意外だった。

「乳酸菌、ここで調合したりしないんですか?」

「まさか。商品ごとにこうして缶詰にされたスターターが送られてくるので冷凍保管されてます。この缶は脂肪0用のものですが、フルーツ入りのやドリンク用のスターターも各種あります。ぜんぶ違うものを使うんです」

「意外です……」

由寿はこれまでずっとスターターは粉末だと思っていた。ムラなく混ざるのは液体だと判ってはいるが、気持ち的には……粉末のほうが……浪漫がある……。

気を取り直し、Z氏に倣って前に進んだ。以前足祐から「プラ容器以外の紙パックは外に発注している」と聞いた。すなわちプラ容器はここで作られているということだ。それについて尋ねると、ちょうど今日は四連パックのラインが動いているから今からそこに向かうと言われた。

容器専用の製造ラインがあり、形になったものを人の手で運んで充塡の工程に持っていくのだと思っていたら、これもまた想像とだいぶ違っていた。実際には、巨大なプラスチックプレートのロールの端が形成機の中に吸い込まれてゆき、二秒もかからずに大量の容器になって出てくる。そこに中身が充塡され、ベルトコンベヤで運ばれた先で印刷済みの蓋が貼られ、賞味期限が印字され、印字が間違っていないか、プリントがずれていないか一つずつチェックする装置を通り、四連パックの形にカットされる。金属探知やウェイトチェックなどを経て「商品」の体をなしたそれはアームでコンテナの中に詰められ、満載になったコンテナはこれまた自動でカートに積まれてゆき、荷崩れしないよう巨大なラッピングを施され、冷蔵室に運ばれる。ここまで人の手、一切なし。

「……異物が混入する余地とか全然ないんですね」

「絶対にありません。不具合が出る余地もなく定期的にメンテナンスを行っているからラインが止まることもありません。万が一システムに何か起きてもノータイムで検知できるようになっています」

強面がゆるんで、ちょっと得意そうにZ氏は答えた。残念ながら、トラ対現場には永遠に遭遇できないシステムだった。

市場に流通するヨーグルトには「前発酵」の商品と「後発酵」の商品が存在する。パッケージに充塡する前に発酵させるか、充塡したあとに発酵させるかの違いで、判りやすい見分け方は、パッケージの蓋を開けたときに表面がツルンとしてるのが後発酵、かきまぜた後みたいになってるのが前発酵。LB81Oを使った明和ブルガリアヨーグルトのラインナップで言えば、プレーン四〇〇gパックは後発酵で、フルーツなどの混ぜ物入りの四連パックは前発酵だ。Z氏の話によると、アメリカのメーカーなどではプレーンでも圧倒的に前発酵の商品が多いそうだ。大量に作ってちょっとずつ容器に落として蓋をすれば商品として仕上がるから、工程的にも時間的にも楽だからだという。逆に後発酵は充填後に発酵室で静置しておく必要があり、前発酵よりもコストも時間もかかる。更に大きな衝撃が加わると表面の「ツルン」が崩れてしまうため、乱暴に扱えない、非常にデリケートな商品となる。しかし日本人の気質のなせる業か、明和をはじめ、市場に流通しているプレーンヨーグルトはほとんどが後発酵である。工場から流通、品出しに至るまで、死ぬほど几帳面な人たちが「表面のツルンとした美しさ」を保つことにこだわっているからだ。買うほうも食に関しては世界一神経質な日本人であるがゆえ、開けたときにツルンとしてないとクレームに発展することもあるという。まあ、なんとなく判る。茶碗蒸しの蓋を開けたとき、噴火口みたいになってたらちょっとしょんぼりするから。たぶんそんな感じだろう。

　発酵室の見学を終えた時点で汗びっしょりだった。ここを終えればあとは冷蔵倉庫だけで、もう防護服は必要ないとのことだったので、冷房の効いた応接室に戻って脱がせてもらい、しばし涼んだ。Z氏は所用で十分ほど離席するという。由寿はひとりになった応接室で、撮影した写真に不備がないか確認したあと、なんとなくpixivを開いた。

今日は君たちがいっぱいいる場所に来ているよー。全身で君たちを感じているよー。でもバルカン山脈の風を感じる余地もなく完全にオートメーション化されていたよー。文明の進歩ってすごいねー。などと思いながらとりわけ好きな第68話を開こうとしたら、新しい話が更新されていた。休憩中とはいえ仕事中だということも忘れ、嬉しくなってタップすると、そこには外伝が始まって以降お目にかかれていなかった推しの名前があり、思わずひゃっと声が出た。

「まさか君との再会の場所が、ここだなんてね」

そうね。この、君だらけの場所だなんて運命ね。待っていたわ、再会を。君が再び歴史を物語ってくれる日を。

*

吾輩は乳酸菌である。仲間がいっぱいいるところに来てちょっとウキウキしている乳酸菌である。俗称はブルガリクス。ちなみにブルガリア語でブルガリア人を表す単語は「ブルガリン（男）」「ブルガルカ（女）」である。ブルガリン、ブルガルカ、ブルガリクス。並べてみると三段活用みたいで何の違和感もない。

さて、小説の語り部である麗しいほうの吾輩、なんだかだいぶ苦悩しているようだ。そりゃするよなあ。吾輩が同じ立場でもたぶんあの時代に光を見出すことはできない。

十九世紀の終わりから二十世紀半ばにかけてのブルガリアは、常に薄氷の上の公国だった。この時期に生きたとある革命家兼詩人が、死ぬ一年前にやけくそみたいな短詩を残している。

時は流れる　暗い歳月《としつき》
極貧のわが国民は呻く
そこには　生きた人間の犠牲が倒れている
そこには　同胞も　自由なる生活もない！

どうですかこれ。吾輩初めて読んだとき感心してしまった。すごいのだ。このわずか四行に当時の民衆の思いのすべてが詰まっている。

帝国の軛《くびき》の下からは脱したものの、トルコ軍撤退後のブルガリアに残った産業は、秩序なく散在する農業に、基礎的技術の欠落した貧弱な工業だけだった。それに従事する人間たちも、他国では当たり前の文化的な恩恵も享受できず、常に貧乏で飢えていた。こう書くと凄まじいデベロッピングカントリーのように思われるだろうが、実はブルガリア、二十世紀初頭のバルカン戦争において、ヨーロッパで最初に「飛行機による都市爆撃」を行った国である。自慢することじゃない。それは判っている。だが反面教師として、庶民の生活は置いてけぼりで軍事に極振りした大公がいたことを知っていてほしい。人が飢えてそこらじゅうで死んでるのに、海軍には大艦隊を与えて第一次世界大戦に参戦したその大公の名はフェルディナント。たぶんこの先、麗しいほうのブルガリクスが最後に仕えることになる御仁である。厳密に言えば王はあとふたりいるのだが、話の設定からして、そのふたりが乳酸菌と話をできるとは思えない。

……なんだか吾輩、今までずっとブルガリアが貧乏すぎてヤバいみたいなことばっかりお伝えしてきたが、経済が常に最低だったぶん、芸術・文化などの情操面に対しては、とてつもない執着を見せていた。名誉挽回のためにそれに関してもお伝えしておく。

まずキリル文字の生い立ちについてはお話ししましたっけ？　お話ししてない？　あらそうでしたっけ。

実はキリル文字の発祥はロシアではなくブルガリアである。はるか昔、西方教会から迫害されてブルガリアへと逃げ込んできた正教会の伝道師たちが、布教のためにグラゴル文字とギリシャ文字をミックス&アレンジして作ったものがキリル文字だ。一般的に「キリル文字＝ロシア」だと思われがちだが、作ったのはロシア人ではなく「ブルガリアに住んでた人」である。大事なことなので何度でも言う。キリル文字の発祥はロシアではなくブルガリア。

そのアイデンティティを誇るがごとく、ブルガリアには優れた文学作品が数多く存在する。ヤポニヤではほとんど知られていないのが残念だが、名の知れたブルガリアの長編作品は、執拗なまでに「存在する物質の描写」がなされている。登場人物が何を観ているか、太陽や空気はどんな色か、木々の陰影の濃淡、削れた崖の赤土、荒波を立てながら谷底を流れる川。傍にいる人間の体形、髪の色、目の色、服飾の色や刺繡の模様や素材の織り方、そしてトルコ人の残忍さ。

様々な作家が郷里のアイデンティティとも言える美しい文字を用いて、祖国の豊かな自然と人間の息吹を委細に描写した。ダゲレオタイプやカメラ・オブスクーラくらいしか写真技術が存在しなかった時代、そこにあるものを第三者や後世へと伝えるには、文字と絵しか手段がなかった。

一例として、ブルガリア人は必ずヴァゾフの『軛の下で』という本を読んでいる。完読した読者数で言えば多分ブルガリアにおいては聖書より多い。これは長年教科書に載っている+小学生の課題図書になっているからであり、作中では四月蜂起を企てた人々のそれぞれの生きざまと、彼らがその武装蜂起でトルコ軍に惨敗するまでの悲哀が克明に描かれる。ブルガリア国民は初等教育を受ける年齢から、祖国が共和国として独立を成し遂げたことが如何に尊いかを骨の髄まで叩《たた》きこまれるのだ。

著者のヴァゾフも、もともと革命家で詩を書いていた人だ。というか、この時代、名を上げた革命家はだいたい反戦詩を書いている。新聞記者や編集者を兼ねている者も多かった。ヴァゾフの場合は詩を書きながら教師→裁判所所長→議員→編集者、という、華やかなのか行き当たりばったりなのかよく判らない遍歴の中、祖国を追われて近隣諸国に逃げていた時期が何度かある。彼は亡命先のロシアでのびのびと執筆活動を行い、同じく国を追われた様々な政治亡命者のコミュニティで賑やかに楽しく暮らしながらも、絶えず望郷の念を懐いていた。

その心理が吾輩には判らない。日本と違ってヨーロッパは地続きだ。たとえ移民と蔑《さげす》まれようと、この時期は国境線の外に出たほうがまともな衣食住にはありつけていたはずなのだ。しかし、国外に出た人、ほとんどみんな戻ってきていた。どれだけ生活環境が劣悪でも、民衆は祖国を愛し、いつか良くなることを信じ、……って、まーた喋りすぎた。吾輩いま茨城第二工場にいるんだった。ヴァゾフの話とかしてる場合じゃなかった。何してくれてんだ麗しいほうのブルガリクスめ。


発酵を終えた製品は一気に冷やされ、長大なベルトコンベヤに載って冷蔵倉庫に移送される。

何か理由があって海の近くに造設する必要がある場合を除き、物を生産する工場というのは、土地に対する人口密度が低い地域に建設されることが多い。茨城第二工場の周りも見渡す限りの平野である。こういう土地の工場は大規模な雇用を生むものだ。

「人、こっちにはいっぱいいるんですね!」

外を歩くと工場棟から徒歩で十分以上かかる場所に、冷蔵倉庫がある。由寿は足を踏み入れるとほっとしたように言った。

「ここから先にいるスタッフは全員パートナー企業の方です。もちろん管理責任者は明和の社員ですが、担当者は五人だけです」

「へぇー、そうやって成り立ってるんですねえ」

生産工程と違って、冷蔵倉庫から配送トラックへの荷積みは人の手で行われる。判りやすく言うと、冷蔵倉庫は巨大な空港のような作りになっている。ゲートごと、会社ごとにトラックがドッキングできる場所と時間が決まっており、茨城第二工場は、入荷専用ゲートと出荷専用ゲート、合わせて約八十台のトラックが同時に荷下ろしや荷積みができる仕様だ。そして倉庫の従業員と各社トラックのドライバーが目視で注文数を確認しながら荷積みを行うため、フォークリフトと電動カートが行き交う広大な倉庫には、工場内部とは対照的に人がものすごくたくさんいる。競合他社が一堂に会しているはずなのにみんな喧嘩もせず、道を譲りあいながらピッキングと荷積みを行っている。人間、ここ数十年で本当に穏やかに進化したものよ。これが戦時下だったら略奪に次ぐ略奪で間違いなく倉庫が燃えている。

なお、吾輩たちヨーグルトもこのゲート付近で別れを惜しむのだ。お互い廃棄されないよう、絶対に売れような……！　良いカスタマーに巡り会おうな……！　と。だから思いもよらぬ場所で同じ工場から出荷された同ロットのやつにばったり出会ったりすると嬉しい。かつて江東区《こうとう》のスーパーマーケットで由寿に買われた吾輩も、実は茨城第二の出身だ。嗚呼《ああ》懐かしき我が母工。

ところで、当たり前だが冷蔵倉庫は極寒である。なにせ冷蔵倉庫だからね。

由寿は灼熱の発酵室にいたときとは打って変わって、入構して五分も経たないうちにぶるぶると震え始めた。それでも紫に変色した唇を噛みしめながらあちこちの写真を撮り、Z氏の話を真摯に聞いていた。むしろ防塵服はこっちのほうで必要だったんじゃなかろうか。

エントランスで帰りのタクシーを呼んでもらい、待っている最中、由寿は外にあった謎のガソリンスタンドのような設備の正体を知る。一台の銀色に光り輝くタンクローリーがスタンドにホースを接続し、建屋の奥にあるタンクに牛乳を移していた。作業的には「原乳受け入れ」という名前が付いており、実際には受け入れる前に検査技術者による品質検査が行われているのだが、検査をパスした牛乳が吸い込まれてゆく、生き物のように動くホースを由寿は朦朧《もうろう》とした様子で眺める。

「あ、これは牛乳をタンクに移しているところです。一日に十便くらい来ます」

見送りに出てきたZ氏の言葉に彼女は「宮城の小林《こばやし》牧場というところからこの車が来たことはありませんか?」と尋ねた。

「これはミルクローリーと呼ばれていて、結構特殊な運搬車両で、牧場が所有しているものではなくそれ専用の運送業者の車なんです。契約している牧場はたしか酪農部が選定しているはずなので、私たちではちょっと判らないですね」

言葉はぶっきらぼうだが、簡潔なZ氏の説明はぜんぶ合ってる。ミルクローリー一台を満載にするためには、よほど大きな牧場でない限り、複数の牧場を回る必要がある。ということもZ氏は付け加えた。

「だからもしかしたら、その牧場さんからも来ているかもしれませんね。ここは宮城も受け入れ範囲ですから」

一応吾輩が代弁しておく。「来ている」ことはまずない。小林牧場はもうない。祖父への小さな贖罪として、彼の喜びそうな土産話を作りたかったのだろうが、十年以上前に酪農部が契約していた牧場の資料など残っているはずもない。

「なんでですか？」

「いえ、小さい牧場なんですけど、子供のときに家族で行ったことがあって、なんとなく」

嘘ではない嘘で会話が途切れたところに、タクシーがやってきた。

約四時間滞在した帰りの電車の中、免疫機能と自律神経系がめちゃくちゃ頑張っていたが、その甲斐なく結局由寿は夜から熱を出し、せっかくの土日を寝て過ごす羽目になる。

＊

写真を選び原稿を書こうと試みてはみたものの、熱のせいで指先が痛みキーボードを打てず、起床後二時間も経たず倒れるように再びベッドに入った。頭痛と発汗にうなりながら長いことうとうとしていたら、スマホに兄の迦寿から着信があった。日付を跨いで日曜日になっている。とうとうじぃじが死んだか、と朦朧としながらも着信をスライドした。

「由寿、深夜にごめん、寝でらった？」

いつになく声に焦りを感じる。やはり死んだか。覚悟はしていた。寒気と共に尿意を催し、ベッドから降りてトイレに向かう。しかし聞こえてきた内容は、

「ヤバいんだ、コスプレが父っちゃんと母っちゃんにバレだ。もしかすたら家さいられねぐなるがもしれねえがら、したらしばらぐ由寿の家さ住まわせでけねが」

だった。

「……は？」

「うっかりしてらった。今日のイベントさテレビカメラが来でで、夕方の情報番組にガッツリ映ってしまってで、さっぎまで母っちゃんに尋問されでさ……」

「じぃじが死んだどがでねぐで？」

「んだぁ、この時間の電話だそう思うべな、わりぃ。じぃじは元気。いんや、元気でねえげど、なんが晴れ晴れと生ぎでっけ」

保留にして用を足したあと、再び電話を耳に当て、詳細を尋ねた。画面に映ったのは二秒くらいだったそうだ。それでもバレてしまった。さすがに親だな、と頭の隅のほうで思わず感心した。

「家さ来んのはいいけど、仕事どうするの？　ていうがその状況じゃ家にいられねえべ、今どこ？」

「蔵さ。父っちゃんたぶん『出でげ』って言いだがったんだべども、言えそうにながったがら自分で出でぎだ」

「じゃ、蔵って、床、土だじゃ、もはや野宿だじゃ」

雪の季節じゃなくて良かった。そして父は昔、自分の意志であの集落を出ている。本家ではないにしろ、その家の長男だったのに家を出た彼は、家と財産を失って再び実家に戻ってきたとき、非常に居心地の悪い思いをしたはずだ。出て行ったあとの顚末《てんまつ》を知っているからこそ、出ていけと言えなかったのかもしれない。

世の中では「多様性」を認める動きが広がっているが、その言葉さえ知らない人たちは日本にまだ存在する。知っていても頑として認めない人たちがいる。朋太子家のある辺りは、そういう人たちが戦前から代々暮らしている土地だ。ただ数年前、由寿が大学に進学し、就職で東京に出た。織も大学受験をして東京に来ようとしているし、少しは柔軟になっていることを期待していた。だがそのふたりと違い、迦寿は「男」だった。

「一方的さ怒られだっけ?」

「怒られだ、っていうが泣がれだ。理由説明すんのも無理だった」

男なんだからしっかりしなさい。男なんだからやられたらやり返しなさい。男のくせにいじめられて泣くなんて情けない。

家族にそう言われつづけ、気の弱さゆえにしっかりすることもやり返すこともできず、ただ背を丸めて己の存在を消し、幽霊のように生きていた兄。そんな彼がやっと見つけた

「息ができるところ」なんだ、コスプレは。それを頭ごなしに否定するなんて、死ねとでもいうのか。

　由寿の腹の中には、生まれて初めての感情が湧き上がっていた。家族に対して苛立《いらだ》ちを覚えたのは初めてだった。

「……なあ、お兄ちゃん、ふたりで謀反《むほん》を起こしませんか？」

「……なに？」

「ふたりで謀反さ起こさねぁが？　織ぢゃん巻ぎ込んで三人でもいいし。そったなこどでもしねえど父っちゃんと母っちゃん、これがらもずっと変わらねえ。今が朋太子革命の時だべ。うちも一緒にオタクさ表明すっがら、結婚さほんに興味ねえがらもうやめでって言うがら」

　昨日読んだ創作物に影響されていることは否めない。けれど家族は小さな国家だ。圧政から逃れ自由を勝ち取るために、ときには反逆や革命が必要なのだ。

「ずっと良い子だった由寿がそったなこど言い出したら、母っちゃん心臓止まってしまうべ」

「んだぁ、んだがもしれねえ。でもうち、もう親の反対押し切って大学さ行ってでらし東京さも来てでらし、あっちもある程度は免疫づいでらど思うんだ。それにこのままだどお兄ちゃんの魂のほうが殺されちゃうよ」

「うん……」

「うちじゃ頼りにならねえがもしれねえげど、うちが大学さ行ぐって大人だぢにひでえごど言われだっけ、お兄ちゃんだげは庇ってけで、応援もしてけだべ。お給料少ねえども車も買ってけだべ。あれすげく嬉しかった。んだがら今度はうちがお兄ちゃんの盾になりでえ」

三十秒くらいの沈黙ののち、迦寿は「由寿が妹で良かった」と言った。由寿はその言葉に、少しずつ自分を変えてくれた会社での出会いの数々に感謝した。

しかしまず、その会社での誤解を解かなければならない。ダムに愛着が湧いてきてしまってはいたものの、どちらかと言えばダムよりも工場派だし、もっと言えばそのジャンルでは送電鉄塔が一番好きだ。学生時代は窓の外、遠くに見える鉄塔が連なる先の「どこか」へよく思いを馳せていた。

月曜日の昼、運よく緑川と飯野も座席で弁当を食べていたので「今日の夜、ご飯食べに行きませんか?」と訊いてみると、ふたりとも即座に「いいよ」と返してくれた。誘ったはいいが適当なカフェやファストフードじゃだめだよなと思い、以前足祐が安くて美味しいと薦めてくれた、八重洲の台湾料理屋を予約した。

終業後、三人で八重洲に向かい、店の入っているレトロなビルの二階へと階段を上る。扉を開けると、そこは以前の由寿なら足を踏み入れた瞬間気絶するタイプの、すこぶるお洒落な店だった。

「ああ、ここ来たいと思ってたの。来られて嬉しい」

「デ、デザイン室の足祐さんがちょっと前に教えてくれて……」

「さすが足祐ちゃん、アンテナの感度いいな」

ありがとう足祐さん。あの銀座のアフタヌーンティーでだいぶ免疫がついた。これくらいのお洒落具合なら大丈夫だ。織ちゃんもありがとう。

ビールで乾杯をしたあと、由寿はふたりが酔っぱらって前後不覚になる前にきちんと話しておこうと口を開いた。

「おふたりには打ち明けておかなきゃいけないと思って、少し話を聞いていただけますか？」

「え、何？　深刻な話？」

「私、本当はオタクなんです」

「知ってるよ、推しが青土《おおづち》ダムでしょ」

「それはこないだ虎谷組の社内報の巻頭グラビアに載ってたかっこいいやつですよね。ダム穴が山里を守護する双子の兄弟神みたいで、確かにあれは大変良きダムでした。でも違います。そこを誤解させてしまったので、ちゃんと解いておこうと思って。ダムのオタクじゃないんです。そこら辺の木のオタクでもないです。元々はアニメとか漫画のオタクです」

「私もワンピース大好きだよ！」

嬉しそうに飯野が言う。しかし違うのだ、そうじゃないんだ。

「飯野さんと違って、私のは、なんていうか日陰っぽいというか。実在するアイドルとか有名な少年漫画とかそういう太陽の下に存在を許される感じのじゃなくて」

「私が好きなアイドルは人じゃないよ？　絵だよ？」

またもや飯野は潑剌《はつらつ》と言い放つ。この人くらい迷いなく好きなものを好きと言えれば楽だろう。バーチャルアイドルも既にメジャーだし。

「で、結局なんなの？」

ズバンと切り込んできたのは飯野ではなく緑川だった。と同時に最初の料理が運ばれてきて、しばし会話が止まる。そしてふと思う。

「……台湾料理って牛乳使ったものがほとんどないですよね？」

「台湾の酪農ってまだ歴史が浅いから、いわゆる『台湾料理』みたいなものには使われてないんだと思う。台湾は乳製品がすごく高いって言ってたし、今もグラタンみたいなものはあんまり作らないのかもね」

緑川は熱そうに顔をしかめながら小籠包《ショーロンポー》をひと齧りしたあと、答えた。

「じゃあヨーグルトも存在しないんですかね？」

「それはある。ただしすごく高いってポチ……ンさんっていう台湾の人に取材させてもらったときにチンさんが言ってた。チンさんがね。で、結局なんのオタクなの？」

飯野とは対照的に、ものすごく興味なさそうに、急かすように尋ねてくる緑川に、由寿はまた心折れそうになる。でもダメだ、今日はちゃんと話すんだって決めたんだから、負けるな自分。

「……前提として、インターネットには素人がいろいろ、絵とか小説とかを投稿できるサイトがあるんですね」

「うん、あるわね」

「私も閲覧専用だけどアカウント持ってるよ！」

「そういうサイトに投稿されてる、あの、プロの方ではなく素人の方がたぶん趣味で執筆されている小説で」

「ああ、有名になると漫画化されたりするやつだよね。異世界に転生した人が婚約破棄されて農業従事者になるやつとか広告でよく見る。出版されるといいね」

飯野さん……少し……黙っていてはくれまいか……。

「閲覧数少ないだろうから漫画にはならないと思うんですけど、あの、本当にドン引かれるのを覚悟で申し上げますが、その小説の主人公が、弊社の商品に使われている乳酸菌のラクトバチルス・ブルガリクスと、ストレプトコッカス・サーモフィルスが擬人化されたもので……そのブルガリクスのほうが、今の私の一番の推しです」

「……」

緑川は手を止め、レンゲの端から肉汁をボタボタと溢《こぼ》しながら、なんとも言えない顔をしてこちらを見ていた。そうでしょうとも。そんな表情になる気持ち、とってもよく判る。

私があなたでも、こんなときどんな顔をすればいいのか判らないわ。対して飯野は少し考えたあと、なるほど、と手を打った。

「だから課金ができないのか。それはもう、大本であるうちの商品買うしかないじゃんね」

「でもそれじゃ作者には一円も入らないんですよ！　私たぶん、書いてるのは研究所の石川さんだと思うんです。弊社で、いや日本で誰よりも乳酸菌を愛してる人だし、あの方、若いころブルガリアのメーカーとの共同研究で三年くらいソフィアで暮らしてたんですって。そのときに国の文化や歴史とかも勉強したんじゃないかなって。でも細々と趣味で楽しまれているかもしれないものを『これはあなたですよね！　好きです！』って暴くような真似をするのは大変申し訳ないし、万が一社内バレを恐れてアカウントを消されでもしたら私が立ち直れないし、そもそも同じ社屋に勤めてたなら気付かれないようすれ違いざまにポケットに五百円玉とか入れられるのに、お賽銭《さいせん》を投げ入れるには八王子はあまりにも遠い！」

テーブルに叩き付けた両の拳が、いつの間にか運ばれてきていたスープの表面に波紋を作る。

「……石川さんじゃないと思うよ……」

緑川が、またもやなんとも言えない顔をして溜息交じりに言った。

「そう思いますよね、そうなんです。理系の研究者って、えてして文章が論文調になっちゃうから普通なら小説とか書けないはずなんです。ただ、石川さんの文章って読みやすいんですよ。昔の社内報にも何度かコラムを寄稿してらして、バックナンバー探して全部読んだんですけど、研究内容とか素人にも判るようにちゃんと平易な文章で書いてくださってるんです、お優しい方なんです。だから意外と小説も書けたりするんじゃないかって、いやお優しいのと小説書けるのは無関係ですけど、いろいろ考えるともはやこの感情は恋なんじゃないかって」

「ていうか、由寿ちゃんってこんなに喋る子だったんだね」

緑川の言葉を待つ前に、飯野が意外そうに口を挟んだ。

「飯野さんも、好きなものに関しては饒舌《じょうぜつ》になるでしょう?」

「あー、確かに。駒込と高輪ゲートウェイの話をしたら長いかも」

「それこないだもおっしゃってたけど、鉄道もお好きなんですか?」

「違う。山手線の駅を擬人化したアイドルのメンバーで、擬人化っていうか駅員なんだけど、全部の駅にちゃんと担当の声優がついてるからリアルにライブも配信もできて、あ、由寿ちゃんは石川さんが好きなら代々木《よよぎ》か品川《しながわ》がお薦め!」

「え、石川さんって代々木か品川にお住まいなんですか?」

「違うよ眼鏡だよ。石川さんって眼鏡だよね。あと別に駅そのものにはなんの思い入れもないです。私の実家西武線だし」

自分では「素人の書いた小説に出てくる乳酸菌を擬人化したものが推し」だとか言って

おきながら、由寿は数秒、彼女が何を言っているのか理解できなかった。そしてどうにか理解をしたあとは、腑に落とそうと試みた。

……それは……『ワンピース』と同じ並びで……いいのか……？↓元ネタは山手線↓知らない日本人はいない↓超巨大勢力（ワンピースレベル）

腑に落とせた。

＊

限られた人に対してだが、趣味嗜好の他人への表明を果たし、由寿はふっきれたように晴れ晴れと通勤するようになった。胃も腸も徐々に健全な環境に戻っていった。工場を取材した文章も書き終え、今日は取材を伴わない、各所に依頼して戻ってきた文章を校正している。毎号巻末に掲載される社内各部署の近況報告のようなページで、素人の文章であるがゆえ、文字数が足りないことも多く、そういう時は送ってもらった写真をレイアウトする。海外事業部、製薬部門、人事部など、あまり接することのない部署から送られてきた文章を、由寿は楽しく読んでいた。

だが、そんな穏やかな日常の水面下で、兄と妹の戦いは始まっていた。

迦寿は結局あのあと、お母さんから「恥ずかしいから出て行ってくれ」と言われたらしく、仕事が繁忙期に入ったため退職して東京に来ることも叶わず、衣裳を保管している市内のトランクルームで寝泊まりしているそうだ。あまりの仕打ちに由寿のほうが泣いていた。寒くなったらトランクルーム暮らしでは凍死してしまう。由寿は両親を説得し兄を実家に戻すため、月末にまた帰省することになった。

そして吾輩も現在困っている。

台湾料理屋に行った日の帰り際、三人が別々の方向に散ったあと、吾輩、プロキシと緑川が言葉を交わしているのを見てしまったのである。

——良かったねイツミ。ずっと書いていた甲斐があったね。

——うん……でもこれは打ち明けるべきなのかなあ……あの勢いだと石川さんに迷惑がかかるかもしれないよね……。

聞き取れたのはこれだけだ。しかしこの短いやりとりで、

・プロキシと緑川の間で会話が成り立っている

・悪魔の（略）の作者は緑川

の二点が明らかになり、吾輩いま、何をどうすればいいのか判らない。プロキシに直接訊けば納得できる答えは得られるかもしれないが、彼（仮）はあの日以来姿を見せていなかった。

「サーモフィルス、おい」

行き詰まった吾輩は、同じ容器の中で眠りこけるサーモフィルスを無理やり起こし、問いかける。

「人間と会話ができる乳酸菌が存在したんだけど、お主ももしかしてできたりするのか？」

「……人間……って何？」

そこからかい。セントラルドグマのようなものよ、仕事してくれ。

人間と吾輩たちの関係についてイチから説明すると、サーモフィルスは相変わらずぼんやりとだが「ああ……宿主か……」と理解してくれた。

「大昔は……なんか……木や土とは喋れた……」

「なんだって⁉」

「お主も……すんごい喋ってた……忘れてるだけ……」

サーモフィルスは再び反応しなくなり、吾輩は仕方なく単独で記憶を辿る。しかし思い出せなかった。緑川とプロキシの関係が羨ましくて仕方なかった。

いくつかの台風と共に残暑が去りゆき、プロキシとの再度の接触を果たせないまま暦《こよみ》は九月の最終週に入り、由寿は岩手に帰省する。それほど久しぶりでもない東北新幹線の中で、決意に満ちた由寿の顔を見ながらふと、ずっと疑問に思っていたひとつの事象に小さな答えが出た。

十九世紀後半から二十世紀にかけて、国外に出た革命家たちはなんだかんだ言ってほとんどブルガリアに戻ってきた。これ、もしかして今の由寿や迦寿と同じ心境だったんじゃなかろうか。人は、どんなに遠く離れても、生まれ故郷への愛や情を手放すことはできないんじゃないだろうか。いや、彼らの生まれ故郷は県南沿岸部だけど、ここではざっくりと「家族がいる／いた場所」を故郷とする。

盛岡駅に降り立ち、空調設備のないトランクルームから衰弱した兄を救い出し、その腕を肩に担いで歩みを進める由寿の背中は、まるで反ファシズム蜂起の先頭に立ち、民衆を鼓舞するゲオルギ・ディミトロフさながらであった。

負けられない戦いが、今、始まる——。

第六章　百年先の青

人間はひとつのパンを仲間や家族に分け与える慈愛と理性を持つ種族である。一方で、最後（機密制定）の晩餐《ばんさん》のパンに酵母が入っていたか否かで世界を二分し、千年近くに亘《わた》って骨肉の争いを繰り広げる種族でもある。

「『これはわたしの体である』ってやつだろ。そもそも練成元が人体なんだから酵母は絶対に入ってるよな」

「お主《ぬし》それは解釈が違う。万が一イイススに『僕の顔をお食べ』的な機能が備わっててリアルにわたしの体だったとしても、人の子ではなく神の子だぞ。人とは身体を構成する原料が違うはずだ」

「いやお主は出身地的に酵母入ってた側だろ。否定して大丈夫なのか？」

「吾輩《わがはい》はお主の勘違いを正しただけだ。あの話に出てくるパンの原料はイイスス本体ではなく普通にお主と同じ小麦粉だ」

「えっ、そうなの？　……ていうか早く食べてくれないかなあ。端のほう乾いてきちゃったよ。これうっかりすると歯茎に刺さって大惨事だよ」

「吾輩もこのままだと結構たくさん離水しちゃうな……」

かれこれ吾輩たちは一時間以上、食卓の上に並んで放置されていた。ヨーグルトは放っておくとどんどん発酵が進むので、市販品には抗酸化作用を持つ何かが混ぜられていることが多い。吾輩んところにも、ラクトペルオキシダーゼという必殺技みたいな名前の酵素がいる。が、ラクト（略）がめちゃくちゃ頑張ってくれても、常温で長時間放置されると乳清がにじみ出てしまうのだ。

「ご主人様……もうこれ以上は……結界が持ちません……くっ……」

「もういい、お主は充分戦った、苦労を掛けてすまないラクト（略）……」

皿の上では人間の親子が、互いの常識を掲げて終わりの見えない論争をしている。

この家の冷蔵庫にはここ半年ほど、必ず明和のマーガリンとヨーグルトが入っている。お母さんは車で一時間かかるスーパーマーケットへ行くたびに長々と要望シートを書き、それまで扱いのなかった明和ブルガリアヨーグルトをとうとう入荷させた。そして買い物に行くと「地元のじゃないけど娘が明和に勤めてるからー。意外と美味しいのよー」などと、訊かれてもいないのに店員に吹聴している。子に対するリスペクトはあるのに、とにかく愛情の表現の仕方が下手な一族だと毎回思う。

会話の相手は手作りパンである。作ったのは隣家の奥さん、つまり織の母親。筋金入りの無添加ゆえ、放置されすぎて既に端のほうが乾いた木片みたいになっている。

盛岡まで娘に会いに来ていた織の母親が車で送ってくれて、厳密に言えば織がそういうスケジュールになるよう仕組んでくれて、盛岡駅に着いた由寿と、お母さんに家を追い出され盛岡駅近くのトランクルームに住んでいた迦寿は実家に戻っていた。そして一時間以上、兄妹は様々な参考資料を提示し、親の説得を試みているのだが、すべて「恥ずかしい」「みっともない」「おかしい」などの理不尽な言葉で拒否られていた。彼らは心底「人と違うこと」を嫌う。これはもう遺伝子レベルで刷り込まれているのだと思う。実際、子供らに対する愛はあるのだ。余計な苦労をせずに育ってほしいという類《たぐい》の愛。良い人と結婚して家庭を作るのが幸せだという愛。彼らは子供たちに「普通の」「当たり前の」「人並みの」幸せを手に入れてほしいと願っている。

ただ、普通で当たり前で人並み、なんてものはそれこそ人による。パンに酵母が入っていたか否か。西方教会は入っていない。東方教会は入っている。どちらの解釈も信者にとって絶対的に正しい。きのこの山とたけのこの里のどちらが美味しいか。若年層はたけのこが多く、ミドルエイジ以降はきのこが多い。異なる意見を持つ頑固者の前に「これが自分にとっては普通である」と物証や論拠を突き付けてもなんの意味もないのだ。とくにそれが他人ではなく親子だと、必ず甘えが出る。親なんだからいつか判ってくれるはずだ、子供なんだから強く言えば親の言うことを聞くはずだ、という類の。ちなみに吾輩は「菌」とくくられるお仲間として、きのこの山のほうを応援したい。

日を跨いで日曜日。この界隈では誰もその人に逆らえない人間が招喚された。名を加藤《かとう》絹《きぬ》、旧姓は朋太子。最終兵器「織の姉」である。

彼女は高校を卒業してすぐ、隣の集落(徒歩一時間の距離)にある古い寺に嫁いでいる。

この寺には同じ山道沿いに点在する各集落のほぼすべての家の墓がある。更に二十五歳という若さながら絹には既に子供が五人おり、周辺の集落一帯において彼女は「良いお嫁さんになるために高校は家政科へ進学し・ほかの男を知らずに若くして結婚し・産んだ子供が全員男で・病気ひとつせずいつも元気な・寺の跡取りの嫁」というロイヤルストレートフラッシュのようなゴッドマザーならぬブッダマザーである。周辺の年寄りたちには絹こそが女子の生き方の規範だと認識されて、否、もはや崇《あが》められていた。

「うぢの子ひとりくらいこっちに養子出すべが。それで解決するんでね？」

織からなんとなく話を聞いていたらしい絹は、ほかの四人を隣の実家に預け、四ヶ月前に生まれたばかりの乳飲み子を抱えながらお母さんに言う。

「絹ぢゃん、そったな問題でねの」

「んだって一緒さ暮らしてらさげでねんだすけ、由寿ぢゃんが結婚するべどしまいどおばさんたぢには関係ねんだべ。迦寿兄《にい》もなんかこのままだど望み薄そうだし、むしろ双子まとめてこっちに寄越すべが？　跡取りさいれば全部解決するんだべ？」

また……わかりあえないタイプの人が……参戦してしまった……。吾輩はとめどなく離水しながら事のなりゆきを見守ることしかできない。

「そったなごどでねの。由寿には絹ぢゃんみだいに女どしてちゃんとしてほしいだげなの。結婚して子供を産んで幸せになってほしんだべ。迦寿ももう三十なっぺ……」

理論もくそもないお母さんの反論に、絹は長い溜息をつく。

「それ、檀家さんたぢにもよぐへられるんだども、なんで『ちゃんとしてら』とかいう話になってるのがなあ？　おらは一秒でもはえぐ若院《じゃくいん》先生ど結婚したがっただげだし、むしろ中学卒業してすぐ結婚したがったども、住職さ高校さ行げって追い払われで仕方ねく追加募集で空ぎがあった家政科に行っただげだすけね？　知ってらっぺ？」

若院先生とは、寺で書道を教えていた住職の息子、絹の配偶者である。絹は八歳のときにその教室へ通いはじめ、当時仏教系大学を卒業したばかりの若院先生に一目惚れし、中学卒業時に一度、荷物をまとめて「お嫁さんにしてください！」と寺へ押しかけたが追い返された。その三年後、高校の卒業式を終えたその日に再び寺に押しかけ、十年の片思いを実らせて今に至る。

「おらはたまたま好ぎな人が近くにいただけ。もし会ったのが東京だったらぜって東京行ってらったし、もし高校卒業したどぎに若院先生がほがの女と結婚してらたら間違いなぐ略奪が不倫してらし、そしたらおばさんたぢ『とんでもね女だ、うぢの恥だ、出でげ』って言ってらったべ。もし若院先生がいながったらやんべに仙台どが行って働いで、やんべに誰がど結婚して、二年ぐれえでやんだぐなって別れで実家さ戻ってぎでらったじゃ。ほんに運がいがっただげだべ」

「んだがら由寿にもよ、早《はえ》ぐそったな人さ見づげでほしいんだって」

「おら出会ってから結婚まで十年もがかってらがら。おらみだいになってほしいだら、もし今日由寿ぢゃんが相手見づげでも結婚すんの三十四歳だべ。そっがら五人産むのは、無理だべ。産めだどしても育てでら最中に由寿ちゃん死ぬじゃ、過労で。大学まで行って自力で大企業さ入って立派さ働いでら娘にそったな人生歩ませでの？」

再度言っておく。絹は最終兵器である。絶対的に強い。かつては空手も織より強かったらしい。織が強くなったのは「姉に勝ちたい」という執念からだ。その強さを自覚しているがゆえ、絹自身も滅多なことでは招喚に応じないのだが、今回ばかりはあまりにも理不尽すぎる人生を送ってきた従兄《いとこ》たちのピンチを救うために腰を上げた。お母さんは、迷いも澱《よど》みもなく返される切れの良い絹の言葉に、とうとう口を閉じた。

＊＊＊

その日の夕方、まずはお試しに、と五歳の双子、智也《ともや》と竜也《たつや》が由寿の家にホームステイすることになった。彼らは滞在一時間で全てのふすまに大穴を空け障子を枠ごと破壊し、トイレの便座を叩《たた》き割り、蔵で見付けたらしい古い水鉄砲で家じゅうを水浸しにし、台所の床下収納の蓋を踏み抜いてぬか漬けの壺を割り、智也のほうがその破片で足の裏に大きな切り傷を作り、血がぜんぜん止まらなかったため救急搬送された。救急車が来るというのは、田舎においてはお祭り並みの大事件である。赤い警光灯につられて集落中の人々が蛾のように集まってきた中、智也は隣の山まで響き渡りそうな声で泣き叫びながら救急車に乗せられた。由寿の母は、事実関係がどうであろうと、お寺の跡取りの長男様の身体に傷をつけてしまった罪を背負った。

平身低頭して絹に詫びる母の背中を由寿は苦々しく見つめた。そんな母に絹は、迦寿を家に入れ、再び生活の場を与えることを命じた。暴れたら勝てない相手は織だが、掌握している権力で勝てない相手は、本家のじいさんを凌いで圧倒的に寺（絹）だ。血縁のある父親が在宅していたらまた違ったかもしれないが、農閑期に入ったため、彼は現在仙台まで短期の出稼ぎに行っている。

病院に付き添った絹と叔母（智也の祖母）の代わりに現在、由寿の母が乳幼児以外の三人の子供の面倒を見ていた。由寿はまだ少し彼女に対して腹を立てていたため、手出しをするのは控えたのだが、迦寿は自ら進んで子供たちの相手をしに、階下へ降りて行った。

「迦寿兄優しすぎるよ、あんなんじゃ大人にづげごまれるよ」

由寿が敷きっぱなしにしていた布団に寝そべった織が、由寿よりも不服そうに言う。

「お兄ちゃんも大人だよ」

「大人なのになんでおばさんと喧嘩したの？　家を出でぐっつったわけでねえんでしょ？むしろ迦寿兄はこごさ住みてえのになんでおばさん追い出したりするの？」

幸いにして、この集落の誰もあのテレビに映っていたプリキュアを迦寿だとは気付かなかった。

「……たぶん、もう来年三十になるのに女の影もないがらでねえがな……」

「跡取り問題ならお姉ちゃん今また妊娠してらし、ひとりくらいこっちに養子にもらえばいいじゃぁ」

「養子って、そったに簡単に縁組めるものではねぐねえ？」

「そうでもねえよ。本家のおじさん、じっちゃんの実の子でなくて養子だし。若院先生も住職がほかのお寺がら引き取った子。ほがにもいっぱいいる」

「え、そうなの？」

「そっか、由寿ちゃんは外がら来たがら知らねえか。農家ってけっこう昔がら多いんだよ。どこの集落でも、誰が産んだ子だどが関係なぐ、みんなで育でられるようになればいいのにね」

どんな答えが正解なのか判らなくて由寿はなんとなく頷いた。

そのまま織が由寿の布団で寝てしまったため、仕方なく一階へ降りると、まだ布団のかかっていない炬燵《こたつ》で、母が死人のような顔をしてお茶を飲んでいて、由寿の顔を見ると立ち上がった。

「そろそろ帰らねばなんねえ時間だね」

「大丈夫。明日の朝一のはやぶさで帰ればギリ間に合うがら、お兄ちゃんに送ってもらう」

四時過ぎに出なければ間に合わないが、可愛い妹のためだ、頑張ってくれるだろう。迦寿は子供たちを風呂に入れているらしく、洗面所のほうから笑い声とも奇声ともつかない声が聞こえていた。

「……おらが間違ってらったのがな」

再び腰を下ろした母は、溜息とともに呟《つぶや》く。「そったなこどねえよ」と言ってもらえることを確信しているであろうその言葉に、由寿は答えた。

「母っちゃんは永遠に、うちとお兄ちゃんが間違ってで自分が正しいって思ってでいいよ。世代差どが土地柄どがいろいろあっぺ、それを母っちゃんが受げ入れられねえのはなんとなぐ判る。ただ、うちもお兄ちゃんも、人に迷惑かげでらわげでねえってごどは判ってほしいです。少なぐどもうちは人の家のふすまに穴空げだごとはねえし、人の家の中で水鉄砲使ったごどもね。そったなこどで母っちゃんに頭を下げさせたごどはねえ。それを当然だど思わねえでほしい」

「んだどもそれは親の」

「しつけの賜物《たまもの》でねぐて、行動範囲が狭ぐでインドアでおどなしくて、結果的さ他人さ迷惑かげねえのはうちとお兄ちゃんの個性なんだよ。都合のいい個性だげ当だり前みだいに思わねえで。他の、母っちゃんたぢにどって都合の悪い個性も、たどえばお兄ちゃんのコスプレどが、うちが結婚に興味ねえのどが、そったなの、認めでぐれねえでいいがら、おめたぢ間違ってらって思ってでもいいがら、お願いだがら面ど向がって非難はしねえで」

途中から声が震えた。涙腺がぎゅっと痛くなった。どうにか最後まで伝えたあと、母は何も言い返してこなかった。

今回の帰省で、否、生まれてから今まで、母に対してこんなに長く自分の気持ちを伝えられたのは初めてである。たぶん彼女は絹の子供たちの世話で疲労困憊《こんぱい》していて、言い返す余力がなかった。思考も機能していなかった。ということは娘の言い分もどこまで理解しているか不安だが、とりあえず智也、君のおかげだ、ありがとう。早く足治りますように。

月曜早朝の東京へ向かう新幹線の座席は半分くらいが埋まっていた。駅で買った冷たいおにぎりを咀嚼《そしやく》しながら由寿は今朝のことを思い出す。家を出る前に祖父の部屋へ行ったら、何故か既に起きていて、同じ部屋にある仏壇に手を合わせていた。そこに祖父の血縁者はひとりもいないのに。母にとって彼はどんな父親だったんだろう、とその丸まった背中を見て思った。

……次来るときも、まだ生きててよね。

寝て起きたら東京駅に到着していて、降車したホームの人の多さと音の多さに眩暈《めまい》がした。一過性のものかと思ったがそれはなかなか治まらず、視界が若干青白くなる中よろよろと階段を下り、八重洲口に出て、ベンチのあるスペースまで移動した。そして緑川に三十分くらい遅刻する旨を伝えるための電話をかけた。

「めずらしい、どうしたの？」

「東京には着いてるんですけど、ちょっと貧血っぽくて駅前で休んでます、すみません」

「無理しなくていいよ？　今日は急ぎの仕事もないし、休んじゃってもいいよ？」

せっかく東京まで戻って来たのに、あと十分くらい歩けば会社なのに、普段の由寿なら絶対に「大丈夫です」と答えていただろうに、なぜかこのときは〇・五秒くらいの逡巡《しゅんじゅん》のち「ありがとうございます、お言葉に甘えます」と答えていた。

通話を切り、世界が歪《ゆが》むような眩暈の中、駅からそれぞれの職場へ向かう人たちを眺めた。時刻は午前九時を少し回っているのに人の波は途切れず、こんなに人がたくさんいるのに、その中に誰も知っている人がいないことにまだ慣れない。

少し人の波が引いたら家に帰ろう、と思った。しかし月曜日に丸一日なんの予定もないことなど、今日を逃したらもう定年までないかもしれない、と考え直し、由寿は駅の方面に戻り、とりあえずスープ屋の店舗に入り、鉄分が豊富そうなスープを買って腹に入れた。胃に落ちた熱いスープはスイッチのように身体のあらゆるところを動かし始める。改めて食は大事だと思い知らされると同時に、じわじわと活力が湧いてきた。

……この機会に、行ってみよう。

由寿は空になった容器を捨て、駅構内に戻ると帰省用の荷物をコインロッカーに入れた。そして改札を通り、八重洲口から一番遠いＪＲ中央線のホームに向かった。

今後もしかしたら結婚するかもしれない。けれどそれは間違いなく今じゃない。絹と若院先生のような運命の出会いには、一生涯縁がないかもしれない。それに結婚しようがしまいが、どっちにしろ実家には頼れない。だとしたら自分の食い扶持《ぶち》は自分で稼ぐ必要があるし、今のところ転職する気もないし、途中で大病を患ったり死んだりしない限りは定年まで明和で働きたいと思っている。

以前商品開発部の人に取材をさせてもらったとき、話の流れで彼女が大学院の修士課程を修了していることが判明し、思わず「いいな」と心の声が漏れていた。彼女は由寿と同じ「理系を出たけど研究所ではない部署に配属された人」だった。入社して二年間工場に勤務し、本社に戻ったら開発部だったという。開発部は研究所と比較的密な関係にありつつも、よりカスタマー側に近い立場で「どういう商品が喜ばれるか」を試行錯誤する役割を担う。各商品名もこの部署が付けている。最初のころは研究所に行きたいと何度も転属願を出していたというが、三年を過ぎてから現在の仕事にも面白みを感じるようになり、しかしいつ研究所に空きが出るか判らないから日々専門分野の情報のアップデートも怠らないようにしているのだそうだ。その話を由寿はよほど真剣に聞いていたのだろう。取材を終えたあと、勉強がしたいだけならどこかの大学の聴講生になってみてはどうか、と提案された。

——私も詳しくはないんだけど、会社にフィードバックできる分野なら、業務に支障がなければ抜けても許してもらえるはずよ。機会があったら部長に訊いてみれば？

そんなわけで仕事をサボった由寿は現在、東京からＪＲ中央線快速で約四十分の距離にある某駅の改札を出たところにいた。この近くには農と工に特化した国立大学の工のほうのキャンパスが存在する。そこには「生命工学科」という科が設置されており、以前から興味をひかれていたのだった。もし大学進学時に上京を許されていたら受験したかった。

　学生向けの飲食店の並ぶ短い商店街を抜けて五分くらい歩くとキャンパスの入り口が見えてくる。虹のようなアーチ形のゲートが母校のそれと似ていて、しかしその入り口に警備員などは立っておらず、ここ東京だし、セキュリティとか厳しそうだし、中に入って良いのかどうか誰に訊けば良いんだろう、と立ち往生していたら、学生のほかにも、構内を駅までの通勤路にしているらしき社会人の姿がちらほら見られたので、由寿は思い切って敷地内に足を踏み入れた。二年前まで自分も学生だったのに、一度卒業してしまうと大学という場所は異世界だなと思った。もう既に懐かしい。そして愛しい。この俗世から切り離されたような恵まれた環境で勉強をさせてもらえる学生たちが羨ましい。しかもここ東京だからたぶん雪が積もらない。羨ましい。

　入り口近くの案内板で学生課を探し、それらしき部署が入っていそうな建物に向かい、カウンターの中にいる職員に声をかけた。由寿よりも少し年上くらいの人当たりの良さそうな青年がデスクから立ち上がり、やってくる。

「聴講生の申し込みはここでできますか？」

「ああ、はい。ちょっと待ってくださいね」

　青年は一度奥に戻ると、大学パンフレットと数枚のプリントを手にして戻ってきた。

　正しくは「科目等履修生」と呼ばれる制度で、学期として中途半端な今この時点では申し込みはできないという。大学のサイトにリンクされているシラバスから履修したい科目を選び、それを記した書類を郵送して申し込むのだそうだ。ただし履修できる科目は教室で行うものに限り、実験などが伴うものは申し込みができない。

「見学ってできますか?」

「学生以外の方で建物の中に入れるのはここと図書館だけですが、敷地内は自由に観ていただいて大丈夫です。ご近所の方も犬の散歩とかされてますし」

図書館! とりあえず行こう! 由寿は資料一式を受け取り、青年に礼を言うとパンフレットに記載された地図に従って図書館へ向かった。

その日はSNSを開く気持ち的余裕がなく、帰宅してからPCを開いたら、岡林から久しぶりにLINEメッセージが届いていた。ふたりが出会うきっかけとなったアニメが最大手の動画配信サイトに登録されて定額見放題で観られるようになった、という報告だった。ふたりともブルーレイボックスは持っているし、今でも細々と推しのキャラクターの誕生日には絵や漫画を投稿している。しかしジャンル内で人気のあった大手サークルや考察の得意な古参は次々とほかの作品に移動してゆき、実際に由寿もブルガリクスに出会ってからは卵を加熱するようになり、岡林もジャンルをいくつも変遷していた。それでもあのぜんぜん流行《はや》らなかった最愛の深夜アニメが、何年も経ってから配信されることに喜びを抑えられないらしい。岡林とのトーク画面には、かつて一種だけ販売されたキャラクターのスタンプが十五個連続で送られてきていたので、由寿は残りの五個を連続で送った。

次々と既読が付く。

〈これで少しでも新規が増えてくれるといいな〉

〈そうだね、新規の人の解釈楽しみだね。いっぱい投稿してくれるといいなあ〉

放送当時の思い出をしばらくふたりで懐古したあと、由寿はふと思い出して尋ねた。

〈そういえば、岡林の同僚さんどうしてる？　ＣＡに転職したっていう人〉

〈まだ訓練中だけど終わったら大阪が拠点になるって。元気みたいよ。あ、そうだ俺も来月いっぱいで仕事辞めます〉

予想外の返答に、由寿はまるっきり質問の真意を失念し、前のめりに尋ねた。

〈え⁉　もしかして結婚ですか⁉〉

〈そんなわけあるかい。この半年で絵師で食っていけるくらい稼げたのと、体力的にこれ以上は兼業では無理そうだから〉

由寿は知らなかったのだが、岡林は一年前から岡林にかすりもしないペンネームでライトノベルのコミカライズを担当していたらしく、そのシリーズが電子書籍でかなり売れており、この半年で印税収入が本業の年収を上回ったそうだ。

〈えーーー、すごいすごい、おめでとう！　ていうか教えてよ！　商業デビューしてたの知らなかったよ！〉

〈異世界に転生した人が婚約破棄されて農業従事者になる話とか興味ないだろ。ニクヤも本気出せば上手なんだから一度くらい長編描いて誰かに見せてみればよかったのに〉

私は無理かな……ていうかそのあらすじ最近どっかで聞いたな……

そう文字を打ちエンターキーを押下する直前、何が無理なんだろう、と思い指を止めた。

無理　イコール　駄目、だった。これまでは。

でもここは実家じゃない。かなりの確率で定年まで東京にいるはずだ。だとしたら、誰に咎《とが》められるというのか。兄は実家にいながら、親バレを恐れながら、覚悟をもってコスプレイヤーをつづけてきた。今回バレて大騒動になったが、絹のおかげでなんだか有耶無《うやむ》耶《や》になり、多分彼は今後もコスプレをつづけるだろう。

目立ってはいけない。人と違うことをしてはいけない。この場所ではそんな呪縛は存在しないではないか。道端で立ったままメロンパン食べてても誰も変な目で見てこないような土地で、いったいどんな「駄目」があるというのか。

〈長編は無理かもしれないけど、なんか、私も書いてみようかな〉

バックスペースキーを連打してテキストボックスの中を空にしたあと、新たにそんな文字を打った。

〈供給に飢えた数少ない古参が喜ぶな〉

〈いや、子爵《ししやく》じゃなくてヨーグルトのほう〉

〈それ読む人いるか？　そもそもあれ読んでるのニクヤだけじゃないのか？〉

〈どこにもアップしない。自己満足でいいの〉

〈意味ない！　配信始まってせっかく新規が入ってくるチャンスなのに！〉

〈だから子爵じゃないってば〉

十五分くらいやりとりして、会話を切り上げた。転職した同僚がどんな気持ちで転職したのか訊いてみたかったのにすっかり忘れていた。由寿は今日、朝から夕方まで、母校ではない大学の構内、主に図書館で過ごした。学生課で資料をもらったときは冷や汗で下着が湿っていたが、昼過ぎ、図書館を出て購買でメロンパンを買い道端で食べていたとき、通り過ぎてゆく学生たちの誰も由寿のことなど見ていないことが判り、波が引くように緊張が消えていった。

科目等履修生の次回の申し込みは、来年の一月である。誰でも聴講できるわけではなく、履歴書と志望理由書を提出し、大学から許可を受ける必要がある。既に同じ分野の大学の学部を卒業しているから、由寿は聴講でも大学院の授業が受けられるそうだ。シラバスを見ながら教授のプロフィールや授業内容を熟読し、何を受講するか選んでいるとき、いろんな感情が入り混じってドキドキした。一単位あたり、約一万五千円くらいの授業料がかかる。これは少し前までの由寿の一ヶ月分のお小遣いと同額だった。ほとんどの科目の単位は二だから、ひとつの授業を受けるために約三万円、五科目受講すると約十五万円。その途方もない金額にもまたドキドキした。大学の奨学金もぜんぜん返し終わってないのに、これ以上学業に出費をする意味があるのかどうか。

新しいことをするって決めたとき、それが自分の人生の根幹を揺るがすかもしれないとき、どんな気持ちだった？　それまで摑んでいたものを手放すのは怖くなかった？

誰かに訊いてみたかったのだが、岡林の話を聞いていたら、なんかもう、そういう他人の話とかどうでもいい気がしてきた。人がどうこうじゃなくて、自分で考えてやりたいことをやっても咎められないんだから。引き換えに、それが成功しても失敗しても、自分で責任を持たなければいけないのだ。

とりあえず今は、なんらかのショートストーリーを書いてみよう。仕事上の都合で文章が「記事」っぽくなりそうだけど、書いていくうちに原作のテイストに寄せた二次創作の勘を取り戻せるはずだ。そして「どこにもアップしない、自己満足」だけではなく、自分で納得できるものが完成したら石川さんに思い切って「あなたの作品が好きです」と伝えてみよう。

＊

その日、今なお大国と戦火を交える東欧の国の小さな村から突如リャジェンカがやってきた。

「きみ、どうやってここへ⁉」

裸足の指先はひび割れ、顔も服も粉塵《ふんじん》に汚れている。命からがらといった態《てい》の彼女は、「LB81O」の表札を掲げるアパートの扉を開けた僕の顔を見ると、へたり込んで煤《すす》けた頬に涙を伝わせた。

「ブルガリクス、私の村、なくなっちゃった、燃えちゃった」

日々彼女の祖国の惨状はテレビのニュースで流れているので、やあ久しぶり、とも、会えて嬉しいよ、とも言えず、僕はただその場に立ちすくむ。何事かと訝《いぶか》しんで部屋の中から出てきたサーモフィルスは、彼女の姿を見ると何も訊かずに膝をついた。

「嗚呼《ああ》、神のご加護を。希望を捨てないでリャジェンカ、きっと平和への糸口はあるはずだ。ひとまずは休むといい。この国は安全だよ」

彼はそんな言葉で震える小さなリャジェンカを宥《なだ》め、肩を支えると部屋の奥へ促した。

僕たちは今、日本に住んでいる。この国にとって最後の戦争は第二次世界大戦、以降約八十年、自国対他国で争う戦争には無縁だそうだ。

リャジェンカは部屋の奥に入ると涙を引っ込め、物珍しそうに日本の屋内の調度を眺めた。

「あなたたち、なんだかずいぶん馴染んでいるわね。この大きな筵《むしろ》がついたテーブルは何？」

「もう移り住んできて長いからね。それは炬燵だよ」

「その装束も素敵ね、晴れた日のアゾフ海のような深い青だわ」

「ありがとう、これは日本の民族衣装なんだ」

「リャジェンカも着てごらんよ、前に僕を女の子と間違えて大家さんがくれた女の子用の湯上がり着があるんだ、向日葵《ひまわり》の花が描かれているからきっと君によく似合う。今お風呂を沸かしてあげるから、綺麗にしておいで」

湯船の概念を知らなかった彼女に浴室を見せると、溶けちゃわないかと足を竦《すく》ませて怯えた。

「それだけちゃんと実体化していれば問題ないだろう。俺たちはもう大丈夫だし、君もきっと」

この世の中には意外と、人間と同化して暮らしている食品や微生物がいたりする。不可視な乳酸菌だった僕たちも、約百年前に肉体を得た。そして明和が僕たちを輸入したタイミングで日本に渡ってきて、この国で人として暮らし始めた。今住んでいるアパートのオーナーは日本酒の酒蔵で育った麴菌《こうじ》だ。大政奉還のころから人として暮らしているという。隣の部屋には卵が、二部屋隣にはハリッサが住んでいる。アパートの窓の外には一面の水田と、山の端の上には果てしない空が広がる。水田はうす曇りの空を反射し、古びた鏡面のように鈍い光を放っていた。

リャジェンカの祖国も肥沃《ひよく》な大地を擁する豊かな農業国であった。かつては大ブルガリアの領土だったこともある。大国に併合され、一度は死に瀕したが独立後は美しい街並み、美しい花畑を誇る、小さくとも豊かな国に戻ったはずだった。

洋服箪笥から向日葵が描かれた浴衣《ゆかた》と朱鷺《とき》色の兵児帯《へこおび》を引っ張り出し、僕はしばしリャジェンカの故郷に降り注ぐ眩《まばゆ》い陽光に思いを馳せる。

いつか戦争は終わる。終わらない戦争はないし、必ず雲間から光は射す。けれど、戦禍に巻き込まれた者たちにとって辛いのは「今このとき」にほかならない。そして戦争や災害で刻まれた傷はいつまで経っても完治せず、ふとしたときどうしようもない痛みと恐怖に襲われるのだ。

かつて魂を分けた己の弟ニキフォリは、最終的に反体制側に身を寄せたため、悲しくも争うことになった。サーモフィルスとセレゲイも同様である。魂が引きちぎられる思いだった。

僕たちがボリス三世に仕えていながら王と会話を成立させることが叶わず、バルカン半島内で孤立してゆく祖国を焦燥と共に傍観するしかなかったころ、セレゲイとニキフォリは、のちにブルガリア共産主義の祖、人民の星と呼ばれることになるゲオルギ・ディミトロフと共にあった。第二次世界大戦終結の翌年、ブルガリアでは王政が廃止され、ディミトロフによる内閣が成立した。二年前に彼を頭とする〝祖国戦線〟によるクーデターが成功して以来、丸二年をかけてファシズムに徹底抗戦を行った結果である。

もう、この国に王は生まれない。僕たちが存在する意義がなくなった。

懐かしい、仲間のいる森に帰ることも考えた。ニキフォリとセレゲイからフュージョンの申し出もあった。しかし、互いの知識と経験を融合できれば間違いのない国づくりができる、という彼らの説得を断り、僕たちはしばらく身を隠し、後日逃げるように日本へ来た。

あのころの僕たちは、冷戦は終わらないと思っていた。ソビエト連邦は永遠に続くと思っていた。けれど歴史の変遷とともに確実に、幕引きのときは訪れた。

だから、ねえリャジェンカ、あと少し耐えてくれ。きっとまたこの浴衣に描かれたみたいな、たくさんの向日葵が咲き誇る美しい国に帰れる日が必ず来る。

浴室から出てきたリャジェンカは若干ふやけて外形が崩れ、三頭身くらいに縮んでいた。サーモフィルスがスパチュラと麵棒で器用に整え直し、髪にあたる部分をとかしてやると、艶《つや》やかな薄い褐色の肌を持つ少女の容貌に戻った。彼女は僕が手にした向日葵の浴衣に目を輝かせ、早く着せてほしいとせがむ。

僕の体に合わせてくれたものをリャジェンカの小さな体に着付けるのは難しく、途中で諦めてTシャツの上にガウンとして羽織らせた。それでもご満悦の彼女は蝶のように袖をハタハタと振っていたのだが、その愛らしい様子はサーモフィルスの質問によって失われた。

「あっちでケフィアグレインという者には会ったかい？　もしかしたらザベルと名乗っていたかもしれないが」

リャジェンカはあからさまに嫌そうな顔をする。

「会ったわ、ザベル。高慢ちきな嫌な奴。会うたびに喧嘩をふっかけてくるの」

僕たちは顔を見合わせ、分身たちとザベルとの邂逅《かいこう》を思い返す。自身が燃える危険を冒してまで僕らの兄弟を助けてくれた彼は。

「……命の恩人なのだけど」

「まさかそんなことあるわけない。だってあの人、いや、あのキメラったら、戦争が始まってしばらく姿を見せないと思ってたら、爆撃の少し前にいきなり村まで来て私を見るなり『貴様など我が帝国にはいらん、この一帯の厨《くりや》は今後すべて私が支配する、雑魚《ざこ》はさっさと消え失せろ！』とか言ってその辺を飛んでたタナトスの使者に向かって私を投げ飛ばしたのよ、ひどいでしょう？」

「それでよく生きてたな？　僕、タナトスの使者には何度か殺されかけたぞ」

「なんだかよくわからないけど、そのタナトスの使者に捕まってしまって、気づいたらここにいたの」

「……奴と共にここへ来たのか⁉」

「ええ。まだそこらへんにいるんじゃないかしら？」

慌てて玄関に向かい扉を開けたら、野外に面した廊下には干からびてカラッカラになったタナトスの使者が行き倒れていた。強風が吹いたら飛んでいってしまいそうだった。

「おい、貴様」

僕が声をかけると、崩れかけのミイラみたいな様相で彼は顔をあげ、呻《うめ》いた。

「ちょっと遠すぎだろう、ヤポーニア……」

「何しに来たんだよ、この国は宗教的に貴様のところとは管轄が違うから魂は持って帰れないぞ」

「ザベルに頼まれたのだ……戦争がない国にあの子を連れて行ってくれと……あのザベル

が泣きながら脱帽し頭を下げたのだ、聞いてやらないわけにいかないだろう……」

はっとして僕は口を閉じる。更に、だからおまえの気配を辿《たど》ってここまで来たのだ、と彼は言う。たぶんこのまま放置しておけば分解して消えるだろう。こいつにはしつこく付きまとわれたし何度も殺されかけた。ただ、認めたくはないが少しは優しかった。サーモフィルスが目覚めず、不安で孤独でたまらなかった数百年のあいだ、不定期に現れて話し相手になってくれたのだった。

だから、ここで消滅されたら後味が悪い。思わず舌打ちし、僕は隣の部屋の扉を乱暴にノックする。間髪容《い》れずに卵が飛び出してきた。

「ブルガリクス！　どうしたの⁉　なんか発酵させて遊ぶ⁉　それとももう一度ヨーグルトエッグノッグ作る⁉」

彼は己の体を練成するとき、工程を間違えて一度柴犬になっているそうだ。卵なのに鶏ではなく犬。

「それみんなにマズいって不評だったからもうやらない。ねえ卵、こいつのこと助けられる？」

「何これダークマターの干物⁉　食べれる⁉」

生まれる前の生命をその殻に内包する卵はいわば「魂の原料」である。ダークマターの干物ではなく死にかけている死神のようなものだ、という簡潔な僕の説明に卵は得心したのかしていないのか、とりあえず満面の笑みと共に己の肘のあたりを膝小僧で叩き割り、その破目《やぶれめ》から卵液を滲ませた――

＊

こちら実況の吾輩です。

人も物も変化するし成長もする。「あなた前にこう言ってたじゃん！　嘘つき！」という非難は、経年と共に意味を持たなくなる。それは「嘘」ではなく、環境や時代の変遷、自身の成長に伴う自然な変化なのだ。そんなわけで、一年くらい前は作者の０１２３氏に存在を知られぬよう、ひっそりと氏の小説を愛でていた由寿は、別にプロになりたいとかではないが、同じ時代を生きたオタクの岡林が商業デビューという一種の栄光を摑んだことに触発され、十日かけて執筆と推敲を行った二次創作の文章をpixivに投稿した。そしてそのＵＲＬと共に「神」に思いのたけを長々と記したメッセージを送った。

しかし「神」からは何の反応もなく、もしかして迷惑だったのではないだろうか、やっぱり気持ち悪かっただろうか、嗚呼あんなことするんじゃなかった、やっぱり日陰から見守るだけにしておけばよかった、等々あらゆる類の後悔に苛まれ、仕事中にちょっと貧乏ゆすりをしちゃっている朋太子由寿の隣のデスクに座る緑川逸美さん、現在懊悩《おうのう》されている。貧乏ゆすりが鬱陶《うっとう》しいからやめてほしい？　そうじゃない。

――pixivの２９８さんって、君の宿主のユズだよね……。

二日ほど前に、プロキシが久しぶりに現れて、話しかけてきた。

——いかにも吾輩の宿主のユズだ。

——実は僕の宿主……ちょっと変わった小説を書いていて。

——(知ってる)

——君の宿主が、その小説の二次創作を書いたらしく。それと共にとんでもなく愛が重いファンメッセージが届いたらしく。

——(知ってる)

——これを書いているのは自分ですって言い出せずに困っている。ですよねー。気まずいよねー。

だが、由寿が悶々《もんもん》と思い悩み、作業全般に凡ミスが増え、それに伴って緑川がイライラしはじめ、課内の雰囲気がちょっと悪くなってきてしまった。よって、重すぎるメッセージを受け取った十営業日後、由寿の教育係である緑川は決意した。

「由寿ちゃん、このあと時間ある?」

「……はい」

この前日、由寿はデザイナーからもらった誌面のデータを初めて自分で印刷所に入稿したのだが、入稿後、画像データに入れたキャプションの数字の単位記号がすべて間違っていることが判明し、緑川からきつく注意を受けていた。それに関する更なる叱咤であろうと、帰り支度をしていた由寿は身を竦めた。飯野は不安そうな表情でふたりを見守る。私も一緒に行きたい、などと言い出せる雰囲気ではなかった。

　無言のまま由寿は、いつか飯野と一緒に行った中華料理屋に連れてゆかれ、緑川はビール、由寿はウーロン茶を前に向かい合う。席はほぼ埋まっており、がやがやした店内、このテーブルだけが深夜の墓場のようだった。緑川は一気に三分の一くらいジョッキの中身を減らしたあと、口を開いた。

「由寿ちゃん、前に自分がオタクだって話をしてくれたよね」

「本当にすみません、言い訳のしようもありません、今後はもっとちゃんと気を付けます」

　自身がその趣味にかまけていたせいでミスを繰り返したことに対する叱責だと判断し、勢いよく頭を下げる由寿。そうではないと、どう伝えれば良いのか、適切な言葉を見つけられないでいる緑川。心配そうに耳の裏あたりから様子を窺《うかが》うプロキシ。

「……もういい、私が虐《いじ》めてるみたいに見えるから頭をあげて。気持ちは判るから」

　素直に由寿は頭をあげ、ちゃんと切り替えて仕事に集中すると申告しようとしたが、その前に緑川が全然関係ないことを尋ねた。

「ねえ由寿ちゃん、私のフルネーム憶えてる？」

「え？　みどりかわ、いつみ、さんですよね？　もしかして旧姓でお仕事されてるんですか？」

「ううん、実際に緑川。じゃあ、よろしく、って数字に置き換えると何になる？」

「それは半角カタカナという認識でＪＩＳの１バイトコードに変換するので良いですか？十六進数と二進数どっちですか？」

「えっと、そういう専門的なのじゃなくて、語呂合わせ的なやつで、よく４６４９って書くよね」

「ああ、はい。サンキューを３９って書いたりするあれですね」

「うん。じゃあ私の名前、いつみ、なんになる？」

「……『い』は1か5で、『つ』と『み』は2と3しか思いつかないです」

「『い』は1です。あとみどりかわの『わ』は、輪っかから連想してゼロで『わいつみ』、この数字どこかで見たことありませんか？」

目の前の女性の投げかけた問いは、数秒後、由寿の息を止め、瞬《まばた》きを奪った。０１２３、由寿にとってその数字の羅列は神の称号であった。

「ヒ……ヒェエ……」

畏怖とも喜びとも取れる由寿の驚慌《きょうこう》の表情と声様を認め、緑川は穴から空気の抜けるような溜息を漏らす。

「メッセージありがとうございました２９８さん。あれを書いてるのは研究所の石川さんじゃないです。あなたの教育係の私です。がっかりしましたか？」

まさか毎日隣で仕事をしている人がその人だったなんて、吾輩はちょっと前から知ってたけど、由寿本人は予想もしていなかった。

「……ヒェェ……」

硬直したまま由寿は再び瀕死の鳥のような声を漏らすが、それを音的に「いいえ」と捉えたらしい緑川は、強張《こわば》った表情から一転して笑顔を見せた。

「良かった。ねえ、リャジェンカちゃん可愛いんだけど！　あれ由寿ちゃんのオリジナルだよね？　私書いたことないよね？」

「ハ……スミマセン……カッテニ……」

「あとケフィアグレインいい奴。読んでてちょっと泣いちゃった」

文字数の関係で掲載していないが、由寿は自分が「こうなったらいいな」と望む彼らのハッピーエンド、すなわち、卵に命を救われたタナトスの使者がそのまま居ついて卵のルームメイトになり、リャジェンカが一時的に大家の麴菌の養子になり、終戦後にザベルがリャジェンカを迎えに来るところまで書いている。ちなみに作中でハリッサはしょっちゅう水道光熱費を滞納し、LB81O家に風呂を借りに来る。彼が入ったあとの風呂はスパイシーな殺人現場のようになるため、いつも嫌がられていた。

その夜、由寿と緑川の間にはほとんど会話が成り立っていなかったので、ここからは吾輩がプロキシから仕入れた情報を交え、再現Vを挿《はさ》みながらダイジェストでお送りします。

——ねえポチ、とうとう来ちゃった。どうしようこれ。

十月の二週目、緑川はディスプレイに表示された、ものすごく長いメッセージを前に途方に暮れていた。以前、隣に座る後輩から「ブルガリクスとサーモフィルスが出てくる素人さんの書いた小説が好き」的なことを言われ、念のため、カクヨムをはじめ名の知れた投稿サイトすべてで同じような話を書いている人がいないか調べたのだが、乳酸菌の擬人化小説は自分の書いたもののほかにはひとつも存在しなかった。

吾輩、これが解せぬ。乳酸菌の名前って概ねファンタジー作品の登場人物っぽいのに、なんでなの？　ペディオコッカス・ペントサセウスとかロイコノストック・メセンテロイデスとか、そういうかっこいい音の響きが胸懐に隠匿せし中学二年生の聖痕《スティグマ》を疼《うず》かせたりしないの？　ちなみにこのふたつはザワークラウトを作るときに使用される主たる乳酸菌で、メセンテロイデスは日本の酒蔵にもよくいる。

話を戻そう。プロキシの話では、緑川はもともと「おはなしをかくひと」になりたい子供だったそうだ。というのも、物心つかぬうちからプロキシに故郷の話を聞いており、森羅万象が己の意思と言葉を持つことを認識していたため、大人の目から見ればナチュラルに「おとぎ話のような物語をすらすらと考えられる子供」だった。だから親に褒められてそれを幼稚園の文集の「しょうらいのゆめ」欄になんとなく書いたが、小学校に入学したあと、その特性は親に気味悪がられ、病院にまで連れてゆかれ、親のためにプロキシと決別すると彼のことも徐々に忘れていってしまった。

彼女は思春期に、年の離れた従姉《いとこ》の影響でファンタジー小説とＢＬ漫画に深くハマり読み漁っていた時期があった。当時、その周辺の創作物はメインカルチャーから外れた、どちらかというと日陰のものとして扱われており、少なくとも緑川が通っていた学校では、そういった作品を好むオタクも蔑まれる存在だった。緑川が青春を過ごした平成中期、それはギャル幕府がこの世を統べていた時代。ひとりの幕臣として学校社会におけるヒエルキーの上位に属していた、今でいう一軍の陽キャだった彼女は、同じクラスの中で心無い迫害を受けるオタクたちに対する罪悪感に苛まれながらも、自身の経験と知識を隠し続けた。そして大学に入学し、新しい友達と遊んだり、たいして好きでもない異性とお付き合いをしたり、成金のおじさんにクルーズに連れてってもらったりするようになると、ファンタジーやBLに対する思いは、かつてプロキシを忘れてしまったのと同じように、萎《しぼ》んで消えていった。大人になるってこういうことなんだよね。置かれた環境や自身の成長で人は変わるのだ。

だがしかし。きっかけは彼女が明和に入社し、自社のヨーグルトの成り立ち、すなわちブルガリクスとサーモフィルスの共生発酵の仕組みを知ったときだ。彼らの共依存の関係に対する微《かす》かな萌えの感情がトリガーとなり、突如記憶が封印されていた小部屋の扉の鍵が壊れた。

私、なんか昔、乳酸菌っぽいものと喋れてなかったっけ？　あの子、お祖母《ばあ》ちゃんのヨーグルトの中に住んでるとか言ってなかったっけ？　名前なんだっけ？

後日、実家の母親からわけてもらったヨーグルトを前に、ひとりの部屋の中、彼女は小さくその者の名を呼ぶ。

——……ポチ？

幼子の滑舌では「プロキシ」と発音できず、それはわずかに原形を留《とど》めた「ポチ」の二音で呼ばれていた。

——イツミ！

喜び勇んで飛び出してくるプロキシ。驚く緑川。喜ぶプロキシ。驚きつつも笑顔になる緑川。暗転。

……こういう流れで、緑川はプロキシと再会し今に至る。小説を書き始めたのは、イラストレーターのデータベースで高校時代の元クラスメイトと同じ名前を見つけたのがきっかけだった。当時は男の話と夜遊びの話しかしていなかった薄い付き合いの元友人と同姓同名だな、と思いリンクが貼られたSNSを開いてみたら本人だった。投稿された写真や文章にはギャル時代の片鱗もなく、緑川は裏切られたような気になり唇を噛んだ。あの子、絵を描いているそぶりなんかまったく見せなかったのに、むしろ教室の片隅で絵を描いているような子に対しては、オタクきもーいとか言って嘲笑《あざわら》っていたのに。隠していたなんてずるい。それなら私だって物語を書きたかった。誰に恥じることもなくBLを読みたかった。

結果的に緑川は、悔しがるのも思い悩むのも時間の無駄だと判断し、実行に移した。変わってしまった元クラスメイトの姿に唇を噛んだものの、ギャルの片鱗もないのは自分だって同じだし、他人を羨んだり僻《ひが》んだりするのは平成を生きた元ギャルのソウルに反する。大切なのは「今」なのだと。この潔さを三割くらいでも由寿に分け与えてやってほしい……。

書き始めてみると執筆は楽しかった。プロキシから聞いた話を自分なりに解釈して創作し、ある程度書けたら投稿する。自己肯定感が高いがゆえに承認欲求が希薄な彼女は、そこに何か見返りのようなものは求めていなかった。自己満足で書いているだけだから、別に読者がいなくても構わなかった。プロになれるとは思っていないし、そもそも明和はデザイン室以外の部署の社員に副業を許可していない。最初のうちは三日に一度は投稿していた。それが二週間に一度になり、一ヶ月に一度になり、どんどん間が空いていった。投稿者あるあるですね。

投稿が三ヶ月に一度になっていたころ、由寿がハマった。緑川もまさか唯一のコアすぎる読者が、二年後に隣の席に座る後輩になるとは予想もしていなかっただろう。そして時系列はこのセクションの冒頭に戻る。

——正体を明かすのは気まずいよね……。

——気まずいっていうか、うん、いろいろ気まずい。なんで最近の若い子たちはあんなに普通にオタクであることを隠さないでいられるの？　なんでそれがアイデンティティみたいに思えるの？

——時代が変わったとしか言えないな、僕には。

——時代かあー。時代だよねえー。

この十営業日後、緑川は由寿に正体を明かす。その日の由寿は別れ際まで地に足が着いていない感じだった。翌日由寿が「元のジャンルはなんだったんですか」とか「裏は書かないんですか」とかよく判らないことを訊いたため、緑川は「自分はあなたと違って所謂《いわゆる》オタクではなくただ単に自分の好き勝手に小説を書いているだけ」だと言葉を選んで説明する羽目になった。

「で、結局今も、打ち明けたことが良かったのか悪かったのか悩んでる」

プロキシもいろいろ諦めたみたいで、以前よりも頻繁に姿を現し吾輩にコンタクトを取ってくるようになった。

「仕事の効率上がってるし、どちらかと言えば良かったと思うぞ。ところでお主、緑川とは日本語で会話をしているのか？」

「うん。日本語。でも僕たちの言葉って言語は関係なくテレパシーに近いものじゃない？僕と君の会話だってイツミには聞こえてないし」

「そうか……やはりお主と緑川のあいだでは会話が成り立っているんだな」

「あっ……」

吾輩が忘れているだけで、サーモフィルスの話ではかつて吾輩も乳酸菌以外の生物と会話ができていた。今も食品とは会話ができている。人間を食品だと思い込めばもしかして由寿との会話も可能なんじゃないか。

「ありがとうプロキシ、希望が見えてきた。吾輩もたぶん由寿と喋れるようになるはずだ。

でも由寿が誰かに食べられちゃうのは嫌だな」

「えっ、いったい何にどんな希望を見出したのさ」

吾輩にも正直わからない。吾輩が熊になればいいのかな……。

*

十一月上旬、社内報の修正誌面が届き、由寿は二度と前回と同じ過ちを繰り返すまいと、以前参加させてもらった校閲セミナーのテキストを引っ張り出し読み返した。

——校閲の業者に出したりしないんですか？

——うちは出さないの。ただ、社内報丸ごと編集プロダクションに出してる会社とかもあるみたいよ。

そんなやりとりを交わし、セミナーに送り出されたのだった。テキストを読み返してみれば、単位記号の間違いは見落としがちな初歩的なミスだった。悔しい。

ただし、明和ブルガリアヨーグルトに関係する社員計十二名分のインタビューは、部長にも褒めてもらえた。実際には十倍以上の文字数を書いて、仏師が木から仏を彫りだすように慎重に文字を削っていった。残念ながら自分で描いたイラストは採用してもらえなかったが、それはやはりプロに任せる分野だったのだろう。

この号が出来上がって各所に配布される十二月の半ばには、取引先等を招いた「五十周年祝賀パーティー」が都内のホテルで催される。また、各地で販促イベントも行われる。由寿は最近社内報にかかりきりだったが、イベント関連を担当する飯野が様々な調整作業で疲弊していた。その日の昼休み、どこかの部署の見知らぬ男性がやってきて飯野に声をかけ、書類を机に置いて去ろうとした。普段はヘラヘラと愛想よく応対する彼女が、珍しく声を荒らげ「調印式はうちの管轄じゃありません、マーケです！」と叫んだ。男性がビビりながら去っていったあと、飯野は机の上に突っ伏す。

「……大丈夫ですか？」

「だめだよー、パーティーの時間と現場が被《かぶ》ったよー」

「ああ……山手線のですか？」

「違う、もうちょっとメジャーなライバー。初めてのクリスマスイベントなのに、マーケめ……」

念のため「現場」とは「コンサートや舞台など推しが出演する何かのイベント」を指す。これに当て嵌《は》めると由寿の現場はスーパーマーケットの日配品売り場になってしまうが、そういうのは別に現場とは呼ばない。スーパーはスーパーだ。そして飯野が何に憤っているのかと言えば、同じ日にブルガリアで調印式があるのだ。

「パーティーで調印式生中継することになったんですよね」

その時差の関係で、昼間に行われる予定だったパーティーが、夜になった。

「そうだよ、意味わかんないよ」

ブルガリアから「ブルガリア」という単語を商品名にお借りし、更に乳酸菌とその技術の供与を受けている明和は、ブルガリアの国営企業、ここではC社とするが、その会社に毎年ライセンス料金を支払っている。契約は一年ごとで、定期的に明和の社員が日本でのヨーグルト販売についての意見交換のためにブルガリアへ行っているという。今回は五十周年に合わせて先方で調印セレモニーが組まれた。

C社の生産するヨーグルトは、国営ながらブルガリア本国でのシェアは他に比べると桁《けた》単位で低い。社会主義から資本主義へ移行する過渡期、地方の工場が民営化したのに対し、ソフィアにあるこの国営企業の、厳密に言えば前身の国営企業の研究所だけは乳酸菌の知的財産管理のため、民営化が禁止された。そういった理由で、この企業の主たる業態は研究で、乳酸菌を主原料とする栄養補助食品のシェアは高いが、家庭の食卓に並ぶタイプのヨーグルトの生産量は少ない。

と、綺麗な言葉で書いたものの、実際には一九九〇年にブルガリアで共産主義が終焉を迎えたあと、C社は一度潰れかけている。国営であるがゆえ、民主化した時点での経営陣はほとんどが政治家。競争する必要のなかった社会主義期の感覚から脱却できず、何か新しいことを始めようとしても国と政治家の許可を取らなければならないため瞬発力や機動力に欠け、C社は自国の民のために細心の注意を払って確実に安全な商品を作っていたにも拘《かか》わらず、長いこと民間企業との競争に勝てなかった。これを救ったのが、元々C社から技術供与を受けていた明和だ。

「ブルガリア」の文字をお借りしたあとの商品が売れに売れ、一九八〇年代、既に日本のヨーグルトのトップシェアに上り詰めていた明和は、研究にも多額の資金を投入できた。世界に誇る多種多様な乳酸菌を擁していながらそれを活用できる機会を失っていたC社に、一九九〇年代半ば、ＪＩＣＡ経由で救いの手を差し伸べたのは明和である。明和との五年にわたる共同プロジェクトのおかげで彼らは経営難を乗り越え今に至る。感謝の気持ちなのか、自社のヨーグルトのテレビＣＭに日本人を起用していたこともある。

言わば、一蓮托生《いちれんたくしょう》の仲なのだ。ライセンス契約を交わして五十年という節目の年に派手な調印セレモニーを執り行うことは、由寿的には「意味わかんな」くはない。ただ推しと天秤にかけると、やっぱり自分も推しを選ぶかもしれない。

昼休みが終わり、業務に戻る。隣では緑川が流暢《りゅうちょう》な英語で誰かと電話をしていた。

あの日、小汚い中華料理屋で、麗しいマネキンの表皮が割れて中から神様が出てきた。住む世界が違うと思っていた、全身キラキラで高価そうな先輩が、ネットの中ではとんでもないジャンルの小説を書いている神で、しかしそれは天上の存在ではなく隣の席で仕事をしている生身の人間だった。あまり触れてほしくなさそうだったから話題に出さないようにしているが、この人が書いてるんだよなあ、大好きだなあ、と思う気持ちを抑えるために由寿は意図的に目を逸らす。そしてデスクの上にある板チョコをホイルの上から割って一欠片だけ口に入れる。

昨日の夜、久しぶりに自分から母に電話をした。就職した直後は五日から七日にいっぺんは向こうから着信があり、毎回めんどくさがりながらもわりと楽しく話をしていた。しかし先日の帰省のあとは、さすがに傷ついたのか一度もかかってきていなかった。迦寿も忙しいらしく連絡がなく、そんな中ここ三日ほど、空耳のようなものが聞こえるようになったのだ。その声は一日に三回くらい、聴覚ではなく脳を直接刺激するような音波で由寿の名を呼ぶ。これはもしかして虫の知らせというやつではなかろうか、今度こそ祖父が危篤なんじゃないか、もしくは出稼ぎに行っている父の身に何かあったのではなかろうか、そう危惧して電話を掛けたのだが、通話を開始するなり母は「なあ！　迷惑がげられだごどあったべ！」と鬼の首を取ったように言い放った。

避難所で由寿がいなくなって騒ぎになって、同じ避難所にいた子供を持つ親たちが、余震に怯えながらも近くを探してくれたことに対して、自分は何度も頭を下げた。

その記憶が蘇《よみがえ》ってどうしても伝えたかったが自分から電話を掛けるのも癪《しゃく》だし、じりじりと我慢していたところにようやく娘から着信があった。由寿もこれは帰りの新幹線の中で「迷惑かけたことあったな」と思い出していた。気付いてないなら黙っておこうと思っていたのに。

——思い出してしまったがぁ。

——忘れるわげねえわ。

——んでも、それだげだよね。

――……んだなあ……。

母の討ち取りし鬼の首、我《われ》が奪取せり。

――智也の具合はどう？

――昨日様子見にお寺さんまで行ったらもう走り回ってらったわ。

そして祖父も父も、母の話によればぴんぴんしているらしく、その流れで祖父にまつわる意外な昔話も聞けた。

祖父、若いころはテーラーになりたかったのだそうだ。彼の生まれ育った宮城県山間の集落は洋装の普及が他に比べて異常に遅かった。終戦直後生まれの祖父は、新聞か何かで目にしたアプレゲールたちの洋装に焦がれ抜き、集団就職で東京に向かった十五歳のとき、雇われた工場の寮を逃げ出し、洋装を扱う仕立屋に弟子入りしたのだという。次男だった祖父は家を出ても許される立場だったが、父母に送る手紙ではずっと工員だと嘘をついていた。その嘘が五年後、同郷の少年が元の工場に雇われたため、親にばれた。実際には仕立屋で縫子として働く息子を連れ戻しに来た親は「男のくせに裁縫などするな、みっともない」と叱咤し、二度と女の真似事などしないように、と即座に地元で縁談を探した。相手の実家が牧場だったため、婿《むこ》入りして牧場の仕事に就いたのだという。

――……たしかにじぃじ、昔がらちょっとファンキーな服着でらったね。

――んだがら迦寿が自分で女の子の洋服作ってらって聞いで、ああ、血は争えねえんだなって思ったわ。

――お兄ちゃんにその話した？

――した。したら昨日一緒にスカートさ縫ってらった。もうボケでんのに運針がプロ並みってお兄ちゃんが感心してらったわ。

その光景を想像したらなんだか笑ってしまった。良かった。自分の中に幼少期からこびりついていた、祖父の手を払いのけてしまったという蟠《わだかま》りが、迦寿のおかげで八割くらいは消えた気がした。

――なあ母っちゃん、うち、これからは迷惑さかけるかもしれねえ。この先母っちゃんには理解でぎねえごど、きっとやると思う。

――警察のお世話になるようなごどはやめてな？

――うん、法の許す範囲で。

避難所を抜け出した日、娘の無事な姿を見て泣き崩れた母を、なるべく心配させないよう、彼女の目の届く狭い場所で生きてきた。ずっと心に負担をかけないようにしてきた。でも、今ならもうお互いに大丈夫かもしれない。

――……また帰っといで、次は父っちゃんもいるどきに。

諦めたような声に、申し訳なさをおぼえつつ、電話を切ったあとは見上げた空の面積が微かに広くなったのを感じた。

だがここにきていきなり耳の不調。家族に相談したら心配される。今日は念のため耳鼻科に行こうと思い、向かいで飯野が大欠伸《おおあくび》をした瞬間を狙って「近くに耳のほうが得意な耳鼻科あるか知りませんか？」と尋ねると、どんな症状なのか訊かれたので、ぼんやりと空耳が聞こえることを伝えた。

「それ、耳鼻科じゃなくて心療内科方面じゃないの？」

「心身ともにすこぶる健康です。ていうかこんな幸せな労働環境にいるし、病む余地がまったくないです」

長い電話を切ったばかりの、由寿にとって「幸せ」の一因である緑川が横から不安げな視線を送ってくる。大丈夫です、あなたの執筆活動のことは誰にも言いません、という気持ちを込めて由寿は満面の笑みを返した。

「なら心霊現象とかじゃない？　住んでるところの立地が霊道だったりしない？」

「あ、そうかも」

「マジか、冗談のつもりで言ったのに」

「うちの実家のほうって昔から各家庭に座敷童《ざしきわらし》がいるのがデフォルトだったみたいで、従妹《いとこ》も子供のころはしょっちゅう座敷童と一緒に遊んでたらしいんですけど、もしかしてこないだ実家帰ったときになんか連れて帰ってきちゃったのかも」

「遠野《とおの》物語っぽい！　さすが岩手！」

「うちは県北のほうなんで、遠野とは別の種類の童なんじゃないかな……とりあえず帰りに耳鼻科行ってきます」

双子が暴れまわったせいで、休眠していたうちの座敷童が嬉しくなって活性化したのかもしれない。隣ではまだ緑川が不安そうな顔をしているので、由寿は「大丈夫です、ちゃんと治してもらってきます」と言って胸の前で力強く拳を握った。

後日、再校が出たと同時にパーティーの招待状のサンプルもあがってきて、目を皿のようにして誤字脱字がないかを確認した。招待客は数百人に及ぶ。各社の住所変更がないか公式サイトで確認し、既に定年退職している招待者に関してはデータベースにある住所や郵便番号に齟齬《そご》がないか照合し、改めてリストを作成し筆耕業者を手配する。

パーティーが近づくにつれちょくちょくマーケからの来訪者があり、そのたびに応対している飯野がニコニコしながらもイライラしている。そして何度耳鼻科に行っても由寿の空耳はまったく治らない。日々忙しく過ごしている中、久しぶりに「悪忍《あくしの》」を更新した緑川が、本編にリャジェンカを登場させた。以前自分が執筆者であると打ち明けられたとき、由寿のオリキャラであるリャジェンカを緑川が気に入り、自分の書いてるほうにも登場させて良いかと訊かれていたのだ。もちろんＯＫだと返事をし、いつ書いてくれるのかとずっとワクワクしていた。

本編のリャジェンカは既に人の身体を持ち、川沿いの小さな集落で人間たちと共に仲良く暮らしているキャラクターとして描かれていた。また、これも由寿の二次創作に引っ張られたのであろう、ケフィアグレイン（ザベル）とリャジェンカの邂逅も描かれていた。

「人と話せるミクロルガニズミはそれほど珍しくないのかもしれないな」

不衛生な戦場でスタフィロコッカス・アウレウス（黄色ブドウ球菌）の毒素を含んだ傷をリャジェンカに癒してもらいながらザベルは言う。

「この村に住む私の分身たちはみんな昔から人と喋れるわ。でもたぶんそれは珍しいことだと思う」

リャジェンカは朗らかに答える。

私も話せたらいいのにな、もしかしてこの空耳が乳酸菌の声だったらいいのにな、と由寿は思い、最近の空耳の件も併せて綴《つづ》り岡林にＬＩＮＥした。そしてその願いのあまりの荒唐無稽さに自嘲し、数秒後、メッセージを取り消した。

＊

いいのにな、じゃないの！　まさに吾輩なの！　それ、緑川なりのヘルプなの！

呼びかけつづけて約二ヶ月。今日は待ちに待った吾輩の晴れ舞台、明和ブルガリアヨーグルト発売五十周年祝賀パーティーである。広報部は早めに会場入りし、設営を行っている。受付も担当するため、由寿は手持ちのスーツの中で一番高いものを選び、珍しく化粧も施していったら「その顔、申し訳ないけどひどい」と飯野に眉を顰《ひそ》められた。誰が見てもひどかったらしく、昼休みに緑川が土台から直してくれていた。

来賓に渡す記念品入りの紙袋はホテルのスタッフが用意してくれるため、受付のテープルに名札や芳名帳、筆記用具など並べたあと、由寿はとくにやることがなくなった。何か手伝えることはないかと、大型スクリーンに映す映像の最終チェックをしている緑川の隣にゆくと、とくに彼女も助けを必要としていなそうだったので、タブレットに映し出されたブルガリアの風景を覗いた。

「緑川さん、ブルガリア行ったことあります?」

「秘書室にいたとき一度だけ専務のお供で行ったよ」

「いいなあ、どんなところでした?」

「なんか受ける印象が全体的に『青!』って感じの国だったかな」

タブレットで再生されている映像は、ちょうどプロヴディフの街並みへと切り替わる。モスクも、連なる民家の屋根も、歴史博物館の壁も概ね赤い。

「……赤く見えます……」

「たしかに、街並みとかはどこも全体的に赤っぽいしカラフルなんだけど、私が行ったときが晴天つづきだったらしく、空がものすごく青かったの。それで山とか森とかの緑も青っぽく見えたんだと思う」

タブレットの隣に置かれたPCのディスプレイは、ブルガリアの調印式会場とウェブ会議ツールでつながっており、向こう側から呼びかけがあったため、邪魔にならないようにか由寿はその場を離れた。

吾輩が見てきたブルガリアの歴史は灰色だったり血の色だったり、少し晴れ間が見えたかと思えばすぐにそれは暗雲に閉ざされたりしていた。どの時代も晴れた空の青からは程遠かった。だから緑川の言葉に吾輩だいぶ感慨深い。

ねえブルガリアの吾輩、今、そっちの空は青いかい？

「……青いよ！　って言ってる」

突如聞こえてきた吾輩の声に吾輩はビビった。

「うお、びっくりした、ずいぶん声が遠いが、お主、どこの吾輩だ？」

「チーファンラマ！　蘇州《そしゅう》だよ。こんだけ離れてても意外と意思疎通できるものだな」

「いきなりどうした、こんな長距離通信、初めてじゃないか」

「吾輩たちの日本での五十周年記念なんだろ、喜ばしいことじゃないか。バンコクの吾輩ともつながってるぞ」

「サバーイディーマイ！　ブルガリアは今すごい晴れてるとブルガリアの吾輩が言ってるぞ」

「そうか、良かった。この機会にお主ら、視覚リンクをしようではないか。最近いろいろあって海外の様子はさっぱり判らないだろう」

吾輩の提案は蘇州からバンコクを通じ、ソフィアまで届いたらしい。

「いいね、今の日本がどんな感じなのか吾輩も知りたい、って調印式会場の吾輩が言ってる」

「吾輩は久しぶりにブルガリアの空が見たい」

「いや、吾輩いま室内だから外の様子は見えないぞ」

などとぐちゃぐちゃしているうちにリンクが成功したらしく、吾輩は上海《シャンハイ》からバンコクを通じ、ソフィアの調印式会場にいた。ホテルではなくこれはC社の一番豪勢な応接室だ。明和の人間と思《おぼ》しき日本人も数人おり、生中継用のカメラを設置し、ミーティングツールで緑川と言葉を交わしながら接続テストをしている。その周囲ではC社の人間がブルガリア語で会話をしていて、吾輩は郷愁に震える。

「お主の宿主はどれだ？」

吾輩は視覚を共有させてもらっているブルガリアの吾輩に尋ねた。

「赤いワンピースを着て手に写真を持っている東洋人の女性がいないか？」

「ああ、いた。日本人か、美しい人間だな」

「いや、日本に住んでた中国人だ。名をリン・センという。国費留学でロシアの大学に行ったあとこっちで就職したらしい。サイエンスメディアの記者だ」

大阪時代に由寿が世話になったリッチマートの社員の顔を思い出したが、まあ中国では珍しい苗字でもないし関係ないだろう、と思っていたら、彼女は新たに入室してきた日本人の男性と手元の写真を見比べると、ぱっと目を輝かせた。そして彼に駆け寄ってゆき、名刺を差し出し、興奮を抑えられぬ様相で言った。

「三十年前に明和の大阪支社にいらっしゃった伝説の営業さんですよね、わたくし当時神戸におりましたリンと申します。阪神・淡路大震災のとき、宅配スーパー勤務の父が大変お世話になりました。ああ、やっとお会いできた、嬉しいです」

……⁉

ちょっと瞬時には処理ができなかった。男性はおそらく五十代後半の人当たりの良さそうな感じの人物で、吾輩と同じく瞬時には何を言われているのか判らなかったらしいが、三秒後くらいに「ああ」と相好を崩し、懐を探ると名刺を差し出した。

「おでんとうどんを運んだくらいで、大したことはしていません。でもお父様がそう思ってくださったなら嬉しいです。本日は取材していただきありがとうございます」

その名刺には「Meiwa Europe Co.,LTD. CMO」と記されていた。

「お父様はご健在でいらっしゃいますか?」

「ええ。定年してからは親戚を頼って上海に。兄のタイランは大阪でそのまま結婚して今もスーパーマーケットに勤めています、リッチマート、ご担当されてましたか?」

「リッチマートですか、先輩が担当していました。懐かしいなあ」

……まさかの、リン氏の妹! そしておでん先輩、東京や大阪でいくら探してもいないはずだ。海外に転勤になっていたんだ。これは絶対由寿に伝えなければ。

「吾輩、東京に戻るわ」

「え、もうちょっとゆっくり見ていけばいいのに」

「火急の用事ができてしまった、すまない。バンコクの吾輩! 吾輩を戻してくれ!」

「バンコクの吾輩いま東京にいるっぽいからちょっと待って」

「嫌だ吾輩まだ東京を見てたい！」

インターネットと同じく、どこかでルーターやスイッチ的な役割を担ってくれる吾輩を中継しないと吾輩は大きなデータ転送ができない。要するに、バンコクの吾輩が東京で駄々をこねているあいだは、辛うじて音声だけは質を落とせばエア糸電話的な通信でどうにかなるが、データサイズの大きな視覚リンクは高スループットが可能な中継拠点がないと元に戻せない。んもー、早く戻りたいのに、吾輩ったら我儘《わがまま》なんだから。しかし、

「ちょっと吾輩の誰かー！　同じ属種じゃなくてもいいから似た感じの吾輩は手を貸して！　どっかにいるでしょー！」

そんな上海の吾輩の呼びかけを受け、突風が湖面を吹き抜けたかのように、ユーラシア大陸各地に棲息するあらゆる乳酸菌が呼応し、テーブルを描き始める。

```
Codes: L - Lactobacillus, C - Carnobacterium, S - Streptococcus,
       M - Melissococcus, B - Bavariicoccus
Gateway of last resort is LactobacillusBulgaricus to network
LacticAcidBacteria
? LB810*[Happy/50thAnniversary] via 0x686f7564616973686979757a75.
TYO
```

彼らがマッピングした東京までのルート上にトランスミットされた吾輩は、各所で拠点を担ってくれた大勢の吾輩と軽触《きょうそく》した。

「日本の吾輩ー、久しぶり！」

「おお、古《いにしえ》の吾輩、お主しばらく見ないと思ったが健在だったか！」

「日本の吾輩ー、吾輩もそろそろ商品化されるよ、五十周年おめでとう！」

「おお、わりと新しめの吾輩、お主のプロダクトも五十年後が楽しみだ！」

「わがはーい！　石川研究員によろしく伝えてくれーい！」

「おおおLB51Oではないか！　善処する！　お主らも達者でな！」

我ながら本当にどこにでもいるな吾輩。そしてみんなそれぞれ使命を果たしているな。

遥か昔、吾輩たちは混沌から生まれた単なる微生物だった。人という種が誕生し、その命をつなげるための食に求められ、吾輩たちは天命を得た。これから先も、乳酸菌を活かす人の技術は間断なく刷新されてゆくだろう。もしかしたら今後、20388株よりも優れた株の吾輩が見出され、吾輩が明和ブルガリアヨーグルトのパッケージから降板する日が来るかもしれない。けれどそれは決して悲しいことではない。人にとって未知の乳酸菌はまだたくさんいる。彼らが見つかり正しく活躍の場を得られるのだとしたら、人に愛された乳酸菌の先輩としてこれほど嬉しいことはない。吾輩の前任LB51Oとサーモフィルスの前任192n株も、約三十年前、激励と共に吾輩たちに希望の襷《たすき》を託したのだ。だから吾輩も、五十年後に訪れるであろう明和ブルガリアヨーグルト百周年の記念日には、日本での仕事は大変だったね、でも楽しかったね、現役の吾輩たちは元気かなあ、頑張ってるかなあ、などと思いを馳せながらサーモフィルスと盃を交わし、ブルガリアの郷天を仰ぎ、共に過ごした愛しき日々をのんびりと懐古していたい。願わくはその空が高く濁りなく、清らに澄んだ青であらんことを。

「帰れ！」

「帰らぬ！」

粘着するバンコクの吾輩の視界を引っぺがして回線網に突っ込み、本体に戻った吾輩のヴィジョンは、そろそろ開場する宴会場の受付に立ち、緊張した面持ちで来賓たちの応対を行っている由寿の姿を映した。

「由寿‼」

あたふたしながら来賓の名札を探す由寿は、あたふたしながらも、ちゃんと社会人の顔をしていた。吾輩の生きてきた長大な歴史に比べれば瞬きにも満たない月日で、この人間の娘はもがいたりあがいたりしながら、着々と大人になっている。

「由寿！　聞こえてるんだろ由寿！」

これからもっと彼女が成長し、明和ブルガリアヨーグルトが百周年を迎えるとき、吾輩が彼女の傍にいられるかどうかは判らない。吾輩の襷は次世代の誰かに渡っているかもしれないし、由寿のほうが百周年を見届けられる世界にいないかもしれない。

だからこそ、今このとき。

「……我が名はラクトバチルス・ブルガリクス！　朋太子由寿、お主に伝えなければならないことがある。己《おの》が煩悩を穿《うが》ち吾輩を感受せよ！」

会場の扉が音を立てて開く。中から黄金色の光が溢れる。由寿は手を止め、顔をあげ、小さな声で吾輩の名を呼んだ。

作中にて、左記書籍から詩の引用をいたしました。

p.212　ニコラ・ギゴフ　真木三三子訳『ニコラ・ギゴフ詩集　赦しの日』七月堂　2011
p.227　フリスト・ボテフ　真木三三子訳『フリスト・ボテフ詩集』恒文社　1976

主な参考文献

マリア ヨトヴァ『ヨーグルトとブルガリア　生成された言説とその展開』東方出版　2012
神邊道雄『驚異のヨーグルト』講談社　1981
神邊道雄編『ヨーグルト　秘密と効用』日東書院　1984
林弘通・福島正義『乳業工学』幸書房　1998
堂迫俊一『新版　牛乳・乳製品の知識』幸書房　2017
日本乳酸菌学会編『みんなが知りたいシリーズ14　乳酸菌の疑問50』成山堂書店　2020
馬路泰藏・馬路明子『ミルクを食べる　肉を食べる　ブルガリア食文化ノート』風媒社　2012
森安達也・今井淳子共訳編『ブルガリア　風土と歴史』恒文社　1981
イワン・ヴァーゾフ　松永緑彌訳『軛の下で』恒文社　1973

ステラ・ブラゴエワ 草野悟一訳『ゲオルギ・ディミトロフブルガリア人民の星』恒文社 1970
イヴァイロ・ペトロフ他 松永緑彌・矢代和夫訳『ノンカの愛他』恒文社 1971
ディミータル・アンゲロフ 寺島憲治訳『異端の宗派ボゴミール』恒文社 1989
ロバート・ブラウニング 金原保夫訳『ビザンツ帝国とブルガリア』東海大学出版会 1995
R.J.クランプトン 高田有現・久原寛子訳
『ケンブリッジ版世界各国史ブルガリアの歴史』創土社 2004
八百板洋子『ソフィアの白いばら』福音館文庫 2005
百瀬宏編著『変貌する権力政治と抵抗 国際関係学における地域』彩流社 2012
外山純子『旅名人ブックス120 ブルガリア バルカンの原風景』日経BP出版センター 2009
Diana Gergova 千本真生訳・監修 田尾誠敏・松前もゆる訳
『ゲタイ族と黄金遺宝 古代ブルガリア・トラキア人の世界』愛育社 2016
金原保夫「ブルガール族の国家―「大ブルガリア」―について(I)」
『東欧史研究』1巻 pp.18-33 1978
今井淳子「ブルガリア民族解放運動と1876年4月蜂起(I)/(II)」
『東欧史研究』4巻 pp.1-31 1981/5巻 pp.44-62 1982
今井淳子「1885年ブルガリア公国と東ルメリアの統一」『東欧史研究』17巻 pp.5-34 1994

協力　　　　株式会社 明治
協力（歴史監修）　菅原（今井）淳子

初出　「小説 野性時代」二〇二二年五月号、
七月号、九月号、十一月号、
二〇二三年一月号、四月号
※書籍化にあたり、加筆修正しました。

宮木あや子（みやぎ　あやこ）
1976年、神奈川県生まれ。2006年、『花宵道中』で第5回「女による女のためのR-18文学賞」大賞と読者賞をダブル受賞しデビュー。著書に、「校閲ガール」シリーズ3作、『雨の塔』『セレモニー黒真珠』『憧憬☆カトマンズ』『婚外恋愛に似たもの』『砂子のなかより青き草　清少納言と中宮定子』『帝国の女』『ＣＡボーイ』など。震災復興支援を目的とした女性作家たちの同人誌『文芸あねもね』にも参加。映画化・ドラマ化・舞台化・漫画化などの著作メディアミックスも多数。

令《れい》和《わ》ブルガリアヨーグルト

2023年11月29日　初版発行

著者／宮木《みやぎ》あや子《こ》

発行者／山下直久

発行／株式会社KADOKAWA
〒102-8177　東京都千代田区富士見2-13-3
電話　0570-002-301（ナビダイヤル）

印刷所／大日本印刷株式会社

製本所／本間製本株式会社

ISBN 978-4-04-114046-8　C0093